本书受教育部高校人文社会科学重点研究基地重大项目《生态批评的理论问题及其中国化研究》、山东省高校人文社会科学研究项目《当代美国印第安文学中的生态思想研究》、济宁学院博士科研启动资金专项《莱斯利·马蒙·西尔科小说中的生态思想研究》资助出版

莱斯利·马蒙·西尔科的生态思想研究

范 莉 著

中国社会科学出版社

图书在版编目（CIP）数据

莱斯利·马蒙·西尔科的生态思想研究/范莉著. —北京：
中国社会科学出版社，2019.4
ISBN 978 - 7 - 5203 - 4205 - 6

Ⅰ.①莱…　Ⅱ.①范…　Ⅲ.①文学研究—美国—现代
Ⅳ.①I712.065

中国版本图书馆 CIP 数据核字（2019）第 053499 号

出 版 人	赵剑英
责任编辑	陈肖静
责任校对	周　昊
责任印制	戴　宽

出　　版	中国社会科学出版社
社　　址	北京鼓楼西大街甲 158 号
邮　　编	100720
网　　址	http://www.csspw.cn
发 行 部	010 - 84083685
门 市 部	010 - 84029450
经　　销	新华书店及其他书店

印　　刷	北京明恒达印务有限公司
装　　订	廊坊市广阳区广增装订厂
版　　次	2019 年 4 月第 1 版
印　　次	2019 年 4 月第 1 次印刷

开　　本	710×1000　1/16
印　　张	18
插　　页	2
字　　数	210 千字
定　　价	69.00 元

目　　录

导论 ……………………………………………………… （ 1 ）

第一章　抗争与追寻：西尔科作品中的后殖民

　　　　生态主义思想 ………………………………… （24）

第一节　后殖民生态主义理论的源起 ………………… （27）

第二节　《死者年鉴》中的土地所有权与反抗殖民压迫 …… （31）

第三节　印第安人对正义的追寻与《死者年鉴》 …… （40）

第四节　《死者年鉴》中人与动物新型伦理关系构建 …… （63）

小结 ……………………………………………………… （77）

第二章　融合与共生：西尔科作品中的生态

　　　　女性主义思想 ………………………………… （79）

第一节　生态女性主义思想概览 ……………………… （85）

第二节　《典仪》中的女性形象构建 ………………… （91）

第三节　《沙丘花园》中的自然与女性 ……………… （106）

第四节　《沙丘花园》中的女性主义与女性身份 …… （149）

小结 ……………………………………………………… （171）

第三章　整体与和谐:西尔科作品中的生态

　　　　　整体主义思想 ……………………………………（175）

　　第一节　生态整体主义思想概览 ……………………（176）

　　第二节　西尔科与《绿松石矿脉》……………………（182）

　　第三节　《典仪》中的生态整体主义思想 ……………（201）

　　第四节　诗意的栖居者:西尔科与梭罗的生态

　　　　　　整体主义思想 ……………………………（225）

　　小结 ………………………………………………………（241）

结语 ………………………………………………………………（244）

所引书目首字母缩写表 ………………………………………（253）

参考文献 …………………………………………………………（254）

后记 ………………………………………………………………（283）

导　　论

　　莱斯利·马蒙·西尔科（Leslie Marmon Silko）（1948—　），出生于美国新墨西哥州的阿尔伯克基，是一位有着白人、印第安人、墨西哥人血统的混血女作家。她祖父是一名白人，娶普韦布洛女子为妻，她的父亲李·马蒙·西尔科（Lee Marmon Silko）是一位专业摄影师并负责管理拉古纳的村庄，她的母亲弗吉尼亚（Virginia）来自蒙大拿州。与她的两个妹妹温蒂（Windy）和吉格（Gigi）一起，西尔科成长于拉古纳普韦布洛印第安部落。西尔科曾立志成为一名律师，为印第安人争取公平、公正的权益，因为在她童年时期，她就从父亲那里了解了不公正。她的父亲是一位部落官员，那时正为六百万美元的土地所有权起诉州政府。1961 年，西尔科就读于美国新墨西哥大学，大学二年级，她因怀有身孕与理查德·切普曼（Richard Chapman）结婚，婚后在家人的支持下得以继续读书。丈夫鼓励她参加创造性写作课程，也正是这门课程使西尔科开始崭露写作天赋，大学未毕业就开始创作小说和诗歌，发表了短篇小说《送雨云的男子》（*The Man to Send Rain Clouds*, 1969）并好评如潮，从此走上写作之路。1969 年她取得英语专业学士学位后，进入法学院继续学习。1971 年西尔科决定将写作作为她毕生的职业，然后开始攻读英语专业硕士学位，但很快便厌倦了刻板化教育。1971年，西尔科荣获美国艺术基金会的发现奖，她退学来到亚利桑那州的纳瓦霍人保留地教书，期间创作了很多自然诗歌。她的诗集《拉古纳女人》（*Laguna Woman*，1974）获得《芝加哥评论》诗歌奖和普什卡特诗歌奖。西尔科于1971年再婚并于次年随第二任丈夫约翰·西尔科（John Silko）前往阿拉斯加居住，1976年重新回到拉古纳普韦布洛保留地。1978年，西尔科搬往图森居住并在亚利桑那大学担任英语教授。在此期间，她与1980年因癌症去世的诗人詹姆斯·赖特（James Wright）结识，他们互通信件，谈及各自的生活、写作和思想，后来结集成《如蕾丝般柔韧》（*With Delicacy and Strength of Lace*，1986），获得《波士顿地球报》的非小说奖。

西尔科与莫马迪、杰拉尔德·维兹和詹姆斯·威尔奇并称为"美国印第安文学四大家"。作为美国印第安文学文艺复兴中唯一一位女性作家代表，她凭借着作品中强烈的印第安民族意识和深厚的印第安文化底蕴，多次获得文学奖项。西尔科的文学创作首先在诗歌领域大获成功。除了诗歌在1974年荣获美国艺术基金会发现奖、《芝加哥评论》诗歌奖、普什卡特诗歌奖等多项美国权威文学奖项外，她的短篇小说写作也同样出色，包括《黄女人》（*Yellow Woman*，1981）、《摇篮曲》（*Lullaby*，1981）、《托尼的故事》（*Tony's Story*，1969）、《送雨云的男子》（*The Man to Send Rain Clouds*，1969）等，其中《摇篮曲》被《美国最佳短篇小说选》《诺顿美国文学选集》《诺顿女性文学作品集》等收录，她也成为此选集收入作品最年轻的作者。她还出版了短篇小说集《讲故事的人》（*Storyteller*，1981），这部集子共收录了西尔科的二十五首抒情诗和叙事诗、八篇短篇小说、二十六张父亲拍摄的家庭照片和风景

照、生活中的奇闻轶事。她于 1977 年发表了第一部长篇小说《典
仪》(*Ceremony*, 1977),评论界和读者给予这部小说强烈关注,西
尔科一举成为重要的本土作家。由于这部小说的发表,她于 1981
年获美国麦克·阿瑟天才奖,成为第一位获此殊荣的印第安作家,
此次获奖使她能够暂时放弃在美国亚利桑那大学的教学工作并全职
写作,她于 1994 年被授予美国本土作家终身成就奖。她先后发表
了长篇小说《死者年鉴》(*Almanac of the Dead*, 1991)、《沙丘花
园》(*Gardens in the Dunes*, 1999) 和回忆录《绿松石矿脉——一部
回忆录》(*The Turquoise Ledge*: *A Memoir*, 2010)。1996 年,西尔科
出版了文学评论集《黄种女人与精神之美:美国本土人的今日生
活》(*Yellow Woman and a Beauty of the Spirit*: *Essays on Native Ameri-
can Life Today*, 1996)。

　　作为一位有混血血统的女作家,西尔科从童年时期就对印第
安传说和故事有浓厚兴趣,她的父亲曾说西尔科"一直是一个好
听众,总是在大人身边听他们聊天。他们说话时,她就静静地
听,他们讲完故事,她就问问题。……她似乎记住了每个人讲给
她听的故事"①。西尔科的父亲、祖父母、姨妈都是讲故事的能
手,尤其是苏茜阿姨对西尔科的影响最大:

　　　　她属于一代

　　　　这拉古纳最后的一代

　　　　用口述文字

　　　　传下整个文化

---

　　① Turner, Frederick, *Spirit of Place*: *the Making of an American Literary Landscape*, Wash-
ington D. C. : Island Press, 1989, p. 327.

　　整个历史

　　对世界的整个看法

　　依靠记忆

　　依靠世世代代的反复讲述①

　　西尔科在她的文章《土地、历史和普韦布洛想象》（*Landscape, History, and the Pueblo Imagination*, 1986）中解释说："正是通过口述故事，古老的普韦布洛人保持和传递了他们的世界观"②，这种成长经历对西尔科的文学创作有深远的影响。此外，西尔科从小无拘无束地生活在印第安部落，童年时期就跟随父母打猎并广泛的接触大自然，从田间地头到日月星空都在她的脑海中留有印记。生态学家大卫·奥尔认为，生态意识的形成有赖于童年在野外的生活经历，这种童年时代的纽带"具有神奇的效果，可以使人在生态学方面富有想像力。没有这样的经历，人们很难成为自然界忠实的捍卫者"③。可见，她自童年时就建立起的与大自然之亲和关系对其后来的创作至关重要。

　　纵观国内外西尔科研究，可以发现国外对美国本土文学的研究跨学科性明显，学者们分别从后殖民角度、生态批评角度、女性主义、文化研究、宗教研究等角度对美国本土文学进行研究、阐释和解读，国外对西尔科的研究分为两部分。一部分是在以美国本土文学为整体研究对象的编著、专著、期刊论文或硕博士论文中将西尔科作为研究的一部分加以探讨，一部分是将西尔科作

---

① Leslie Marmon Silko, *Stroyteller*, New York：Arcade Publishing, 1981, pp. 4 - 6.

② Larrain Anderson & Scott Slovic & John P. O'grady （eds）, *Literature and the Environment: A Reader on Nature and Culture*, New York：Longman, 1999, p. 109.

③ 孙宏：《〈我的安东妮亚〉中的生态境界》，《外国文学评论》2005 年第 1 期。

为单独的研究对象来研究。

美国本土文学框架下的西尔科研究始于 20 世纪七八十年代，主要集中于以下主题：

关于印第安文化、传统、历史和印第安形象的研究。理查德·厄多斯（Richard Erdoes）与阿方索·奥提斯（Alfonso Ortiz）撰写了《美国印第安神话与传说》（*American Indian Myths and Lengends*，1984），这本著作收录了 160 余篇美国印第安的口头神话和传说，为后期美国本土文学的创作提供了丰富的素材。艾莱·瓦利（Alan R. Velie）出版的《四位美国印第安文学巨匠：莫马迪、韦尔奇、西尔科和韦兹诺》（*Four American Indian Literary Masters：N. Scott Momaday，James Welch，Leslie Marmon Silko，and Gerald Vizenor*，1982）研究了西尔科的第一部小说《典仪》中的圣杯传说，但研究方向较为单一；罗伯特·沃瑞尔（Robert Allen Warrior）在《部落的秘密：恢复本土裔美国知识传统》（*Tribal Secrets：Recovering American Indian Intellectual Traditions*，1994）中提到了西尔科的文本，他指出美国本土作家应该注重将印第安文化和历史进行更深入的了解，更要加深理解不同部落文化的差异所在；克雷格·沃马克（Craig S. Womack）在《红上红：美国本土文学的分裂主义》（*Red on Red：Native American Literary Separatism*，1999）中，从印第安部落的历史和传统出发，试图建立一个部落文学体系，他还强调美国本土文学批评应建立在部落文化和文学基础上，应该不同于西方文学批评的模式，此著作对西尔科作品中拉古纳普韦布洛的部落情结研究提出可借鉴之处；凯西·惠特森（Kathy J. Whitson）发表的《美国本土文学史》（*Native American Literatures*，1999）和肯奈斯·林肯（Kenneth Lincoln）发表的《语言如歌——美国本土文学中的经典》（*Speak Like Sing-*

ing-Classics of Native American Literature，2007）中，对西尔科作品的印第安主题和文学特征进行了总结和评论，但分析的透彻性和专向性较为缺乏；萨利·埃蒙斯（Sally Emmons）在他的博士论文《消除敌意的笑：部落文化幽默的作用——当代美国土著文学艺术中的幽默》（*Disarming Laughter：The Role of Humor in Tribal Cultur-An Examination of Humor in Contemporary Native American Literature and Art*，2000）中通过对美国土著部落文化和仪式等的分析辩驳了土著人缺乏幽默的说法。这篇论文细致研究了广泛分布于普韦布洛各个土著部落中的文化现象，能够帮助我们更好地理解印第安形象塑造中的"幽默"元素；劳拉·弗古森（Laurie L Ferguson）在他的硕士论文《恶作剧者的表现方式：幽默、弹性和现代美国本土文学的成长》（*Trickster Shows the Way：Humor，Resiliency，and Growth in Modern Native American Literature*，2002）中从心理学等层面对谢尔曼·阿列克谢、西尔科和路易斯·厄德里克的作品进行分析，研究了美国本土作家作品中的恶作剧形象、精灵形象和印第安性，文章指出美国本土文学主题的多样性及"弹性"；雪莱·斯提哥特（Shelley Stigter）的《美国本土文学中的双重声音和双重意识》（*Double-Voice and Double-Consciousness in Native American Literature*，2008）研究了美国本土文学发展中的部落文化与主流文化铸就的"双重意识"问题；约瑟夫·克罗姆（Joseph L. Coulombe）在《阅读美国土著文学》（*Reading Native American Literature*，2011）中通过分析包括西尔科在内的著名美国本土作家的文本指出美国本土作家写作中的部落文化呈现与外部读者之间的联系，期待人们加强对土著文化的全面了解。

后殖民角度。20世纪60年代，萨义德《东方主义》（*Orien-*

talism，1978）的出版标志着后殖民批评理论在西方文学理论界的兴起，80 年代后，后殖民理论家霍米·巴巴（Homi Bhabha）的混杂理论对文化身份认同和少数族裔研究产生了巨大影响，学者们开始探讨少数族裔文学中的殖民主义。美国的印第安人不处于后殖民状态，但他们遭受了内部殖民的压迫，"他们是被殖民的一群人"①。于是，印第安文学中的内殖民化和去殖民化成为新的研究趋势。其中，麦克卢尔（McClure，Andrew Stuart）在他的博士论文《美国本土文学中的"幸存"：形式与表现》（"*Survivance*" *in Native American Literature：Form and Representations*，1997）中从文本出发研究了哀鸽（Mourning Dove）的《康格维》（*Cogewea*）、萨拉·温尼马卡（Sarah Winnemucca）的《与派尤特人的生活：他们面对的不公正和诉求》（*Life among the Piutes：Their Wrongs and Claims*）、维泽诺（Vizenor）的《熊心》（*Bearheart*）、西尔科（Silko）的《死者年鉴》（*Almanac of the Dead*）。论文列举了白人文化和文学中诸多印第安人的负面形象，并探索了美国本土文学作家们如何抵制欧洲文学中的刻板化形象。他指出："'印第安'永远是具有'异己'的特征，他们是白人的发明"②，欧洲人刻画的印第安形象或是未开化的野蛮人，或是患有精神病的"混血儿"，这些形象被赋予的种族烙印十分明显，对印第安人的教育、语言和文化等的内部殖民倾向严重；谢菲尔德（Carrie Louise Sheffield）在《美帝国的去殖民化：土著美国文学的抵制和现状》（*Decolonizing the American Empire：Native American Lit-*

① Weaver, Jace, *That People Might Live：Native American Literature and Native American Community*, New York：Oxford University Press, 1997, p. 10.
② McClure, Andrew Stuart, "*Survivance*" *in Native American Literature：Form and Representations*, The University of New Mexico, ProQuest Dissertations Publishing, 1998, p. 4.

erature Of Resistance And Presence，2005）中对西尔科和阿列克谢等本土作家的文本从自治权、记忆和语言的角度进行研究，指出美国本土文学不仅仅是文学艺术，更重要的应该把文本视为民族去殖民化的重要策略。

生态批评研究。印第安人保持着与自然和谐相处的生活方式，这使美国本土文学与生态文学批评建立了某种关联。加之，历史上白人对印第安人土地进行侵占和剥夺，致使印第安人流离失所，诸多印第安文化也随之消亡。大规模的杀戮后，白人通过政策对印第安人实施隐形压制，将他们赶往被圈定的印第安保留地，贫瘠的土地和恶劣的气候，让习惯游牧而不是农耕的印第安人颗粒无收，最终他们只得出卖土地给白人而背井离乡。所以，土地是美国本土文学中永恒的主题。随着全球生态危机的出现，美国印第安人对自然的敬畏之情，对土地的依恋之感，在本土作家的写作中自然流露，也成为众多学者关注的焦点。在许多生态学专著中，美国本土文学文本成为被引用的经典例证，而西尔科的作品更是被频繁提及。如詹姆斯·塔特（James Tarter）所写的《找出铀矿：莱斯利·马蒙·西尔科的〈典仪〉中的地方、多种族与环境正义》（*Locating the Uranium Mine：Place，Multiethnicity，and Environmental Justice in Leslie Marmon Silko's Ceremony*，2005）中分析了西尔科作品中的环境正义问题；著名印第安学者罗伯特·纳尔逊（Robert M. Nelson）在专著《地方与所视愿景：美国本土小说中风景地貌的功能》（*Place and Vision：The Function of Landscape in Native American Fiction*，1993）中重点解读了斯科特·莫马迪的《黎明之屋》（*House Made of Dawn*）、莱斯利·西尔科的《典仪》（*Ceremony*）和詹姆斯·威尔奇的《吉姆·洛尼之死》（*The Death of Jim Loney*），这部生态文学研究的发轫之作，重点探讨了这三部作品中景观所蕴含的印第安整体生态观；当代著名生态批评专家劳瑞恩·安德森（Lorraine Anderson），斯各特·斯洛维克（Scott Slovic）和约翰·格兰迪（John P. O'Grady）合著的合著的专著《文学与环境：自然与文化读本》（*Literature and the Environment：A Reader on Nature and Culture*，1999）研究了西尔科的诗歌《来自熊国的故事》（*The Story from the Bear Country*），并指出诗歌意象的自然性和生态性；在生态学家爱德华·阿比（Edward Abbey）的代表作《大漠孤寂》（*Desert Solitaire*，1988）中，他以西蒙·奥尔蒂斯（Simon Ortiz）和乔伊·哈乔（Joy Harjo）的诗歌、厄德里奇（Erdrich）的《痕迹》（*Tracks*）、西尔科（*Silko*）的小说《死者年鉴》（*Almanac of the Dead*）为文本，重点分析了印第安传统文化所敬仰的自然观。2008 年，美国学者林赛·克莱尔·史密斯（Lindsey Claire Smith）出版了专著《处于美国文学边缘的印第安人、环境与身份：从福克纳和莫里森到沃克和西尔科》（*Indians，Environment，and Identity on the Borders of American Literature：from Faulkner and Morrison to Walker and Silko*，2008），她在书中先后讨论了包括库伯、福克纳、莫里森、沃克和西尔科在内的作家，并指出他们与自然的跨文化接触不仅仅打破了文化及种族的界限，且跨越了"荒野"与"文明"的分水岭。本书强调了在批评话语中"地方"的重要性，并将生态批评和种族研究融合在一起。专著的最后一章专门针对西尔科的《死者年鉴》进行分析，史密斯强调"西尔科展现出传统并不是'血统'，而是一个地方"①。

---

① Smith, Lindsey Claire, *Indians，Environment，and Identity on the Borders of American Literature：from Faulkner and Morrison to Walker and Silko*, New York：Palgrave Macmillan, 2008, p. 6.

　　国外还有部分学者从空间叙事学、女性主义、政治、审美等角度将西尔科纳入研究范围，作为他们专著或论文的一部分。比如，莫泽（Janette Irene Moser）的著作《平衡世界：当代美国本土小说中的空间设计》（*Balancing the World：Spatial Design in Contemporary Native American Novels*，1992）分析了莫马迪和西尔科的空间叙事策略，指出动态的空间范畴和人物之间的关系是美国本土作家重要的叙事方式；珍妮弗·夏多克（Jennifer Shaddock）论文《混血的女性：露易斯·厄德里克与莱斯利·西尔科小说中的动态妇女关系》（*Mixed Blood Women：The DynamiCof Women's Relationship in the Novels of Louise Erdrich and Leslie Silko*，1994）从女性角度出发，研究厄德里克和西尔科作品中女性人物塑造所映射出的印第安女性遭受的部落内压迫。此外，也有学者将西尔科与其他作家做横向或纵向的比较研究。诺梅·R. 瑞德（Naomi R. Rand）的专著《西尔科、莫里森和罗斯：生存叙事研究》（*Silko，Morrison，and Roth：Studies in Survival*，1999）比较了试图融入美国主流社会的非裔、犹太裔和本土作家，比如莫里森、菲利普·罗斯和西尔科，他们皆面临种族主义和反犹主义等社会历史问题，指出三位当代作家通过生存叙事手法表达抵抗族裔问题的策略；莱纳·荣斯汀（Leanne Ralstin）的论文《莫里森〈宠儿〉和西尔科〈典仪〉中水意象及治愈之旅》（*Water and the Search for Healing in Morrison's Beloved and Silko's Ceremony*，2010）中对非裔作家莫里森和本土作家西尔科进行对比研究，研究指出两部作品中"水"意象的象征意义并赋予其文化功能。"水"作为生命之源的象征，在主人公寻求精神治愈的过程中起到了重要的作用，使读者从独特的视角解读这两部经典之作。

　　作为当代重要的美国本土作家之一，国外来自各个领域的批评家和学者撰写了为数不少的专著和论文专门以西尔科为研究对象进行研究，已取得累累硕果。

在印第安传统、文化、历史方面，格里各瑞·赛勒（Gregory Salyer）的专著《莱斯利·马蒙·西尔科》（*Leslie Marmon Silko*，1997）讲述了西尔科的生平，探讨了她作品中的印第安文化元素，赛勒认为西尔科的作品能让读者更好地认识并理解印第安文化，同时，他也肯定了西尔科在当代美国文学中的重要地位；布鲁斯特·埃德蒙德·费兹（Brewster Edmunds Fitz）的专著《西尔科：写讲故事的人和女药师》（*Silko*：*Writing Storyteller and Medicine Woman*，2004）分析了西尔科作品中如何把"讲的故事"和"写的故事"相互关联并强调了口述传统在美国本土文学中的重要性和传承性。通过分析西尔科的《讲故事的人》《典仪》《死者年鉴》和《沙丘花园》，作者研究了西尔科如何在写作中实现"讲的故事"与"写的故事"、精神与肉体互相交织，并通过这种方式将普韦布洛文化推向新的维度；珀·瑟耶斯戴德（Per Seyerted）的传记《莱斯利·马蒙·西尔科》（*Leslie Marmon Silko*，1980）简单地讲述了西尔科的成长经历，并以《送云雨的人》《黄女人》和《仪典》为例，强调了地方、传统和部落文化在西尔科作品中所承载的意义和价值；海伦·杰斯克斯科（Helen Jaskoski）的专著《莱斯利·马蒙·西尔科：短篇小说研究》（*Leslie Marmon Silko*：*a Study of the Short Fiction*，1998）对西尔科的短篇小说进行了系统而深入的研究，梳理了西尔科短篇小说中普韦布洛的历史和西南地区文化；罗伯特·M. 尼尔森（Robert M. Nelson）的专著《莱斯利·马蒙·西尔科的"典仪"：恢复传统》（*Leslie Marmon Silko's Ceremony*：*the Recovery of Tradition*，2008）重点探讨了西尔科的小说《典仪》中印第安传统元素的使用。

在女性主义文学批评和性别研究方面，路易斯·巴内特（Louise Barnett）发表在《印第安文学研究》上的论文《黄女人和莱斯利·马蒙·西尔科的女性主义源泉》（*Yellow Women and Leslie Marmon Silko's Feminism Source*，2005）和杰克林·S. 伯奈特（Jacklinn S. Bennett）的专著《女性主义原则：莱斯利·马蒙·西尔科〈沙丘花园〉中的身份、独立和热情》（*The Feminine Principle：Identity, Interdependence and Hospitality in Leslie Marmon Silko's Gardens in the Dunes*，2011）均探讨了西尔科作品中彰显的女性主义情怀，她笔下的女性形象不是白人女性主义理论框架下受性别歧视和种族歧视双重压迫的牺牲品，而是根植于印第安文化的语境内，在能力和才智上出类拔萃的坚强女性。艾迪斯·斯万（Edith Swan）的论文《〈典仪〉中的拉古纳男子气概原型》（*Laguna Prototypes of Manhood in Ceremony*，1991）观点新颖，她认为塔尤的"雌雄同体"性格及行为受到拉古纳文化中以女性为核心的社会形态中男性气概原型的影响，[1] 通过描写塔尤与家族其他男性成员的关系，以及塔尤与黄女人的关系，塔尤最终融入到普韦布洛文化中，消除了他作为混血儿的心理迷茫和战争带给他的心理创伤；学者克里斯廷·赫尔佐格（Kristin Herzog）在论文《思考女性和感受男性：西尔科〈典仪〉中的性别研究》（*Thinking Woman and Feeling Man：Genders in Silko's Ceremony*，1985）中宣称："西尔科写作风格的策略，她把男性形象刻画成非虚构的和理性的，循环的和线性的元素与作品中人物形象的男性与女性特征

---

[1] Swan, Edith, Laguna Prototypes of Manhood in Ceremony, *MELUS*, Vol. 17, No. 1, Native American Fiction：Myth and Criticism, p. 57.

相呼应。"① 可见，西尔科《典仪》中的男性形象刻画敢于打破传统，超越了西方传统中的男性刻板形象；丽迪雅·库珀（Lydia R. Cooper）的论文《"他们艺术的贫乏"：莱斯利·马蒙·西尔科〈典仪〉中的男子气概和西方》（"*The Sterility of Their Art*"：*Masculinity and the Western in Leslie Marmon Silko's Ceremony*，2014）指出通过重塑塔尤的男子气概，西尔科批判了那些具有双面性人物形象的乏味，而这些人物形象和经历却恰恰根植于西方文化中。

学者们还对西尔科作品中的创伤主题和成长主题进行了深入的研究。亚历山大·甘瑟（Alexandra Ganser）的论文《莱斯利·西尔科〈典仪〉中的暴力，创伤和文化记忆》（*Violence，Trauma，and Cultural Memory in Lesile Silko's Ceremony*，2004），黄森亚（Huang，Hsinya）的论文《虚构热带：莱斯利·马蒙·西尔科〈死者年鉴〉和〈沙丘花园〉中的狂热书写和创伤书写》（*Inventing Tropicality：Writing Fever，Writing Trauma in Leslie Marmon Silko's Almanac of the Dead and Gardens in the Dunes*，2013），迈克尔·赛特利（Michelle Satterlee）的论文《景观想象和创伤叙事中的记忆：莱斯利·马蒙·西尔科〈典仪〉细读》（*Landscape Imagery and Memory in the Narrative of Trauma：A Closer Look at Leslie Marmon Silko's Ceremony*，2006）等均对西尔科的作品从个人创伤、家庭创伤和民族创伤等层面进行了研究，并强调了女性在治愈创伤和救赎之旅中的引导和决定作用，这也映射了对拉古纳普韦布洛母系文化的传承，基于此，诸多学者将西尔科的小说解读为印第安的成长小说（bildungsroman）。

---

① Herzog，Kristin，Thinking Woman and Feeling Man：Genders in Silko's *Ceremony*，*MELUS*，1985，Spring，Vol. 12（1），p. 27.

　　詹姆斯·塔特（James Tarter）在他的文章中也评论塔尤为
"失落者，……塔尤的故事呈现了通过完全的、详尽的叙述展示
了一个独立、健康人格的形成过程"①。约翰·珀迪（John Purdy）
也评论塔尤："从一个孤独、病态的人物成长为强壮的、有能力
的族人的代表。"②

　　国外学者对西尔科作品的叙事结构也颇为关注。帕特里夏·
布朗（Patricia Brown）在他的博士论文中专门探讨了西尔科《典
仪》中的时间叙事。他在研究中肯定了西尔科别具一格的叙述风
格，"通过多种倒叙手法，西尔科展现了水平—历史的时间结构。
反过来，当按照时间顺序叙述时，这一过程也呈现了众多表现主
人公过去的独特事件"③。伯林·萨拉·莫瑞尔（Pauline Sarah
Morel）的论文《莱斯利·马蒙·西尔科短篇小说中的环形结构、
神话和讲故事》（*Circularity*，*Myth*，*and Storytelling in the Short Fic-
tion of Leslie Marmon Silko*，2000）通过分析西尔科的 7 篇短篇小
说重点研究了其短篇小说中的环形叙事结构。他指出："西尔科
小说中环形结构的地位，宏观地讲，在整个美国本土文学中的地
位，是决定性的，是内容和形式上共同的特征。"④ 此外，美国学
者简内特·M. 帕沃斯（Janet M. Powers）、戴瑞尔·唐纳利（Daria
Donnelly）和戴柏拉·霍维兹（Deborah Horvitz）都对西尔科的叙

---

① Tarter, James, "Locating the Uranium Mine: Place, Multiethnicity, and Environmen-
tal Justice in Leslie Marmon Silko's Ceremony", *The Greening of Literary Scholarship: Literature*,
Theory, *and the Environment*, Rosendale, Steven (ed. and introd.), Slovic, Scott (foreword),
Iowa City, IA: University of Iowa Press, 2002, p. 102.

② Purdy, John, The Transformation: Tayo's Geneaology in Ceremony, *Studies in Ameri-
can Indian Literatures*, New Series, Vol. 10, No. 3 (Summer, 1986), p. 121.

③ Brown, Patricia, *The Spiderweb: a Time Structure in Leslie Silko's Ceremony*, East Tex-
as State University, Pro Quest Dissertations Publishing, 1986. p. II.

④ Morel, Pauline, *Circularity*, *Myth*, *and Storytelling in the Short Fiction of Leslie Mar-
mon Silko*, Universite Laval (Canada), ProQuest Dissertations Publishing, 2000, p. I.

事结构和叙事风格进行了细致研究。其中，帕沃斯研究了西尔科《死者年鉴》中的预言叙事并进一步指出："作为 20 世纪末的美国本土作家，西尔科并没有呈现共时的基督教的起源论，而是历时的呈现起源于从 15 世纪末欧洲人到达这片新世界的故事。"[①] 唐纳利指出西尔科拉古纳故事叙述中的延展性和异质性，通过穿插多重叙事结构作为她反霸权主义的策略和手段。无独有偶，霍维兹也意识到西尔科作品中叙事结构的特色，她认为通过对不同故事的复述，西尔科不仅将部落信仰列为小说的一部分，更将西方哲学囊括在内。

　　将西尔科的作品置于殖民主义、后现代主义范畴与语境下进行研究，也是国外学者们感兴趣的领域之一。安·布雷格汉姆（Ann Brigham）对西尔科《死者年鉴》中的殖民主义进行了研究，尤其是将小说开篇绘制的地图作为抵制帝国主义和殖民主义的修辞话语；史蒂芬·李（Stephanie Li）对《沙丘花园》中的花园看作殖民主义入侵对现代文明的破坏；卡伦·厄瑞（Caren Irr）在她的论文《〈死者年鉴〉中的时间性，或一部激进小说的后现代阅读》（*The Timeliness of Almanac of the Dead, or a Postmodern Reading of Radical Fiction*, 1999）中将西尔科称为"后现代激进主义"并将她的作品视为完成詹姆森所谓的那种新的、后现代的、政治艺术的召唤。[②] 阿诺德·珂如派特（Arnold Krupat）将西尔科的叙事看作是后现代的，她讲故事般的叙事符合巴赫金的

---

① Powers, Janet M., "Mapping the ProphetiC Landscape In Almanac of the Dead", *Leslie Marmon Silko: A Collection of Critical Essays*, Ed. Louise K. Barnett & James L. Thorson, Albuquerque: University of New Mexico Press, 1999, p. 262.

② Irr, Caren, "The Timeliness of *Almanac of the Dead*, or a Postmodern Rewriting of Radical Fiction", *Leslie Marmon Silko: A Collection of Critical Essays*. Ed. Louise. K. Barnett & James. L. Thorson, Albuquerque: University of New Mexicao Press, 1999, p. 225.

"复调"理论，在这种叙述模式下，她发出的声音不单单是作者
自己的声音，而是"其他土著或者非土著的声音，故事叙述者的
声音或者作家的声音"。①

　　西尔科的作品注重人与自然的联系，她所流露出的大地情怀
让她的作品成为生态专著或者论文被引用的范本。从生态批评角
度对西尔科进行研究也是近年来比较热门的研究之一。如詹姆斯·
塔特（James Tarter）的《找出铀矿：莱斯利·马蒙·西尔科的
〈典仪〉中的地方、多种族与环境正义》、彼德·贝德勒（Peter
G. Beidler）的《〈典仪〉中的动物和主题》（*Animals and Theme in
Ceremony*，1979），李·施文宁格（Lee Schweninger）的《书写自
然：作为自然作家的西尔科与土著美国人》（*Writing Nature：Silko
and Native Americans as Nature Writers*，1993）、康贾莫（Kang Ja-
mo）的《"他们来自大地"：莱斯利·马蒙·西尔科〈死者年鉴〉
的生态解读》（*Then They Grow Away from Earth：An Ecological Read-
ing of Leslie Marmon Silko's Almanac of the Dead*，2003）、托马斯·沃
侬·里德（Thomas Vernon Reed）的《西尔科〈死者年鉴〉中有毒
的殖民主义，环境正义和土著的抵抗》（*Toxic Colonialism，Environ-
mental Justice，and Native Resistance in Silko's Almanac of the Dead*，
2009），布雷安娜·拉达坡（Ladapo，Brianna）的硕士论文《莱斯
利·马蒙·西尔科如何通过小说环境和自然空间反映文化争斗》
（*How Environment and Natural Space Reflect Cultural Power Struggles in
the Novels of Leslie Marmon Silko*，2011）、库梅·洪使侬（Kumi
Hoshino）的论文《莱斯利·马蒙·西尔科的〈典仪〉：一种生态批

---

① Krupat，Arnold，"The DialogiCof Silko' Storyteller"，*Narrative Chance：Postmodern
Discourse on Native American Indian Literatures*，Ed. Gerald Robert Vizenor，Albuquerque：Uni-
versity if NM Press，1989，p. 60.

评方式的转化学习》（*Leslie Marmon Silko's Ceremony*：*An Ecocritical Approach for Transformative Learning*，2008），瑞贝卡·特莱特（Rebecca Tillett）的论文《被真实蚕食的现实：莱斯利·马蒙·西尔科〈死者年鉴〉中"发展"的生态代价》（*Reality Consumed by Realty*：*The Ecological Costs of 'Development' in Leslie Marmon Silko's Almanac of the Dead*，2005）均从生态伦理、生态政治、动物研究、环境正义和书写自然等方面对西尔科进行了生态批评解读，但无论是硕博士论文、专著还是期刊论文，均以西尔科的单部小说为文本分析对象，缺乏对西尔科的作品进行线性的、系统的生态批评研究。

除了从以上主题对西尔科进行了研究以外，还有众多学者对西尔科进行访谈并出版了传记。这些访谈和传记讲述了西尔科的成长背景、文化宗教观和创作的思想观点等，因此也是研究西尔科不容忽略的重要资料。早在 1980 年，坡·瑟耶斯戴德（Per Seyersted）就撰写了一部思路清晰的西尔科传记，叙述了西尔科出生和成长的拉古纳普韦布洛地区的历史及其对西尔科创作的影响，但由于年代较早，西尔科 80 年代后的创作没有被收录。1986年，《美国族裔研究》杂志的科姆·巴斯（Kim Barnes）对西尔科进行了访谈，在访谈中西尔科谈到作为一名文学家她将如何着手写自传的问题。1993 年，在唐纳·派瑞（Donna Perry）的访谈中，西尔科谈到了她的出生，她的个人经历，教育经历，文学创作等，当被问及生命中重要的女性人物时，西尔科回答："我非常幸运，因为我身边有几代的女性家族成员。我从来没有想到女性与男性同样的强壮，同样的有能力，同样的被认可。"[1] 西尔科

---

① Perry, Donna Marie（eds），*Backtalk*：*Women Writer Speak Out*，Ed. Donna Perry，New Brunswick，N. J.：Rucgers University Press，1993，p. 319.

与阿诺德·L. 爱伦共同编著的作品集（Leslie Marmon Silko & El-
len L. Arnold）《与莱斯利·马蒙·西尔科的对话》（*Conversations
with Leslie Marmon Silko*，2000）共收录了 16 次对西尔科的访谈记
录，时间跨度长达 20 余年。比如 1976 年，坡·瑟耶斯戴德（Per
Seyersted）的《对莱斯利·马蒙·西尔科的访谈》（*A conversation
with Leslie Marmon Silko*，1976），1981 年埃莱纳·加纳（Elaine
Jahner）的《小说与口述传统：对莱斯利·马蒙·西尔科的访谈》
（*The Novel and Oral Tradition：an Interview with Leslie Marmon Silko*，
1981），1992 年琳达·尼曼（Linda Niemann）的《生存的叙述》
（*Narratives of Survival*，1992）等访谈。这些访谈针对西尔科的成
长经历、拉古纳文化传统、家族历史、文学创作、叙述手法等方
面多维度、立体式地对西尔科进行了提问，是研究西尔科不可或
缺的资料。

随着美国本土文学的复兴，国内学术界也逐渐开始关注美国
本土文学，但目前仍处于研究的起步阶段。在编撰美国文学史教
材方面，国内学者很早就认识到美国本土文学在美国文学史发展
中的重要作用，如董衡巽先生在《美国文学简史》中首先充分肯
定了原住民在北美的地位，作为土地的主人，他们被屠杀，文化
也受到致命的摧残，文学传统几乎完全中断。[①] 刘海平、王守仁
等人编撰的《新编美国文学史》充分肯定了美国土著文学在美国
文学的起始和发展中所起的重要作用，单德兴在《重建美国文学
史》一书中，通过比较美国历史上最重要的三部文学史的异同，
探讨了文学的演变特征，尤其是在反映族裔的歧异性这一理念推
广之前和之后的变化反映在不同的文学史版本中。

---

① 董衡巽：《美国文学简史》，人民文学出版社 2003 年版，第 1—5 页。

截至目前，国内学界针对西尔科的研究专著有两部，李雪梅（2016）完成了专著《莱斯利·马蒙·西尔科小说的家园探寻研究》，她以西尔科小说中的家园探寻主题为研究的出发点，分别从思想、记忆和神话层面研究了西尔科的三部小说《典仪》《死者年鉴》《花园沙丘》中的家园主题，从而揭示了面对殖民主义和帝国主义的双重压迫，印第安人为寻求家园而付出的艰辛努力；赵丽（2017）完成了专著《西尔科小说研究》，基于印第安民族历史的复杂性和美国政府对印第安政策的多变性，论述了印第安身份构建的复杂谱系。此外，还有对美国本土文学做整体和宏观研究的专著中提及西尔科，如石坚教授的专著《美国印第安神话与文学》（*Native American Mythology and Literature*，1999）一书中详细评述了威尔奇、西尔科和艾伦等作家的重要作品；刘玉的专著《文化对抗——后殖民氛围中的三位美国当代印第安女作家》中有一章涉及西尔科。

学者王建平（2007）先后发表两篇深入探讨西尔科小说创作的论文，主要探讨了西尔科作品中的文化及宗教；李雪梅（2012，2014，2016）发表了针对西尔科研究的系列论文，她主要从文化、深层生态学等方面对西尔科的小说《典仪》和《死者年鉴》进行研究；赵丽（2016，2017）对西尔科的研究主要涉及西尔科作品中的殖民主义及宗教；于美娜和冷慧（2015）主要从生态批评角度阐释西尔科的代表作品；秦苏珏（2013）发表的论文探讨了《典仪》中的生态整体观；张慧荣（2011）的论文以生态批评和原型批评等为理论框架，探讨《典仪》中反映的生态整体观。

张明远（2007）运用生态批评理论对小说主人公塔尤（Tayo）身份缺失和话语缺失的根源及自我寻根之旅进行分析，从而揭示出印第安人和谐的生态观；张娟（2010）以罗尔斯的正义论为理论依据，综合运用后殖民理论和生态批评理论等文学批评理论，系统分析了《死者年鉴》中的正义主题；李婉（2008）运用心理学关于创伤的研究将塔尤（Tayo）的心理创伤进行分类并分析了他如何在土著药师的帮助下完成一系列印第安仪式，最终恢复为正常人的过程；赵丹（2013）试图从文化身份认同角度研究主人公英迪戈对自我身份认同的历程；叶如兰（2009）以生态女性主义为主要理论指导，分析了西尔科的《典仪》《死者年鉴》《花园沙丘》三部小说及《说故事的人》和《黄女人》两部散文故事集，探讨了在现代纷繁的社会中印第安身份构建过程中面临的一系列问题及困惑。

总体来看，国外对西尔科的研究起步较早，专著、期刊论文、硕博士论文等研究成果卷帙浩繁，国外对西尔科的研究角度和方式较为多样，学者们以专著、论文等形式从文化、历史、政治、女性主义、生态批评、性别研究、殖民主义、后现代主义等视角涵盖了颇为全面的西尔科研究，研究成果涉及西尔科的小说、诗歌、散文等各类文体，但对西尔科的四部长篇文本进行系统研究的成果尚不多见。

国内对西尔科的研究尚处于起步阶段，就期刊发表的论文情况来看，无论从论文数量还是研究者数量而言，国内对西尔科的研究成果相对匮乏。总的来说，国内对西尔科的研究视角大致可分为：印第安文化与身份研究，后殖民主义研究，生态批评研究，女性主义研究，创伤主题研究等，研究的作品多集中于西尔科的小说《典仪》和《死者年鉴》。由于语言和文化等障碍，西尔科的长篇小说，目前尚无中文的翻译文本，仅有为数不多的对她诗歌和短篇小说的翻译出现，因此，笔者认为译介不足是导致西尔科国内研究匮乏的原因之一。

本书第一章主要结合《死者年鉴》，分析西尔科小说中表达的后殖民生态主义思想。后殖民生态主义关注的主要问题为：后殖民环境批评和后殖民动物批评，并聚焦发展问题，环境正义和人与动物的关系问题。西尔科在小说中以年鉴的书写方式表达了内部殖民主义对印第安社会和文化的毁灭性影响，小说中反复出现抗争与追寻的主题，印第安人对发展正义、环境正义和社会正义的追求是反抗内部殖民压迫的重要手段。同时，通过呈现印白文化中迥异的土地观和动物观，西尔科强调了殖民主义发展中土地和动物的政治性功能，两者也是温和而有力的反殖民手段。西尔科指出印第安文学中追求正义、关爱土地和动物等主题在增强反殖民意识和解构殖民话语中均有积极作用，充分体现了其后殖民生态主义思想。

第二章着重探讨西尔科在小说《典仪》和《沙丘花园》中表达的生态女性主义思想。国内外已有研究成果从多角度对西尔科的小说《典仪》进行解读，包括印第安人对家园的追寻，生态整体主义，女性主义等角度，本章深入挖掘《典仪》的女性形象塑造，包括女神形象和世俗女性形象两个层面，总结出西尔科在作品中沿袭印第安传统中女性的崇高地位和反抗精神，反观父权制文化对女性地位的贬抑，西尔科试图打破两性二元对立的性别传统，体现了美国本土女性作家广博的包容性，更凸显了西尔科追求两性世界和谐共融的生态女性主义理念。本章还探讨了西尔科在《沙丘花园》中通过风格各异的花园将自然、女性、文化、生态等要素汇集在一起，使之成为反抗殖民者对自然和生态的破坏行为、唤醒女性意识的力量。生态女性主义强调自然与女性的一体性，并关注和改变自然生活及社会生活中一切不合理关系的存在。西尔科在作品中把花园作为自然与文化的隐喻，以自然为载体，寻根古欧洲文化与复魅女神文明，构架起跨大洋轴心的文化桥梁，追溯当代生态危机的文化根源。同时，西尔科重塑女性在印第安文化和古欧洲文化中的核心地位，在这两种文化的影响下，白人女性海蒂的女性意识觉醒，彻底与男权文化决裂，从而重塑了女性主体身份。

第三章探究了西尔科作品中的生态整体主义思想。生态整体主义强调人类的行为应以生态整体利益为准则，注重生态共同体的共存和可持续发展。美国印第安人在世代与自然和谐相处中形成了独特的生态整体观，对解决当代生态危机具有重要的借鉴意义。本章首先以《绿松石矿脉》为文本，指出西尔科透过作品表达的生态整体主义思想，体现了西尔科从美国本土作家独特的文化及审美视角关注其居住的生态地方，又从更宏大的层面关注当代生态危机的全球化现象。她在作品中将其生态视野和生态关注实现了"地方性"与"全球化"的联结，突出了生态地方主义和生态世界主义思想，体现出其生态思想的宽广性和强烈的责任感及家园意识。本章继而分析了《典仪》中的生态整体主义思想。在《典仪》中，西尔科重点突出了"水"意象，本章深入挖掘"水"作为生命之源的象征意义和内涵，小说中的干旱即体现了水的毁灭性，象征着人类自然生态和精神生态的失衡。塔尤在印第安"女神"及部落世俗女性的指引下，在"水"意象重现的环境中，逐渐从精神失衡的状态恢复，此时，"水"的创生性特点显现。通过"水"意象和女性形象，西尔科将自然生态、社会生态和精神生态作为生态整体联结在一起，表达了其独特的生态整体主义思想。此外，由于西尔科的文学创作受到美国超验主义的影响，本章比较了西尔科与梭罗生态整体主义思想的异同，目的在于实现两者生态思想的沟通和交流。

在结论部分，本书比较了西尔科与其同时代的美国本土作家在生态思想表达方面的异同，总结出西尔科作品中生态思想的独特性及其嬗变。西尔科通过政治性强的作品，从宏大叙事的角度揭露人类工业化及发展进程中对生态环境的破坏，体现出对生态危机的忧患意识；她还注重文化的重要功能，溯源古欧洲文化及印第安文化中的生态思想并发掘其当代价值，为解决当代生态危机提供文化层面的有效路径；此外，西尔科生态思想的独特性还体现在她具有前瞻性的全球化意识，她在写作中把她生活的"地方"和更宽广意义上"全球"有效联结在一起，呼吁人类共同体的建立。在西尔科生态思想的阐释过程中，她更注重各种文化之间的互融性，全球意识明显增强，从一味地批判人类中心主义观到逐渐意识到并深入剖析生态危机出现的社会根源和文化根源，此为西尔科生态思想的嬗变轨迹。结论进一步阐明了本书的研究价值和意义，西尔科通过文学文本表达出的生态思想传承了印第安人的生态智慧，对人类精神世界和被破坏的生态环境从意识上也具有救赎功能。同时指出在生态危机全球化背景下，越来越多的当代作家通过文学作品表达生态思想，标志着生态文学已成为当代文学发展的重要趋势，也承载了文学家们对社会责任的担当。结论部分还指出了本研究存在的不足，对生态批评理论视域下东西方文学比较研究的可行性进行了展望，如西尔科和陶渊明的比较研究等，希冀此问题能得到更加深入全面的审视和研究。

第一章

抗争与追寻:西尔科作品中的
后殖民生态主义思想

　　后殖民批评理论发展始于 20 世纪 70 年代末期,其奠基性理论著作是萨义德(Edward Said)的《东方主义》(*Orientalism*, 1978),深刻揭示了帝国主义集团对第三世界国家推行的文化霸权之本质,将文化研究推向更深层维度。继而,在 20 世纪 80 年代后期,后殖民理论家霍米·巴巴(Homi Bhabha)提出的混杂理论和模拟概念推动了后殖民理论与原住民、少数族裔和民族文化身份研究相结合,拓展了该理论的研究空间。① 后殖民生态主义理论在后殖民批评理论的基础上发展而来,其研究的核心问题为后殖民环境批评和后殖民动物批评。

　　西尔科在其长篇小说《死者年鉴》(*Almanac of the Dead*)中表达了其后殖民生态主义思想。继《典仪》之后,西尔科艰辛磨砺 15 年,于 1991 年发表第二部长篇小说《死者年鉴》(*Almanac*

---

　　① 王宁:《叙述、文化定位和身份认同——霍米·巴巴的后殖民批评理论》,《外国文学》2002 年第 6 期。

of the Dead），小说一经发表，便引起强烈反响，评论家们对这部
小说评价褒贬不一。著名美国华裔作家汤亭亭评论："阅读《死
者年鉴》就是倾听祖先神灵的声音，他们诉说了我们来自哪里，
我们是谁，要去往哪里。"① 美国本土文学评论家安奈特·詹姆斯
（Jaimes，M. Annette）从土著人的角度称《死者年鉴》包含了巧
妙设计的情节，并呈现了宽广的视野和深邃的主题。② 另外一名
美国本土评论家琳达·尼曼（Linda Niemann）指出："这是我近
年读过的最精彩的一部小说。我召集了我的朋友们，让他们去购
买这本书。……它仿似一叶轻舟，载满故事与声音，上面还乘着
许多人，这些人要在旧世界的废墟中重修一个新世界。"③ 这部小
说还被称为是"近年来最重要的一部美国印第安小说，与20世
纪后期其他小说相比它更错综复杂，更惊心动魄，更发人深
省"。④ 著名作家托尼·凯德·佰巴拉（Toni Cade Bambara）评论
《死者年鉴》是一本很重要的书。在对这部作品褒扬的同时，也
有很多评论家认为这部作品人物混乱，宣扬同性恋和不道德的三
角恋行为，故事情节亦晦涩难懂，对美国政府和社会的丑化色彩
浓重，比如，艾伦（Paula Gunn Allen）认为当她第一次读这本小
说的时候，她感觉西尔科写这部小说的唯一目的是"一个被排挤

---

① Silko, Lesslie Marmon, *Almanac of the Dead*, New York: Penguin Books, 1991, front cover.

② Jaimes, M. Annette, "The Disharmonic Convergence: A Review of Leslie Marmon Silko's Almanac of the Dead", *Wicazo Sa Review*, Vol. 8, No. 2 (Autumn, 1992), pp. 56 – 57.

③ Niemann, Linda, New World Disorder, *The Women's Review of Books*, 1992, 9 (6), p. 1.

④ Barnett, Louise K & James L. Thorson, *Leslie Marmon Silko: A Collection of Critical Essays*, Albuquerque: New Mexico UP, 1999, p. 1.

的作家乞求被接受"。① 面对追捧或质疑，西尔科很平静地接受了这些反馈，并在一次访谈中说："希望这本书没有伤害到你，如果是，那就不要再读下去了。"②

《死者年鉴》可谓鸿篇巨制，篇幅长达 700 多页，塑造人物 70 有余，情节复杂，场景多变，古今交错。小说以古代玛雅年鉴为线索，时间跨度长达 500 年之久，地点横跨三大洲，讲述了美洲大陆被殖民入侵的血腥历史：印第安人惨遭屠杀，美洲原住民土地沦丧，非洲黑奴被贩卖等，并寻踪美洲遗失的历史和文明以及印第安古老的文化传统。西尔科用"年鉴"命名小说，具有深刻的历史内涵。一方面，年鉴寓指历史上在西班牙人入侵美洲大陆之前流传在美洲大陆的具有神秘性、先知行和预言性的法典和年鉴，专门记录了土著人的历史，文化，风俗和天文等，这些年鉴预言了欧洲人在美洲大陆的殖民统治将彻底消失。小说的中心线索是记载了神秘玛雅人文明的古代玛雅年鉴，随着 16 世纪西班牙人的入侵，这些法典和年鉴被焚毁，只有 4 部流传下来，其中，玛雅年鉴指墨西哥尤卡坦半岛到萨尔瓦多和洪都拉斯一带讲玛雅语的土著人所著的年鉴。另一方面，西尔科小说中的"年鉴"被想象为史前文明冲突前年鉴的续集，即文明冲突之后的一部虚构的年鉴，这部年鉴与印第安的历史和文化休戚相关。在印第安文化中，年鉴记载了日月星辰的变化和时间的流逝，神灵保佑着每一个时辰。小说中众多的人物角色，错综的故事情节，孜孜不倦地诉说着历史、文化和政治。

① Allen, Paula Gunn, Special Problems in Teaching Leslie Marmon Silko's Ceremony, *American Indian Quarterly*, 1990, Vol. 14 (4), p. 383.

② Perry, Donna, *Backtalk*: *Women Writers Speak Out*, New Brunswick, N. J.: Rutgers University Press, 1993, p. 332.

本章重点探讨西尔科小说《死者年鉴》(*Almanac of the Dead*)中的后殖民生态主义理论。本章首先回顾了印白双方围绕土地所有权而产生的战争、争议和土地所有权问题对印第安文化身份的影响。本章继而回顾了殖民主义和工业化发展的历史,揭露了其实用主义价值观指导下发展的实质,同时,本章说明了反抗殖民过程中的各种非正义现象,印第安人对发展正义、环境正义和社会正义展开不懈追求。最后,本章探讨了人与动物的话题,通过阐释印白两种文化背景下不同的动物伦理观,以及西尔科的《死者年鉴》中反映出的动物的人性和人的动物性等主题,旨在说明西尔科在小说中从独特的视角出发,强调了人与动物的相通性,并主张建立人与动物之间的新型伦理关系,体现了其独特的生态思想。

第一节 后殖民生态主义理论的源起

生态批评起步较晚,其发展肇始于 20 世纪 70 年代后期和 80 年代初期的文学批评界。彻瑞尔·格罗特菲蒂 (Cheryll Glotfelty) 教授对生态批评的定义为"对于文学与物质世界之间关系的研究"。① 即通过文学作品去审视社会关系,政治格局、历史变化等,格罗菲尔蒂教授在 1996 年出版的《生态批评读本》(*The Ecocriticism Reader*) 中表达了对环境危机、资源过度消耗、污染问题等的关注,并试图通过文学读本来考察和探索人类与环境的关系。戴维·梅泽尔 (David Mazel) 于 2000 年提出生态批评是研

① Glotfelty, Cheryll, "Introduction: Literary Studies in an Age of Environmental Crisis", *The Ecocriticism Reader: Landmarks in Literary Ecology*, Ed. Cheryll Glotfelty & Harold Fromm & Teresa Shewry, Athens, Georgia: University of Georgia Press, 1996, p. xviii.

究"仿佛地球很重要"的文学。该定义略具调侃性质，但指出文学应该从更宽广的维度去理解自然和世界。① 斯哥特·斯洛维克（Scott Slovic）教授也对生态批评下过定义，他认为生态批评可以研究明确涉及环境的文本——既包括文学文本，也包括其他媒介，比如电影、音乐、视觉艺术——诸如此类有明确环境性的文本。研究时也可以采取任何学术方法：心理学，宗教学方法，经济学，或者历史学方法等。② 总之，生态批评理论主张打破人类中心主义，关注文学文本中的生态危机等当代社会问题，主张建立人与自然的和谐关系等。

后殖民生态批评（Postcolonial Ecocriticism）是后殖民批评理论与生态批评理论的跨学科研究。2010 年，哈根（Graham Huggan）与蒂芬（Helen Tiffin）的合著《后殖民生态批评》（*Postcolonial Ecocriticism-Literture*，*Animals*，*Environment*，2010）一书对后殖民生态主义理论进行了系统和详细的阐述，并结合文学文本探讨了后殖民社会中的生态问题和反思，将后殖民研究与生态研究进行跨界结合，为文学研究提供了新维度。该著作通过阐释文学、环境和动物三方面的关系，揭示了资本主义发展是环境恶化的根源，并衍生到殖民地的环境公平正义问题，指出发展不能以牺牲殖民地的环境为代价。该著作标志着后殖民生态主义理论的正式确立，它不仅"提供了哈根与蒂芬对后殖民生态批评领域核心议题的详细解读"，③ 而且"大大提升了后殖民生态批评研

① Mazel, David, *American Literary Envirnmentalism*, Athens: University of Georgia Press, 2000, p. 1.

② Coupe, Laurence, *The Green Studies Reader: from Romanticism to Ecocriticism*, London and New York: Routledge, 2000, p. 352.

③ Nichols, Molly, Review of Postcolonial Ecocriticism: Literature, Animals, Environment, *Critical Quarterly*, 2011（2），p. 4.

究的学术地位，使得近几年来后殖民生态批评研究汹涌澎湃，势不可挡"。①

后殖民生态主义主要探究的问题有二：

一是后殖民环境批评，其核心内涵是"研究后殖民批评与环境问题的相互渗透，这种渗透早已贯穿于文学的历史发展进程中"。② 在其著作中，哈根与蒂芬将后殖民环境批评分为后殖民的发展问题和后殖民的土地所有权问题加以研究。他们指出："发展"其实是一个被历史所建构的话语，与萨义德的"东方主义"话语一脉相承。而这种话语的建构，无非是为一个庞大的、以西方经济和政治利益为中心的专家技术组织机构服务，便于西方在各领域对第三世界开展新殖民主义霸权。③ 资本主义发展的本质是建立在对第三世界人民剥削的基础之上，是以牺牲殖民国家的社会正义和环境正义为前提的。对发展问题的探究则不可避免的引出土地及土地所有权问题，因为对于被殖民国家而言，土地及土地所有权关联着他们的文化认同和身份归属。

二是后殖民动物批评。以部分文学文本为研究范畴，哈根与蒂芬对"物种主义"与"种族主义"的概念，"食人性"与"食肉性"的特征，动物与人类情感的相似性以及动物与人类享有平等权利等方面进行了研究，并呼吁尊重动物及其他物种，从而真正地实现种际正义。哈根与蒂芬认为："物种主义"与"种族主义"是一对相辅相成的概念。前者不能在伦理上善待动物等非人类物种，而后者不能正确处理种族间的相互关系，因而两者都无

---

① Carrigan, Anthony, Reviews of Postcolonial Ecocriticism: Literature, Animals, Environment, *Journal of Postcolonial Writing*, Vol. 47, No. 3, July 2011, p. 352.

② Graham, Huggan & Tiffin Helen, *Postcolonial Ecocriticism: Literature, Animals, Environment*, London and New York: Routledge, 2010, p. 19.

③ Ibid., p. 28.

法准确定位人在自然环境中的位置。① 由于欧洲殖民者的"物种主义"与"种族主义"观，他们将殖民地的土地、物种和动物作为殖民侵略的对象。"食人性"（Canniballism）与"食肉性"（Carnivory）这两个概念也与殖民扩张有密切关系。哈根与蒂芬认为：虽然"食人性"与"食肉性"都是消费他者肉体的一个过程，但"食人性"基本上是象征性的，而人类的"食肉性"却是一种地道的存在。究其实质，绝大多数人的"食肉性"无非是对妇女、动物及穷苦人等所展示的一种霸权。② 此外，哈根与蒂芬强调动物与人类具有相同的情感意识，批判了人类中心主义所秉持的一切以人类为中心的观点，他们强调：监视异族（种）通婚行为，无论是将种族间的性行为（已不是禁忌）还是跨物种的人兽性交（仍是禁忌）宣布为违法，其实都是维持了"我们与他者对立"的殖民主义思维。③

为强调后殖民生态批评从单纯的文学研究向干预社会公正的干预性研究转向，哈根与蒂芬分析了生态批评从美学到干预倡导主义行动主义的转型。格罗菲尔蒂因将生态批评局限于"研究文学与环境之间关系的学科"而饱受诟病，④ 故生态批评应该从过分注重文学文本的境遇中实现突破，所以，后殖民生态主义是对生态批评理论的继承和超越，呈现出从文本向现实，从理论到实践的转向。

从实质而言，无论是后殖民主义理论还是生态批评理论，在涉及美国本土文学研究方面均有其不足之处。后殖民主义理论偏

---

① 朱新福、张慧荣：《后殖民生态批评略述》，《当代外国文学》2011 年第 4 期。
② Graham，Huggan & Tiffin Helen，*Postcolonial Ecocriticism：Literature，Animals，Environment*，London and New York：Routledge，2010，pp. 175 – 176.
③ Ibid.，p. 194.
④ Ibid.，p. 12.

重印第安文化与身份研究，而较少关注美国本土文学中的自然、土地、动物等元素在殖民扩张中的重要性。生态文学批评试图解构人类中心主义价值观，其对生态中心主义的过分强调则容易陷入新的二元对立的壁垒和误区。而后殖民生态主义理论提出环境正义与社会正义，强调在全球一体化背景下，对于自然、环境、动物与人类关系的重新审视，探究在文学文本中反映的（新/旧）殖民主义的影响，关注富裕的第一世界发达国家以发展之名对于贫困的前殖民地在土地、植物、动物、生命基因、环境、种族、语言、精神和文化等方面造成的破坏。①

第二节　《死者年鉴》中的土地所有权与反抗殖民压迫

　　土地及土地所有权是印第安文化体系中的重要元素，也是体现其生态观的重要维度。对于他们而言，土地被奉为有灵魂的力量，土地不仅为他们提供食物和住所，而且滋养着他们的血脉和灵魂。正如波拉·甘·艾伦所写的：

　　　　我们就是土地……土地并不仅仅只是与我们自身分离的，我们在那里演绎我们隔绝的命运的地方。它不是生存的手段，事件的背景，我们为了保全自身而向之索取的源泉。它不是为了让我获得"自我意识"而存在的"他者"。它是我们存在的一部分，不断变化、充满活力、重要且真实。作

　　①　张慧荣：《后殖民生态批评视角下的当代美国印第安英语小说研究》，博士学位论文，苏州大学，2014年，第13页。

为一个真正的"自我意识"、"本能"、"社会网络"的概念，它就是我们自身，它比任何关于人的本质的抽象概念更为真实……土地从某种真实的角度来说，就是我们自身，而这正是美国本土作家小说和诗歌中的核心概念。①

然而，不同的社会结构和意识形态决定了不同的土地伦理观，对于殖民者而言，土地则象征着财富和占有。随着欧洲殖民者的不断入侵，原住民的土地大量流失，成为殖民者攫取利益的工具。由于土地的重要性，西尔科的《死者年鉴》中没有所谓的主人公，没有小说情节发展的高潮，但却有一条清晰可见的主线，那就是印第安人对他们土地所有权孜孜不倦的争取和对殖民压迫的抗争，因为"我们就是土地"。② "故事和土地是一回事；也许我们可以将两者之间的关系特点最好的描述为故事是土地和人民之间的沟通手段。"③

一　内部殖民：美国印第安人土地所有权的历史及现状

印第安人是美洲大陆的土著居民，多数学者认为，大约在两万多年前，美洲印第安人从西伯利亚经白令海峡到达阿拉斯加，然后逐步向南迁徙，一直抵达美洲最南端，他们的部落散布于整个美洲大陆。分批迁入的印第安人由北而南在美洲各地建立起各自的部落，创造了大量的文化和历史。但由于各部落进入美洲大

---

① Allen, Paula Gunn, "Iyani: It Goes This Way", *The Remembered Earth: An Anthology of Contemporary Native American Literature*, Ed. Geary Hobson, Albuquerque: University of New Mexico Press, 1981, p. 191.

② Ibid. .

③ Allen, Paula Gunn, "The Feminine Landscape of Leslie Marmon Silko's Ceremony", *The Sacred Hoop: Recovering the Feminine in American Indian Traditions*, Boston: Beacon Press, 1986, p. 120.

陆的时间不尽相同，北美印第安人政治上并不是一个统一的民族，逐渐形成了各部落不同的语言、风俗和文化。历史上的古印第安人曾经在北美大陆上创造出辉煌的文化瑰宝，如玛雅文化、阿兹特克文化、印加文化等，在建筑、绘画、雕刻、音乐等方面都有很高的造诣。现存的大量古印第安人的岩雕、绘画、年鉴和口头传说向现代述说着当年的辉煌。建国前的印第安人在美洲大陆过着自给自足的生活，循序自然规律，热爱这片土地，将土地尊称为"大地之母"。玛丽·格弗尔（Mary Gopher）曾叙述："在我们的宗教中，我们将这个星球当成一位女性。她对我们来说是最重要的女性，因为她使我们能活着，我们正被她哺育着。"① 在古印第安人心目中，土地如母亲般为他们的生存提供了一切，他们也给予土地母亲一般的尊敬和呵护，这种尊天敬地的理念一直流传至今，也是印第安人的生态理念。

　　然而，欧洲殖民者的入侵给印第安人带来了毁灭性灾难，土地被大片侵占，人口被大量屠杀。建国初期，美国政府对印第安人实行同化政策。为了国家安全和边疆稳定，联邦政府承认土著部落是独立的政治实体，由国会单独处理土著民族事务。联邦政府颁布印第安同化法令，劝导印第安人从事农耕，教化他们白人的文明和语言，此时，印第安人仍然在自己的土地上安居乐业。这种同化政策在建国初期行之有效，既有助于维护新建国家的力量又有利于与印第安部落和睦相处。随着白人移民的涌入，白人移民要求向美国西部边疆开拓，以便获得更多的土地。于是，将印第安人迁移到美国西部的呼声越来越高。1803 年，美国购买了

---

① Farley, Ronnie (eds), *Women of the Native Struggle: Portraits and Testimony of Native American Women*, New York: Orion Books, 1993, p. 77.

位于密西西比以西的法属殖民地路易斯安那，此区域像大多数西部地区一样，交通不便，人烟稀少。对白人而言，美国西部是一个充满艰难险阻的神秘地区，1830 年，美国联邦政府颁布迁徙法令，强制印第安人迁移至美国西部。从 1830—1840 年末，先后有10 万印第安人被迫迁移到美国西部，从而失去了大量土地。

到 19 世纪 50 年代，随着国际国内形势的变化，美国政府对印第安人实施了新的土地政策。随着白人移民的西进，印第安人在西部的土地再一次遭到了侵占。面对重重压力，美国政府开始实施印第安保留地制度。

到 19 世纪末期，美国印第安人经过 300 多年与白人的夺地斗争，强制西迁之后，力量已经大为衰落。此时，美国政府从政治、经济和教育三个方面对印第安人实施同化策略。在政治方面，美国国会在 1871 年的拨款法令中宣布取消印第安人部落主权，同时赋予印第安人个人主权，将联邦和州法律强加于印第安人；在经济方面，实施份地分配，将土地授予印第安人个体，个体拥有对土地的所有权。此政策导致的后果是部分不擅长农耕的印第安人将自己的土地出售给白人，再次沦为流离失所和丧失土地的"流浪人"；在教育方面，增加对印第安人的教育拨款，强制印第安儿童进入寄宿学校学习英语和白人文化。印第安裔学者罗伯特·艾伦·沃瑞尔（Robert Allen Warrior）总结了殖民者对于美国印第安人的征服和统治手段，包括"占有原住民土地、压制原住民宗教和摧毁原住民传统社会结构"。[①]

直到 19 世纪末期，新一代印第安人成长起来，他们具有强烈

---

① Warrior, Robert Allen, *Tribal Secrets*: *Recovering American Indian Intellectual Traditions*, Minneapolis: University of Minnesota Press, 1995, p. 87.

的族裔认同感和自豪感，并要求推行土著自治政策。1975 年，美国国会颁布《印第安人自治与教育资助法》，法令明确指出美国联邦政府确保印第安人最大限度地参与教育及其他对印第安人社区的联邦服务。这是新时代的印第安人在要求自治道路上迈出的第一步。

通过历史及美国政府政策的变迁，可以看出土地之于印第安人的重要性。在印第安人心目中，土地即意味着家园，丧失了土地就丧失了家园。但当代美国印第安社会面临的却是被分割的四分五裂的土地，所以，在诸多当代美国本土作家作品中，土地和归家成为永恒不变的主题。重新获得土地，即回归家园，是治愈印第安人伤痛的良药。美国本土环境主义者戈雷里·卡杰特（Gregory Cajete）曾说："'土地'不只是一个和太阳、风、雨、水、湖泊、河流和溪水相关的物理意义的地方，它也是一个精神上的地方，一个存在之地和理解之地"，[①] 这便是土地之于印第安人最重要的意义。

二　后殖民生态主义发展观与印白的"土地之战"

西尔科《死者年鉴》通过对美洲大陆近 500 年的殖民历史描写，有意将读者引领至历史的回潮中，指出美国社会的发展本质，并对美国社会的印第安人或弱势群体体现了伦理关注，让他们直面殖民体系和殖民话语时能奋起反抗，并最终在小说中建立起一个完全不同于殖民社会的"新世界"。

后殖民生态主义几乎将发展等同于伪装的新殖民主义，其对发展的批判异常尖锐。发展，一般被认为是一个被策略地保持含

---

① Cajete, Gregory, "Indigenous Education and Ecology: Perspective of an American Indian Educator", *Indigenous Traditions and Ecology: The Interbeing of Cosmology and Community*, Ed. John A. Grim, Havard: Havard University Press, 2001, p. 623.

糊性的术语，它的含义根据使用该词语的人的不同需求而有所调整，通常建立在西方宏大的文化假设和推测的基础上，充满自我恭维和屈尊俯就的意味。① 德国活动家萨荷斯（Wolfgang Sachs）曾激进地指出：发展的含义依赖于富裕国家的需求感受。② 第三世界国家还存在一种更为偏激的观点，他们认为发展几乎是西方鼓吹的一种升华，在受到西方现代化的伪装下，重新制造西方宣称想要修复的第一世界和第三世界之间的社会、政治和经济差距。③ 这种发展神话从包括启蒙时期的进步意识形态和达尔文的适者生存等纷杂的思想中寻求错误支持，责令欠"发达"的南半球国家缩小与对应的富裕北半球国家的差距，推行一种显然不平等的资本主义经济增长模式，并需付出巨大的和毁灭性的环境代价。④ 此观点被证明与萨义德的东方主义观点一脉相承，这种话语，如同东方主义后期的版本那样，推行一种旨在巩固西方在后殖民世界的社会、文化和政治权威的表现组织形式。⑤

　　西尔科在小说中对西方殖民主义者所持的这种发展观持反对态度，通过小说，她表达了美国本土居民对殖民主义发展观的反抗。小说出版时恰逢哥伦布发现新大陆 500 年之时，西尔科选择这个时间出版《死者年鉴》的意图非常明显：那就是对殖民入侵难以磨灭的记忆，这也是整个印第安史上难以忘却的苦难。在 1842 年哥伦

---

① Black, Jan Knipper, *Development in Theory and Practice：Paradigms and Paradoxes*, Bouder, CO：Westview Press, 1999, p. 3.

② Sachs, Wolfgang（eds）, *The Development Dictionary：A Guide to Knowlegge as Power*, London：Zed Books, 1997, p. 26.

③ De Rivero B. , Oswaldo, *The Myth of Development：The Non-Viable Economies of the Twenty-First Century*, London：Zed Books, 2001, p. 4.

④ Escobar, Arturo, *Encountering Development：The Making and Unmaking of the Third World*, New Jersey：Princeton University Press, 1995, p. 6.

⑤ Toffler, Alvin, *Future Shock*, New York：Random House, 1970, p. 107.

布发现新大陆时,欧洲殖民者占领了9%的印第安部落;1801年,他们控制了30%的印第安部落;1880年,欧洲殖民者抢夺的部落数达70%。西尔科的小说聚焦于美国发展史上对第三世界,尤其是印第安人土地的掠夺和人口的戕害,对他们土地所有权的强占和由此而衍生的对印第安民族文化及民族历史的影响。

在欧洲殖民者进行土地掠夺时,他们将殖民地民众视为"野蛮人",他们要启蒙这些"野蛮人",使之文明开化,试图为自己的殖民行径披上合法外衣。西尔科在小说中刻画了诸多第三世界的普通民众,他们如同萨义德笔下的"东方民众",或者斯皮瓦克书写的没有话语权的"属下",这些底层人物无一不是被殖民者肆意践踏的对象或者殖民话语统治的"他者"。通过这些底层人物之口,西尔科向读者展现了美国经济发展的历史是以牺牲本土居民印第安人的生命、形象、土地和环境为代价的,这才是美洲大陆殖民者所谓的经济发展的实质。

据统计,在欧洲殖民者入侵之前,美洲大陆的印第安人口数量为一亿两千万左右。截至1890年,美洲大陆印第安人口数量降至25万。400年间,印第安人口下降幅度高达98%。沃德·丘吉尔研究了印第安人口数量骤降与欧洲殖民者抢夺印第安土地之间的关联,他把欧洲殖民者的侵略行径等同于希特勒对犹太人的种族灭绝,他称之为"新的美国大屠杀"(New American Holocaust),在一次访谈中,他提到:"在希特勒《我的奋斗》中,希特勒提到北美大陆的殖民者有意志去消除'劣等'民族并夺取他们的土地占为己有。"[1] 从殖民者踏上美洲大陆起,他们对

---

① Jensen, Derrick, *Listening to the Land*: *Conversations About Nature*, *Culture*, *and Eros*, San Francisco: Sierra Club Books, 1995, p. 153.

印第安的身份和种族就存在偏见。罗伯特·F. 伯科霍弗（Robert F. Berkhofer）认为："西半球的美洲原住民既不以一个术语称呼他们自己，也不将他们自己视为一个集合体，关于印第安人的想法和意象一定是白人的概念。"① 可见，印第安的民族形象是由主流社会塑造和肆意歪曲并强加于印第安人的身份标签，白人文化圈内，最为流行的印第安形象是所谓的"野蛮印第安人"和"生态印第安人"。西尔科在《死者年鉴》中提到白人对印第安人的评价："印第安人是最差劲的工人——行动缓慢，粗心大意，不会操作工具和机械。他们活着简直就是浪费时间和金钱。"② 白人将自己视为"文明人"，而文明人（the civilized）生活在不断进步的具有文明秩序和理性的时代，他们有责任和义务去征服无法管理自我的"野蛮人"，这也铸就了白人与印第安人之间的鸿沟和矛盾，也为殖民者针对印第安人不断升级的战争提供依据。

　　这部小说曾被评论为是美国本土文学的里程碑，美国的《战争与和平》。（AD 16）这场战争意指印第安人民与白人争夺土地的长达几百年的无硝烟的"战争"。战争的根源是基于印白人民不同的土地观。美国白人将侵占土地视为在"新世界"推进文明化进程，白人眼中土地之中耕种出的农田和工厂里冒出的烟尘是文明进步和经济发展的标志，他们从思想上越来越远离土地，只是将土地视为谋取利益的载体，而印第安人仍将土地奉为"大地之母"的观念被视为原始和落后的思想，他们所恪守的土地观则成为文明进步和经济发展的巨大障碍。当白人要开垦印第安人土

① Berkhofer, Robert F. , *The White Man's Indian: Imagines of the American Indian from Columbus to the Present*, New York: Vintage, 1978, p. 3.
② Silko, Leslie Marmon, *Almanac of The Dead*, New York: Penguin Books, 1992, p. 494. 中文翻译为笔者自译，后文出自同一小说的引文，将随文在括号中标注该小说名称首字母缩写和引文出处页码，不作另注。

地的时候，印第安人表达了自己的反抗和愤怒:

> 你要我开垦土地！难道我应该举起刀子，撕破我母亲的
> 胸膛?
> 那么当我死的时候，她就不会让我安息在她的怀抱。
> 你要我开采矿石！难道我应该在她的皮肤下，取出她的
> 骨头?
> 那么当我死的时候，我就不能进入她的身体获得再生。
> 你要我剪割草地，制成干草并将它出售，成为像白人一
> 样富裕的人！
> 但是我如何敢割去我母亲的头发?[①]

　　白人认为以土地为中心的"野蛮印第安人"阻碍了文明的欧
裔美国人的文明进程和经济发展。学者罗约·哈维·皮尔斯
(Roy Harvey Pearce) 在《野蛮主义与文明主义》(*Savagism and
Civilization*, 1967) 一书中阐释了野蛮人与文明人的关系:"野蛮
人是文明人的顽固障碍，他们迫使美国人通过研究野蛮人，尝试
教化他们，最后摧毁他们。"[②] 欧裔美国人借助武力和基督教两种
手段去逐步征服野蛮人:"如果野蛮人胆敢抵抗，文明人一手执
'十诫' (Ten Amendments)，一手执剑，要立即消灭野蛮人。"[③]
白人推出的"野蛮印第安人"反映了殖民话语下对印第安形象的歪

---

　　① ［美］卡洛琳·麦茜特:《自然之死——妇女、生态和科学革命》，吴国盛等译，
吉林人民出版社 1999 年版，第 32 页。

　　② Pearce, Roy Harvey, *Savagism and Civilization*, Baltimore: Johns Hopkins, 1967,
p. ix.

　　③ McQuade, Donald (eds), *The Harper American Literature*, New York: Harper & Row,
1987, p. 224.

曲再现，根据霍米·巴巴（Homi Bhabha K）的观点，这种歪曲再现即可理解为刻板形象，刻板形象"并非是关于一种错误印象的形成，而是让此错误印象成为替罪羊或一种被歧视的现实存在……刻板印象是一种殖民幻想"[1]，通过这一刻板形象的呈现，美国白人为这场与印第安人争夺土地的战争披上了"文明"的外衣。

在这场旷日持久的土地之战中，野蛮的印第安人不仅失去了土地，更失去了与土地相联系的精神纽带，莫马迪曾形容："我们失去了中心感，我们遭受心理错置感的折磨。"[2] 由于土地的丧失，印第安人失去了个人生存、部落生存和文化生存的根基。西尔科小说中多次提到印第安人为了夺回土地在坚持不懈的抗争，也可视为对殖民话语的反抗。正如西尔科在小说中所写的："夺回土地就是一切，"（*AD* 480）"一旦夺回印第安的土地，那么就会有公正和和平，"（*AD* 513）"一切都不重要，最重要的是夺回部落的土地，"（*AD* 517）"法欧把他所有的精力都汇聚成一个愿望：夺回土地，"（*AD* 523）"战争依旧是那场战争，人们仍然在为夺回土地在奋斗。战争将会持续下去，直到人们夺回土地。"（*AD* 631）

第三节　印第安人对正义的追寻与《死者年鉴》

当欧洲白人殖民者登上北美大陆之时起，他们便以征服者自居，在他们的视野里，北美大陆是一片自由的广袤之地，原住民只是这块土地的组成部分而已。所以，作为征服者，殖民者的目的是征服北美大陆以及这里的原住民，这是导致印第安人遭遇的

---

① Homi, Bhabha K. , *The Location of Culture*, London：Routledge, 1994, pp. 81 – 82.

② Momaday, N. Scott, "An American Land Ethic", Ecotactics：*The Sierra Club Handbook for Environment Activists*, Ed. John G. Mitchell & Constance L. Stallings, 1970, p. 103.

正义缺失现象之根源。

人类在自己的生活中深切地体验到:"有一种东西,对于人类的福利要比任何其他东西都更重要,那就是正义。"① 西方世界具有追求正义的思想传统和历史传统,这种传统体现在政治、经济、法律和伦理等各个领域。后殖民生态主义发展观强调发展正义、社会正义和环境正义,以及三者关系的协调。在全球一体化背景下,发展应该完全颠覆以牺牲第三世界或弱势群体的利益为代价的观念,以环境为中心,反对西方文化中人类对自然和动物的主宰的工具化和实用主义科学所强调的部分理念,公平对待第三世界或者原住民的文化。西尔科的《死者年鉴》可谓是一部建构正义的宏大叙事作品,她通过小说文本,表达了美洲原住民对正义的追寻,她关注印第安人的生存和人类的整体命运。

一 社会进步与发展正义

19 世纪末期的美国,经济得以迅速发展,逐步实现了工业化以及城市化。内战结束后,美国开始其工业化进程,此后 10 年间,工业在全国范围内迅猛发展,其范围始于北部并逐渐向南部和西部扩展,直到 20 世纪初,美国完成工业革命。工业化的另外一个影响就是大量人口涌入城市以及更多的海外移民涌入美国,他们带来了廉价的劳动力,同时,环境在很大程度上遭到破坏。巴布尔曾认为:"在过去的 200 年时间里,美国工业增长是依靠廉价的燃料、丰富的资源和表面看起来能够无限吸收废物的环境来推动的。"②

---

① 周辅成:《西方伦理学名著选辑》下卷,商务印书馆 1987 年版,第 534 页。

② Barbour, Ian G., *Technology*, *Environment*, *and Human Values*, New York: Praeger Publishers, 1980, p.1.

世纪之交的剧烈社会动荡为美国社会带来了经济高速增长，还有各种接踵而至的社会问题。比如，财富迅速集中于少数资本家手中，阶级之间的贫富差距加剧，政治极其腐败，产业工人无法适应机械化生产，美国本土居民流露出对移民潮的恐慌，等等。同时，美国社会的价值观正处于传统向现代过渡的时期。美国当代本土作家坚信文学对社会生活的介入，以利用文学教化大众，为在美国工业化进程中付出惨重代价但各方面仍处于边缘化的印第安人摇旗呐喊，西尔科就是其中一位，在她的作品中针砭时弊的揭露了美国资本主义发展的实质。

后殖民生态批评的理论框架中，何谓发展？何谓发展正义？

发展是人类的生存方式之一，是人类社会的永恒主题。在《后殖民生态批评——文学、动物和环境》一书中，哈根和蒂芬从后殖民生态批评的视角对"发展"进行了重新阐释。他们认为发展与全球资本主义的兴起有关。发展话语的主要目的在于推进经济扩张，它以服务地方经济为手段，最终目标是创建有利于西方发达国家的国际贸易环境，但该词现在反被用来提醒一些贫困国家和地区，如原住民世界，是应该被发展的"落后"地区。这种意义上的发展可以被称为西方式发展观，一些第三世界学者甚至视这种发展为新殖民主义的一种形式，实际上是继续维护帝国主义的统治。[①]

人类的发展是探索发展正义的过程，从哲学层面讲，"正义是对和谐合理的社会关系的价值追求和制度安排"，[②] 不同的社会形态下具备不同的正义原则，但对正义的追求一直是人类最崇高

---

① 张慧荣：《后殖民生态批评视角下的当代美国印第安英语小说研究》，博士学位论文，苏州大学，2014年，第14页。

② 何建华：《发展正义论》，上海三联书店2012年版，第8页。

的目标。正义是社会发展的基本价值尺度，而发展正义是人类社会发展到一定程度的产物，是人类对传统的发展模式进行反思的要求。近代以来，资本主义国家的工业文明给人类带来了巨大的物质财富，但在经济发展过程中人类付出了巨大的代价，诸如环境污染、人口增长、气候变化等，无一不威胁着人类的生存和发展。从某种意义而言，资本主义国家单向度的发展模式使人类陷入两难的境地，发展速度越快则越忽略人类应该如何更好地生存。由于人类社会发展过程中遭遇的种种危机，近年来，人类不得不反思发展过程中的正义问题，也是发展问题上的一次伦理反思。学者何建华对发展正义的定义为：

> 对发展的正义评价与约束，是发展理念、发展时间、发展模式本身是否合乎公正、正义的伦理原则。发展正义的实质是通过对经济社会发展与人类存在方式的关系的深入思考，关注人类如何不以自身异化为代价发展经济，并在这种发展过程中实现人生的自由健康全面发展。因此，发展正义是体现在发展观念、发展时间、发展模式、发展机制中的正义观念和正义原则，它要求人们从正义的角度认识、评价和调控发展。①

发展正义是对发展实践进行反思、寻求发展合理性的伦理维度。发展正义的实质是通过对经济社会发展与人类存在方式之关系的深入思考，关注人类如何不以自身异化为代价发展经济，并在这种发展过程中实现人自身的自由而全面发展。② 发展正义观

---

① 何建华：《发展正义——当代社会面临的重大课题》，《浙江社会科学》2011 年第10 期。

② 何建华：《发展正义论》，上海三联书店 2012 年版，第 17、21 页。

体现了发展过程中的生态要求，即人与自然、人与人，人与社会都和谐发展的理念。

作为后殖民生态主义理论的创始人，哈根与蒂芬也关注了发展正义问题，他们认为西方社会中的发展应该以发展正义为前提和目标，后殖民生态批评的任务之一就是抵抗发展中西方的意识霸权，在他们看来，西方的发展模式无疑是以文化霸权与经济增长为核心，极力鼓吹工业化生产模式而刻意贬损以自给自足为核心的非工业化生产模式。① 纵观美洲大陆印第安人的历史，可以清楚地总结出美国经济的发展无疑是对原住民推行西方意识霸权和文化霸权的过程，也是缺乏发展正义的经济发展过程。发展正义作为一种伦理价值观，是对发展的正义的评价和约束，规范和评价了人类的行为。西尔科在小说中关注了西方社会发展正义缺失的问题，比如，她提到专门对印第安孩子进行教育的印第安寄宿学校。印第安的孩子们到了一定年龄被强制送往白人创办的寄宿学校学习英语和白人文化，一旦进入校门，英语替代了一切部落语言，诸多印第安习俗在白人老师口中变成了封建迷信或者愚昧行为。白人试图通过对印第安下一代的教育推行其文化霸权，其实质是意识形态的霸权主义或文化殖民。鉴于此，西尔科清醒地认识到印第安人应该努力去追求发展正义，所以，在《死者年鉴》中她构筑了一个充满"正义"的新世界。恰如她在小说中呼吁的："正义，应该从上帝手中传递到世界每一个角落，"（*AD* 576）"我们全世界的原住民要求正义。"（*AD* 715）

在美国工业化和现代化的发展过程中，阶级矛盾和经济利益日益突出，不同的阶级和利益集团为了自身发展向社会提出有利

① 朱新福、张慧荣：《后殖民生态批评述略》，《当代外国文学》2011年第4期。

于自己的要求,移民和少数族裔等弱势群体被逐渐边缘化,成为经济发展的牺牲品。正如西尔科在小说中提到的,资本家特瑞格(Trigg)为了谋取个人的经济利益,雇用罗伊(Roy)在下层贫民中寻找捐血浆和血液的人,并且盗取底层民众的人体器官,从事非法的器官买卖和移植,这些底层民众包括众多流离失所的退伍老兵,他们不得不发出感叹:"他们曾为了美国而战斗,为了美国而受苦,但美国却没有他们的容身之地。"(AD 395)通过高价贩卖廉价购入的血液、血浆和人体器官,特瑞格大发横财;博费雷(Beaufrey)为了获取更多的经济利益,以绑架贩卖孩子和流浪的瘾君子积累财富,他甚至残忍地杀死了自己情人戴维(David)的儿子,毫无人性可言;商人梅纳多(Menardo)为了攫取利益,勾结将军J和大使,从事军火贩卖和其他非法生意,参与谋杀印第安人的计划。他迷恋美国黑手党送给他的防弹背心,甚至连睡觉的时候都会穿着坚硬的防弹背心。

从上述《死者年鉴》的文本层面来看,西尔科用了大量篇幅描写资本家如何为了经济利益而牺牲底层人民的利益,这样的经济发展模式与发展正义背道而驰,在发展模式和发展机制中忽略了印第安人、底层白人等人群的权利和利益,其实质是维护帝国主义的经济秩序并为其经济利益服务,而社会底层人民则更加被排挤到"边缘"的行列。这种经济高速发展与边缘人被排挤之间的悖论完全不符合发展正义的理念,也是资本主义国家内部殖民的体现。

二 经济发展与环境正义

在工业化进程中,美国大量开发和利用国内的煤、石油、天然气、铁矿石、铀、铅等自然资源,这不仅推动了美国经济的腾飞，更为美国带来巨额财富，也使美国变成了世界上消耗自然资源和能源最多的国家。① 美国学者约瑟夫·佩图拉（Joseph M. Petulla）在谈到美国工业化的时候认为：

> 美国的环境史是美国人与其自然环境——土地、空气和水打交道的故事汇编而成的。……美国工业革命不仅造成了贫民窟的出现，而且带来了新的环境问题和传染病。……美国历史的最重要事实是经济活动充当了核心力量。就在美国革命之后不久，大片的土地被分割成可以买卖的小块土地。人们想方设法靠土地谋取生计或不断迁拨，企业家依靠森林、野生动植物、黄金、银子、铁、铁矿石和煤赚钱。一旦一个地方的资源被开采殆尽，他们就迁往别的地方。……大多数污染问题与人口的快速增长，城市化过程及工业革命有关。②

可见，美国的发展是以牺牲环境为代价，从而引发了环境正义运动。环境正义运动最初发源于美国，首要目的是反对环境种族主义，因为人们发现富裕阶层制定的政策总是使得有色人种等社会弱势群体较多地承受环境污染和环境退化带来的恶果，继而，地区和国际层面的环境不公正现象也受到关注。③

（一）美国环境保护运动及环境正义的提出

根据一些美国学者的看法，美国环境保护运动经历了四次浪

---

① ［美］艾伦·杜宁：《多少算够——消费社会与地球的未来》，毕聿译，吉林人民出版社1997年版，第31页。

② Petulla, Joseph, *Environmental Protection in the Unired States*, San Franeiseo：San Francisco Study Center, 1987, pp. 1 – 26.

③ 杨通进：《环境伦理：全球话语中国视野》，重庆出版社2007年版，第359—362页。

潮:第一次是 20 世纪初的资源保护运动;第二次是 1970 年地球日爆发的大游行活动;第三次是山岭俱乐部、资源保护投票者协会、自然资源保护委员会等大型环境组织开始对美国环境政策的制定施加重大影响的 20 世纪 80 年代;第四次是 20 世纪 80 年代初开始的环境正义运动,它以侧重呼吁环境正义为宗旨。① 20 世纪末期,美国掀起了环境正义运动。这场运动以美国社会底层民众为主体,他们强烈要求保护所居住的社区免受污染,使人们能够在健康的环境中工作和生活。参加环境正义的运动者认为,少数族裔在住所、社区及工作场所面临和遭受了比其他社会(如:白人)群体更多的环境风险,因此,此运动的目的是为底层民众争取平等的享受安全环境的权利。最初,美国的环境正义运动与民权运动和劳工运动等争取权益的其他运动结合在一起。从 20 世纪 90 年代开始,这场运动的范围大大超越了社区抗击有害垃圾污染的斗争,并开始逐步关注公共卫生、食品安全、土地利用等领域存在的环境问题和环境歧视。

美国的环境正义运动对国家制定环境政策方面产生了重大影响。例如,先后制定了确保环境公正的规划。1990 年,为研究和收集环境风险不公平分配的事实和证据,环境保护署设立了环境公平工作组;1992 年,环境保护署长设立环境公平办公室(12898 号行政命令发布后,改称环境正义办公室),负责解决环境不公平问题。② 在美国环境运动的推动和影响下,环境正义问

---

① Frumkin, Howard, *Envirnmental Health*: *Form Global to Local*, San Francisco: John Wiley & Sons, 2005, Intr Introduction, p. xii.

② 12898 号行政命令,指的是《关于针对少数族裔和低收入者的环境公平的联邦政府行动令》,克林顿总统指示各联邦机构将这个行动令的内容作为其部门职责的一部分,负责评估和减轻"美国政府计划、政策和活动中对少数族裔和低收入者的人身健康和环境造成的过高负面影响"。

题逐渐被人们认识并熟知。那么，何谓环境正义？

传统地认为人类和自然关系的恶化是导致环境危机出现的根源，而实质上这种认识有失偏颇，只意识到了环境危机的部分原因，而忽略了其更深层的社会原因。

环境正义从更全面的角度指出环境危机的表层和深层原因，环境正义针对人与自然关系失调，以及人与人和人与社会关系的失调而提出。因为资本主义的社会结构决定了一部分人享有支配和统治另一部分人的权利，而正是这种带有压迫性的社会结构依次产生了强化统治一切的思维方式和生活方式，包括对自然界的统治，① 正如马克思主义经典作家所提出的："人同自然界的关系直接地包含着人与人之间的关系，而人与人之间的关系直接地就是人同自然界的关系。"② 环境正义 "要在国家之间、地区之间和人与人之间实现环境利益、环境损失和环境责任分担上的公平。"③ 环境正义运动将环境解释为：我们生活，工作和游戏崇拜的地方。④ 环境正义与发展正义紧密相连，环境正义成为发展正义的重要部分，它要求协调人与自然、人与人和人与社会之间的和谐发展，统一经济价值、社会价值与生态价值，以实现环境正义。

1991 年，美国第一次全国有色人种环境领导高峰会（People of Color Environmental Leadership summit）召开，会议上第一次正式提出环境正义问题和环境正义纲领的 17 条原则：

---

① 李培超：《伦理拓展主义的颠覆》，湖南师范大学出版社 2004 年版，第 162 页。

② 中共中央马克思恩格斯列宁斯大林著作编译局：《马克思恩格斯选集》第三卷，人民出版社 1972 年版，第 32、44 页。

③ 王超：《环境正义对环境问题的启示》，《中南林业科技大学学报》（社会科学版）2009 年第 3 期。

④ Stein, Rachel, "Introduction", *New Perspectives on Environmental Justice: Gender, Sexuality and Activism*, Ed. Joni Adamson & Mei Mei Evans & Rachel Stein, New Brunswick, NJ: Rutgers University Press, 2004, p. 1.

肯定地球母亲的神圣性、生态和谐以及所有物种之间的相互依赖性,肯定它们有免于遭受生态毁灭的权利;

公共政策建立在所有民族相互尊重和彼此公平的基础之上,避免任何形式的歧视或偏见;

基于对人类与其他生物赖以生存的地球的可持续性的考虑,以道德的、平衡的、负责的态度来使用土地及可再生资源;

呼吁普遍保障人们免受核试验中测试、提取、制造和处理有毒或危险废弃物和其他有毒物而产生的威胁,免受核试验对于人们享有清洁的空气、土地、水及食物之基本权利的威胁;

确认所有的民族享有基本的政治、经济、文化与环境的自决权;

要求停止生产一切有毒、有害废弃物以及辐射物质,并且要求这些物品的 过去和当前的生产者必须承担清理毒物和防止其扩散的全部责任……①

通过上述主张,可以看出,人类应该避免实施任何可能对环境造成破坏的行为,保障人的生存权和自决权是环境正义的一个重要向度。可见,环境正义以抵制环境的种族主义、捍卫在经济和政治上处于劣势的群体(弱势种族、妇女等)的环境权利为宗旨,努力实现全球所有国家和地区在环境责任和生态利益上共同的、全面的和广泛的正义。②

---

①　Crossman, Carl, "The People of Color Environmental Summit", *Unequal Protection: Environmental Justice and Communities of Color*, Ed. Robert D., Bullard, San Francisco: Sierra Club Books, 1994, pp. 274 – 275.

②　朱振武:《文学想象:从生态批评到环境正义》,《文艺报》2015 年 4 月 13 日第 007 版。

（二）西尔科与环境正义

环境正义主题是美国环境文学的重要母题，是美国环境文学的主导情感，凸显了美国环境文学的存在价值。美国本土作家的作品则是美国环境文学中重要的一支，因为印第安文化为美国环境文学家提供了素材，也是他们书写环境正义主题的重要依据。正如印第安酋长西雅图所言："我们是这土地的一部分，这土地也是我们的一部分。芬芳的花朵是我们的姊妹；鹿、马与老鹰是我们的兄弟。"① 在印第安文化中，人与自然是和谐的联系在一起。

作为重要的美国本土作家，西尔科在小说中持续关注环境正义主题，以协调人与环境的关系，琳达·霍根曾说，

> 我发现仅仅谈论一些议题无助于改变世界。但如果我把政治议题，或关于被发展毁坏的部落和土地的议题，以故事的形式呈现出来，就会引起反响。人们会读小说，理解小说的含义，因为小说不是政治声讨，读者能发现他们能与之相关联并加以关注的人物，他们能从自己身体和头脑的内部看一个故事，而不是听过后就回到日常生活中。②

以小说形式表达的环境正义主题更容易让读者接受，《死者年鉴》正是作者用小说的形式，用记录的模式记叙了短短百年时间内，入侵者毁坏了印第安传统自给自足的经济模式。为了发展

---

① Benton, Lisa Short & John R. Short (eds), *Environmental Discourse and Practice: a Reader*, Malden, Mass: Blackwell, 2000, p. 14.

② Cook, Barbara J. (eds), *From the Center of Tradition: Critical Perspectives on Linda Hogan*, Boulder: University Press of Colorado, 2003, p. 2.

经济，美国大肆修建铁路，只要需要印第安土地的地方，印第安人必须无条件让出，于是，铁路不仅夺走了印第安的土地，更夺走了无数筑路工人的生命，"我们没有乘坐铁路，铁路倒乘坐了我们。你难道没有想到，铁路底下躺着的枕木是什么？每一根都是一个人，爱尔兰人，或北方佬。铁轨就铺在他们身上，他们身上又铺起了黄沙，而列车平滑地驰过他们。"① 象征工业文明的铁路割裂了人与土地的天然联系，也引发了严重的生态危机。同时，大片森林被砍伐，大量野生动物无法生存，部分印第安人被迫离开自己的家园，到铁路工作，沦为廉价的劳动力。小说中的印第安人斯特林（Sterling）就是一位年轻时就离开印第安保留地到铁路工作的铁路工人，他从印第安保留地走向白人的世界生活，在白人文化中，他饱受歧视，处处小心谨慎，因为"斯特林知道，很多警察并不需要任何理由就可以追捕印第安人"，（AD 28）他退休后领取微薄的退休金，生活极其贫困，他将白人社会当成了救命稻草，但却始终找寻不到身份的归属感，也始终无法真正融入白人社会。当他在暮年回归位于印第安部落家乡的时候，唯一的亲人姨妈已经与世长辞，他目及之处是生态遭受破坏的满目疮痍：

　　斯德林跨越标明矿物边界的带刺钢丝栅栏时，裤子被划了一个口子。他抬头向四周望去，目光所及之处，到处都是一堆又一堆30英尺高的矿物残渣，铀废物随风四处飞舞，随雨水进入到泉水和河流之中。这就是那些破坏者的新功绩；这就是破坏，这就是毒药。这是生命终结的地方。（AD 760）

---

① ［美］亨利·戴维·梭罗：《瓦尔登湖》，张知遥译，哈尔滨出版社2003年版，第86页。

他的经历从侧面反映了殖民者为了经济发展对原住民利益的牺牲和对原住民的身份歧视，揭示了印第安人所面临的生态危机和精神危机的双重压力，他们不仅希望保留他们自己的部落文化和传统，更重要的是要捍卫和保护他们赖以生存和发展的生态环境。

此外，西尔科还写了白人殖民者假扮成一组拍电影的剧组来到印第安保留地，实则是寻找矿脉，他们将保留地视为可任意开采的区域，毫不尊重保留地的采矿权。殖民者找到矿脉后在保留地肆无忌惮地开采矿产和攫取资源，"那是 1949 年，美国需要更多的铀来制造武器，尤其是冷战期间"，（AD 34）西尔科从小生活的部落附近就有白人开采铀矿后的废弃地，由于开采铀矿，部落的印第安人和二战归来的退伍士兵成为矿工，工作在身体健康受到威胁的环境中，而由于过度开采，周边的生态环境遭到严重破坏，干旱或者洪水频繁发生，"西边的天空呈朦胧的蓝色，这或许预示着污染已经从凤凰城的 10 号州际公路漂移过来"。（AD 650）这里的开发者将利益视为高于一切，不惜以牺牲保留地的环境为代价，但印第安部落的老人们却时常说："人类终究会付出代价，惨重的代价，因为（采矿行为）亵渎了神明，是他们对所有圣灵犯下的罪行。"（AD 35）更有甚者，美国政府还将印第安保留地作为核武器爆炸的试验地，西尔科生活的部落就是美国第一颗原子弹实爆的地方，这更加剧了印第安人生活区域的环境污染，也使他们的生存面临巨大的威胁，西尔科在小说中控诉："从那时（指核试爆的时间）起，人类又变成同一利益体，这是那些破坏者为所有人和所有生物策划的命运。"① 四方委员会

---

① Silko, Leslie Marmon, *Ceremony*, New York: Penguin, 1977, p. 5. 中文翻译为笔者自译，后文出自同一小说的引文，将随文在括号中标注该小说名称首字母缩写和引文出处页码，不作另注。

（Four Direction Council）在上书联合国的报告中得出结论："北美铀矿生产的代价多数情况下不明智地由原住民不情愿地承担。"①面对主流工业化社会对保留地非人类物种和环境的破坏，在印第安保留地修建核电站和出口核设备等行径，西尔科痛感主流文化割裂了人与地方间的环境正义和人与人之间的环境正义，抨击了环境非正义带来的环境危机和对居民的健康威胁，她将印第安人所承受的环境非正义和环境危机流露在作品的字里行间。西尔科这种"对地方、多种族及环境公正之间三角关系的描写并将其纳入生态批评研究的范围，生态批评可谓跨出了紧要而又关键的一步"。②

　　美国学者 R. W. 霍顿和 H. W. 爱德华兹曾评论："一般来说，文学不仅反映它所处时代的主流倾向，而且反映那个时代的道德、社会和智力因素对文人的影响。"③ 在西尔科看来，共同生活在同一地球或同一生态系统中的生物应该结成一个命运共同体，这个命运共同体的存在决定了人类的共同命运，它要求人们要有共同体意识，避免自我中心主义。同时，更要以环境正义原则为指导，把弱势群体从环境非正义的桎梏中解放出来，才能真正实现平等地享有健康环境和支配资源的权利。

　　事实上，美国作为一个经济发达的移民国家，不仅仅印第安保留地存在环境非正义问题，环境非正义也存在于其他地方，

① Four Directions Council, "The Uranium Industry and Indigenous Peoples of North America", *Statement Submitted to the United Nations Commission on Human Rights*, 20 Feb. 1999, 14 DeC2013（https：//cwis. org/secure/login/The Uranium Industry and Indigenous Peoples of North America）.

② Rosendale Steben（ed.）, *The Greening of Literary Scholarship：Literature，Theory and the Environment*, Iowa City：Jowa University Press, 2000, pp. 108 – 109.

③ Horton, Rod William & Edward, Herbert W., *Background of American Literary Thought*（3rd edition）, New Jersey：Prentice-Hall Inc. , 1974, p. 1.

比如，在非裔、墨西哥裔和亚裔等人群居住的地方，环境非正义问题也相当普遍。美国著名作家唐·德里罗曾在《白噪音》中写道：

> 穷人居住的暴露地区才会发生这种事情，社会是以特殊的方式构成的，其结果是穷人和未受教育的人成为自然和人为灾难的主要受害者。低洼地区的住户遭受水灾，棚户区居民遭受飓风和龙卷风之害。①

美国小说家巴巴拉·尼利（Barbara Neely）、诗人加里·斯奈德（Gary Snyder）均在其作品中对环境非正义现象进行了揭露和批判。

早期环保运动的领袖、美国最重要的环保组织塞拉俱乐部（The Sierra Club）的创建者约翰·缪尔（John Muir）也曾犀利地指出白人与印第安人迥异的环境保护观念以及白人的环境非正义行为：

> 没有人知道印第安人在这片山林中徜徉了多少个世纪，也许早在哥伦布踏上美洲的海岸之前，他们就已经在此繁衍生息了许久，尽管令人奇怪的是他们并没有留下任何明显的痕迹。印第安人的脚步轻盈异常，如同鸟类和松鼠一样，使周围的一切几乎没有受到任何影响和伤害。与之相比，大部分白人是多么的迥然不同！尤其是在较低的金矿区——坚硬的岩石被开凿出了隧道，野性十足的溪流上被建造起了一座

---

① ［美］唐·德里罗：《白噪音》，朱叶译，译林出版社 2002 年版，第 126 页。

座水坝，被驯服成了人类的奴隶，它们顺流而下，流经管道和山谷，奴隶般在矿山工作。①

可见，无论是美国白人作家还是美国本土作家，他们都试图通过批判现实的方式揭露由于种族主义和殖民主义观念盛行而引起的环境非正义问题，他们以这种方式呼吁提倡环境正义对美国社会及全人类可持续发展的重要性，康芒纳曾经明确指出：

> 为了解决环境危机，我们将至少需要摒弃贫困、种族歧视和战争的奢侈。在我们不知不觉走向生态自杀的过程中，我们已经没有选择的余地了。既然环境债务的账目已经被证实，我们的选择便已经逐渐减为两个：要么是有效地由社会组织去使用和分配地球的资源，要么就是新的野蛮状态。②

对于文学家们而言，在文学作品中揭露环境非正义，追寻环境正义，正是他们试图解决环境危机的重要途径之一。

三 政治平等与社会正义

社会正义是指作为社会准则的正义原则及制度和社会生活对这些准则的符合状态，环境正义与社会正义紧密相连。社会正义有两个层面的内涵：一是指社会的稳定秩序，和谐统一及发展进步状态；二是指有助于造成这种状态的价值原则即权利（义务）

---

① ［美］约翰·缪尔：《夏日走过山间》，纪云华、杨纪国、范颖娜译，当代世界出版社2005年版，第23页。

② ［美］巴里·康芒纳：《封闭的循环——自然、人和技术》，侯文惠译，吉林人民出版社1997年版，第240页。

原则，具体为平等（差别）、自由（限制）等价值标准。社会正义的价值指向是社会的稳定秩序、和谐统一及发展进步状态。[①]同时，社会正义是实现政治平等的基础，其实质是在社会成员之间平均分配资源、责任和利益，社会正义的最终目标是构建一个和谐和正义的社会秩序。

从历史上看，社会正义首先体现在社会政治法律制度的正义即政治正义方面。当西方资产阶级革命兴起时，自由与平等曾经作为一个统一的口号，成为资产阶级争取独立和解放、反对封建贵族和专制的思想武器。在当时，无论是自由还是平等，首先所具有的是政治的含义：自由主要是与专制相对立；而平等则主要是摧毁封建贵族的等级制，求得平等的政治参与权和决策权。随着资产阶级革命的胜利和巩固，随着近代社会的发展和政治经济方面的社会进步，政治权力方面的自由和平等取得了很大的成就，人们的社会政治参与日益普遍。但是，政治上的自由平等和经济方面自由平等的发展是不尽一致的。随着政治自由和经济自由的发展，所带来的社会弊病是社会经济方面在分配上的不平等日益扩大。[②]

反观当代美国社会与政治，政治伦理书写中并不能完全实现平等与民主，不平等现象仍旧存在，社会等级观念制约了政治平等和社会正义的实现。"西方社会的意识形态俨然成为最基本的社会事实，它按照权利关系进行社会阶层划分，恪守社会等级制度，并使这种制度成为'构设优劣文化'的批评工具。"[③] 20世

---

① 李巍、仲崇盛：《论社会正义的基本内涵》，《理论与现代化》2006年第4期。

② 何建华：《马克思的社会正义思想及其启示》，《中共浙江省委党校学报》2008年第5期。

③ ［澳］比尔·阿希克洛夫特、格瑞斯·格里菲斯、海伦·蒂芬：《逆写帝国：后殖民文学的理论与实践》，任一鸣译，北京大学出版社2014年版，第141页。

纪 60 年代大规模的民族解放运动以及第三世界的民权运动,使印第安人也积极投入到争取自身权利的活动中。比如,1975 年,第一次本土民族世界大会在美国召开,这次会议上提出了"第四世界"的理念,按照乔治·曼纽尔的定义,这一术语指的是:在美洲大陆上受压迫的全体少数族裔所处的生存状态与抗争状态。①西尔科在《死者年鉴》中借助"第四世界"这一术语,表达了构建一个乌托邦式"新世界"的理想,同时,抨击了美国的政治否认论,意在构建印第安人与白人和谐的社会正义和社会秩序。

(一) 西尔科与 "新世界"

西尔科在创作《死者年鉴》时正值美苏"冷战"的第二阶段,美国政府此时实施地缘战略而导致社会动荡,影响了社会正义的实现。小说中,西尔科将图森作为中心地带,这里是冷战时期美国军事的中心基地,在这里,美国政府与 B 先生和格林利 (Greenlee) 勾结并非法贩卖军火以加强反共势力。在墨西哥,上层政治精英将军 J 与资本家梅纳多勾结,为美国政府提供情报,寄希望于依附美国政府而取得反共战争的胜利,以继续对第三世界民众实行霸权统治;美国政府还非法生产和提供可卡因,"因为他们要供给尼加拉瓜反抗军来对抗桑地诺民族解放阵线成员。这一点已经众所周知,也成为了一个美国政府想极力地掩盖的大丑闻"。② 这些政府的非正义行为和政治不公正行为迫使第三世界人民为了实现社会正义而奋起反抗。

在《死者年鉴》中,作者塑造了一群身处第三世界的民众,

① Manuel, George & Posluns, Michael, *The Fourth World: an Indian Reality*, Don Mills, Ont: Collier-Macmillan Canada, 1974, p.41.

② Arnold, Ellen L. (eds), *Conversations with Leslie Marmon Silko*, Jackson: University Press of Mississippi, 2000, p.154.

他们来自不同国家、不同民族、不同种族和不同性别，但却被塑造成具有同一身份的人：追求社会正义，创建"新世界"的斗士。安吉莉塔（Angelita）是一位马克思主义者，她认为"马克思没有忘记美国的原住民"，（AD 315）作为深谙马克思主义政治力量的马克思主义追随者，她广泛传播马克思主义，并将马克思主义倡导的维护正义的社会秩序视为合理的社会标准的理念为指导，鼓励第三世界的人民反抗殖民统治，追求社会正义。西尔科在小说中虚构了一支军队，被称为"正义与资源重分军"（Army of Justice and Redistribution），"称她为同志，称她为你想称呼的任何头衔，她已经是正义与资源重分军的上校了"，（AD 309）安吉莉塔是领导人，她的理想是第三世界的人民联合起来，建立一个平等的"新世界"：

> 这个世界目睹了欧洲对南非的血腥统治。见证了非洲部落从欧洲侵略者手中夺回了属于他们的土地；在美国，也许还需要 50 年或者 100 年，但时间正在慢慢减短。秘鲁的印第安人已经在这条阳光大道上奋起反抗。每个人都想成为"印第安"的朋友——日本人、韩国人、德国人和荷兰人。他们都是波斯湾附近印第安人的盟友。（AD 471）

安吉莉塔的情人印第安人埃尔·费奥（El Feo）与其双胞胎兄弟塔科（Tacho）也是抗争政治不平等和追求社会正义的领导者。埃尔·费奥是边境游击队的领导人，他带领边境的印第安人反抗政治不平等，将夺回印第安人的土地为己任，"他只对夺回被（殖民者）偷走的土地感兴趣；连丰乳肥臀的棕色女人也仅仅能让他有 15 分钟或 20 分钟的兴趣而已"。（AD 468）他的双胞胎弟弟塔科隐

姓埋名成为资本家梅纳多(Menardo)的司机,实则是监视资本家
的一举一动,包括他与市长、警察局长、大使和将军的勾结、他倒
卖军火的非法生意等,并用印第安人特有的解梦方法击垮梅纳多脆
弱的心理,他还为哥哥领导的边境游击队提供情报;兰博(Ram-
bo)后改名为罗伊(Roy),是一名退伍军人,他喜欢戴蓝色的贝
雷帽,怀念自己的军旅生涯,也为美国的退伍老兵鸣不平,"这就
是美国!我们用生命换来的土地",(AD 395)他退伍后生活极其贫
困,不得不受特雷格(Trigg)的雇佣去鼓动穷人卖血,他秘密召集
了图森的流浪者和退伍军人,并组成了"流浪者之军",为反抗政
治不平等尽绵薄之力;克林顿是一位黑人退伍军人,他有着非洲黑
奴和印第安柴拉基族的双重血统,他在战争中受伤,代表美国而
战,战后却没有享受到退伍军人应该得到的照顾,食不果腹,居无
定所,这是"二战"后很多有色人种退伍军人共同的命运,战争带
给他们无尽的精神创伤。由于出卖血浆换钱,与罗伊(Roy)结识,
成为"流浪者之军"的领袖之一。之后他靠盗取图森有钱人别墅中
的银行信息而得到一大笔钱,他用这一大笔钱购买了军火,"因为
有了这些钱,他们可以为游击队买武器",(AD 448)此后,他还创
办了一个电台,为同盟军做宣传和造声势。在小说中,克林顿曾经
见到所谓的深层生态主义者,他们宣称地球的人口过剩实质上是地
球上有太多的棕色皮肤的人口:

> 克林顿能够明白言外之意。"深层生态主义者"总是以
> "停止移民"和"关闭边境"来结束他们的杂志广告词。
> 克林顿窃笑。在五百年间,欧洲人污染了干净的土地和洁
> 净的水源,而盗取者今天还想独享最后一点可以生存的土地。
> (AD 415)

西尔科通过克林顿之口道出了白人贪婪的本性和对有色人种的社会非正义。亚裔阿瓦·吉（Awa Gee）是一名黑客高手，泽塔（Zeta）雇用他攻击客户的电脑终端以获取竞争对手的商业资料，后来，阿瓦·吉又帮助泽塔通过电脑高科技手段攻击美国的电网系统以解放科罗拉多河。

西尔科将拥有共同理想却来自不同背景的人联合起来，目的是抵抗美国的政治不平等，为实现社会正义而奋斗。她虚构的"新世界"充满了正义、民主和平等，这个新世界已经不再是单纯为印第安人所遭受的政治不平等和社会非正义而抗争的结果，而是一个实现了"大同"的乌托邦，正如西尔科本人所说这个世界上的族群"没有什么可以只是黑色，或棕色，或白色"。（*AD* 747）这个"新世界"可以包容多种文化、民族、种族和宗教，实现相对意义上的平等和社会正义。

（二）西尔科与历史记忆

西尔科的《死者年鉴》是一部政治色彩浓厚的小说，其政治主题也一直是评论家无法规避的话题，或褒扬或贬抑。美国著名的本土评论家琳达·尼曼（Linda Niemann）评论"小说的政治色彩，毋庸置疑，堪称一部激进的、令人震撼的政治宣言书"。[①] 另一位美国本土学者保拉·古娜·艾伦（Paula Gunn Allen）则认为西尔科写作《死者年鉴》的目的仅仅是为了得到主流社会的认可和接受。库克琳（Cook-Lynn）也认为西尔科是"为了获取主流读者的兴趣，而远离民族关切"。[②] 对于这部小说彰显的政治主

---

① Niemann, Linda. New World Disorder, *The Women's Review of Books*, Vol. 9, March, 1992, p. 1.

② Cook-Lynn, Elizabeth, *Anti-Indianism in Modern America: A Voice from Tatekeya's Earth*, Urbaba.: University of Illinois Press, 2007, p. 80.

题，无论评论家的评论如何，作者对社会正义的关注、对美国政治否定论的批判不可否认。

1996 年，米歇尔·梅尔邦（Michael A. Milburn）和谢尔·康拉德（Sheree D. Conrad）出版了题为《政治的否定》（*Politics of Denial*，1996）的专著，作者认为国家的政治生活中往往会将痛苦的记忆遗忘。同时，美国文学评论家斯文·伯克茨（Sven Birk-erts）也提出"政治否定论"的言论。按照政治否定论者的观点，历史不具备选择性，现行社会权利结构不可颠覆。梅尔邦与康拉德认为："这种政治否定论已经融入美国社会生活的方方面面，存在于共同的民族神话和社会政治机构之中。媒体和好莱坞对它如此广泛的支持，以致使我们既没有意识到它的存在也没有质疑过它的合法性。"[1] 由于政治否定论在美国各阶层的盛行，殖民者对印第安的压迫行径被掩盖于历史浪潮中，甚至整个少数族裔群体都被他者化，殖民的历史真相得到掩盖。

政治否定论者帕奎特（Sandra Pouchet Paquet）曾强调"新世界是没有历史可言的"，[2] 西尔科的《死者年鉴》以"年鉴"的写作方式将历史记忆跃然纸上，以抵抗政治否定论者的观点，称这部作品是"对五百年来的偷窃、谋杀、掠夺和强奸的控诉"，[3] 小说不仅写了殖民者贩卖非洲黑奴的历史，还将殖民者如何强占印第安人的土地等暴行做了详细叙述，有力抨击了美国盛行的政治否定论。

---

[1] Milburn, Michael & Conrad, Sheree D., *The Politics of Denial*, Cambridge, MA: Massachusetts Institute of Technology, 1996, p. 8.

[2] Paquet, Sandra Pouchet, "Beyond Mimicry: The Poetics of Memory ND Authenticity in Derek Walcott's Another Life", *Memory and Cultural Politics: New Approaches to American Ethni CLiteratures*, Ed. Amritjit Singh, Boston: Northeastern University Press, 1996, p. 206.

[3] Perry, Donna Marie, *Backtalk: Women Writers Speak Out*, New Brunswick, N. J.: Rutgers University Press, 1993, p. 327.

小说中，作者写到一场审判，审判者是安吉莉塔领导的"正义与资源重分军"，受审者是欧洲白人代表巴托洛梅奥（Bartolo-meo），"这是对所有欧洲人的审判"，（AD 526）这场审判是要判处他死刑，而直接原因则为他所宣称的政治否定论，他坚定地宣称"在菲尔德之前，印第安历史不存在"，（AD 315）印第安人也没有权利要求社会正义，因为他们在白人眼里跟野蛮的猴子是同等地位。

审判者安吉莉塔用历史事实有力驳斥了巴托洛梅奥等白人的政治否定论观点，谴责了白人殖民者对印第安文化的破坏。同时，在这场审判中和反抗白人的战斗中，印第安人、黑人、墨西哥人、美国无家可归的人均积极投身反抗之战，说明了被压迫者对政治反对论的反抗和追求社会正义的决心。

在当代西方社会，美国政治伦理学家约翰·罗尔斯认为：社会正义的主要含义是社会基本制度的设计和安排应该体现权利和义务或利益和负担的公平分配。[①] 罗尔斯的正义理论强调的是社会制度的正义性，但他确实揭示了社会正义的一个基本含义：实现权利和义务的公平分配。基于对社会正义基本内涵的理解，罗尔斯继而提出了两个原则：一是每个人都有权和其他人平等地拥有最广泛的基本自由，二是社会正义要建立在有利于社会弱势群体的基础之上。西尔科小说中对美国政治否定论的反对和强调历史记忆的目的是为了将历史上印第安人及其他弱势群体所遭遇的不公正公之于世，期望弱势群体可以得到公正的对待，能享有平等的人权和自由。

---

① Rawls, John, *A Theory of Justice*, Cambridge, Massachusetts: The Belknap Press of Harvard University Press, 1971, p. 4.

第四节 《死者年鉴》中人与动物新型
伦理关系构建

后殖民生态主义批评探讨的重点之一是后殖民动物批评。后殖民生态主义批评呼吁要重建人与动物之间的伦理关系,人与动物之间并无优劣之分,而应是平等关系。殖民者通过殖民扩张的形式,将动物也顺理成章地纳入自己的侵略范畴和殖民体系。哈根和蒂芬强调:笛卡尔之"动物机器论"使人处于金字塔等级的顶端,与环境及动物产生对立,既是造成被殖民人群与动物"明显的失语""无意识"及"无能动作用"等悲剧产生的直接动因,也是"种族主义"与"物种主义"得以泛滥的渊源。[1] 此外,后殖民生态主义批评批判了"食肉性",探究了从伦理角度尊重动物生命,倡导与动物之间的和睦相处。后殖民生态主义批评还强调了人类与动物情感的共通性。动物具有丰富细腻的情感世界,它们也有感知痛苦、悲伤和欢愉的能力,"爱作为人类最浓烈的情感,其实并非仅是人类自身的特权",[2] 从而揭示了殖民主义者将动物视为"他者"而进行征服的荒谬行径。

一 印白文化中的动物观阐释

印白文化具有不同的宗教渊源和传统,因此,在动物伦理观方面也具有不同的认识论。由于人类对动物单向度的实用主义和功利主义态度,地球上的动物生灵被滥杀甚至种族灭绝。而印第

---

① Graham, Huggan & Tiffin, Helen, *Postcolonial Ecocriticism*: *Literature*, *Animals*, *Environment*, London and New York: Routledge, 2010, pp. 134 – 135.

② Ibid. , p. 201.

安文化受到当代动物保护主义者的推崇，皆由于印第安文化对动物灵性的强烈认同和尊重。比如，学者李·施文宁格就认为："自从更新世（Pleistocene）时代以来，许多原住民的生态种植和狩猎活动维持了千百万人的生活，且没有危害土地和土地上的动物和植物物种。"①

（一）印第安文化传统中的动物伦理观

印第安民族是一个崇尚万物有灵的民族，在印第安自然传统中，对动物灵性和生存地位的认同升华为对动物的神性及人与动物神圣关系的信念。美国印第安自然宗教的核心精神是圣化大地，他们视大地为渗透着生生不息的强大精神力量的活的有机体。印第安人的日常生活和经济生活尊重大自然的各种规律，正是由于这种和谐世界观的主宰，在西方人涉足美洲大陆之前的几万年里，北美印第安人生存的这片大陆一直保持着生态平衡和物种多样性。

在印第安文化传统中，"动物"这个概念并不存在，他们的认识论决定了人与动物不是对立面存在，而是平等存在关系。美洲大陆是重要的图腾文化发源地，古老的印第安文化就包含图腾崇拜，"在图腾崇拜中人并不只把自己看做某种动物的后代：一条现存的，同时也是遗传学的纽带把他的全部物理和社会存在与他的图腾祖先联结起来"。②

图腾（totem）一词起源于北美阿尔衮琴部奥古布瓦方言，是印第安语的音译，意思是"他的亲族"。③印第安文化中把动物作

---

① Schweninger, Lee, Writing Nature: Silko and Native Americans as Nature Writers, *MELUS*, Summer, 1993, Vol. 18, No. 2, p. 47.

② ［德］恩斯特·卡西尔：《人论》，甘阳译，上海译文出版社 2004 年版，第 115 页。

③ Prucha, F. Paul, *The Great Father: The United States Government and American Indians*, Nebraska: University of Nebraska Press, 1984, p. 90.

为图腾的崇拜对象。这是原始人在狩猎时期社会意识的反映，诸多因素决定了原始印第安人的图腾信仰:为了满足衣食住行的需要，远古时期印第安人的生活在很大程度上依赖于动物，因而他们尊重动物。他们为了维系生存的需要会猎杀动物，他们惧怕动物灵魂的报复，于是对动物进行膜拜，以祈求宽恕;印第安人强调自己与动物的等同地位，在他们的信念中，动物与人一样有情感，有思想，有灵魂。他们信仰"大地神圣的精神力量是万物统一的基础，也像血缘纽带，使万物在神圣的层面上一体相连"。① 对于印第安人而言，图腾不仅仅是宗教行为，更是从这种行为中构建了他们世代相传的生态意识和与万物和谐相处的自然法则。

在印第安历史文化传统中，也有诸多与动物相关的传说。其中，最典型的就是印第安人家族传说中解释其祖先如何在森林中偶遇某种动物并开始与之相互帮助。比如，传说祖先和动物一起经历历险，动物之神便赐予祖先在它的领地范围内狩猎的特权;有的传说介绍动物如何帮助祖先摆脱困境，当祖先脱离困境时，这种帮助过他的动物便成了所在部落的图腾。此外，印第安人还会将自己的名字与某种动物联系起来，例如 Standing Bear，Many Goats，Plenty Horses，Sitting Bull，Gray Calf 等，这些名字均以熊、羊、马、牛等动物意象称呼，充分表明了部落人与动物的亲密关系和对动物的崇拜。印第安文化传统中，人类对动物充满感激之情，在很多传说中，他们将动物奉为神或者英雄，比如，在印第安部落流传的郊狼盗火的壮举，黑脚族四头野牛养育弃婴的故事，等等。

① 关春玲:《美国印第安文化的动物伦理意蕴》，《国外社会科学》2006 年第 5 期。

"由于美国印第安人把动物视为人与神之间关系的纽带,所以他们不仅把宗教的热爱通过动物指向神,而且几乎无一例外地通过幻觉与动物交流来保持与'伟大奥秘'的接触,从而获得神圣的启示和力量。"① 可见,在印第安文化传统中,动物具有与人类相似的情感意识和情感认知,人与动物情感意识的相似性决定了人与动物可以相互沟通和帮助,甚至印第安人的狩猎传统认为动物被射杀,是动物为了延续其他生物的生命而做出的自我牺牲。在当代,人类应该摒弃凌驾于动物之上的特权观念,保护动物的合法权益,重建与动物间的和谐伦理关系。

(二) 殖民者的动物观

不同的社会文化传统对待动物的态度可能截然不同,这是显而易见的。欧洲殖民者的动物观以基督教及西方哲学为基础。在西方哲学和文化中,动物被定义为"他者",如同早期印第安人被欧洲殖民者看作是动物般的存在,约翰·缪尔曾经写道:

> 一旦制定出一个到森林里旅行的计划,人们就会想象出这样或那样的种种危险——蛇啦、熊啦、印第安人啦。事实是,在造物主的树林里漫步远比人们在黑暗的公路上旅行和待在家里安全。……印第安人,他们大部分不是死了,就是已经开化,成为文明社会中无用的白痴。②

---

① Brown, Joseph E., *Teaching Spirits: Understanding Native American Religious Tradition*, New York: Oxford University Press, Inc., 2001, p. 93.

② [美] 约翰·缪尔:《我们的国家画院》,郭明俦译,吉林人民出版社 1997 年版,第 21 页。

　　欧洲殖民者把印第安人与动物看作与他们不同的非人类物种，殖民者掠夺美洲大陆印第安人土地的进程也是对动物侵略和屠杀的过程。欧洲殖民者为基督教信奉者，与印第安原始宗教不同，基督教的创世论认为造物主在创造万物之时，只赋予了人类以神性，动物、植物等均未被神垂青。正如库切所言，"西方残酷对待动物的理由之一是，人（而不是动物）是按照上帝的样子创造出来的"。① 于是，人类具有了明显的优越属性，动物和植物被视作为了人类利益而造就的，人是动物的主宰者和统治者便有了合理的渊源。托马斯·阿奎那就曾指出动物均是为了人而存在，这是神的旨意。人对待动物的态度由人而定，神赋予了人类此项特权，同时，神没有诫命要求人必须善待动物。

　　启蒙哲学对理性的推崇又进一步强化了基督教的"人类中心主义"观念。现代哲学之父笛卡尔反复论证，物质世界中唯人类拥有上帝赋予的不朽灵魂和理性意识，动物不仅没有意识，而且没有灵魂，它们只是自动之物，甚至不能感受到痛苦和快乐，笛氏认为"动物充其量是一台由机械装置组成的机器，而机器是没有灵魂的"。② 康德也论证了人类因理性能力而优越于动物的价值等级观念和人主宰动物的合理性。③ 这些观点恰恰与印第安人的人与动物神圣关系说截然相反。印第安人相信生命的循环，在转世轮回中，人可能转世为动物，动物也可能转世为人，所以，印第安人愿意与动物接触和沟通，"印第安人正是在户外而不是在庙宇里了解到动物和人一样，有灵魂和个性、快乐和悲伤、需求

---

① Coetzee, J. M., *The Lives of Animals*, Princeton, New Jersey: Princeton University Press, 1999, pp. 99 - 100.

② Ibid., p. 33.

③ 关春玲:《美国印第安文化的动物伦理意蕴》,《国外社会科学》2006 年第 5 期。

和愿望"。①

　　事实上，早期基督教的《圣经·旧约》中记载着上帝最初为
人类安排的完全素食的饮食，避免他们接触不洁的食物，以保持
上帝信仰者的圣洁，而伊甸园也是一个人类与万物和谐、和平共
处的世界。然而，早期基督教不杀生的教理被逐渐边缘化，出现
了将动物视为任人宰割的且地位低等的存在物的观念。

　　基于欧洲殖民者的"人类中心主义"传统，当欧洲殖民者来
到美洲大陆后，便开始了对动物肆无忌惮的杀戮，纳什曾对北美
殖民者进行过描述：

　　　　拓荒者的深刻感受是，他们不仅是为了个人生存与荒野
　　搏斗，而且也是以民族、种族、上帝的名义与之搏斗。使新
　　世界文明化意味着变黑暗为光明，变无序为有序，变邪恶为
　　善良。在有关西部拓荒的道德剧中，荒野永远是恶棍，而拓
　　荒者则永远是消灭恶棍的英雄。将蛮荒之地改造成文明之
　　邦，是对他所做出的牺牲的一种奖赏，所取得的成就的一种
　　肯定，也是他赖以骄傲的一种资本。②

　　首先，殖民者对北美大陆动物的杀戮不同于印第安人的狩猎
行为。他们仅仅是为了食肉和获得捕猎的快感。库切指出："欧
洲人移居到殖民地处于各种各样的原因，其中最吸引他们的愿景

----

　　① ［美］威尔科姆·E. 沃什伯恩：《美国印第安人》，陆毅译，商务印书馆1997年
版，第20页。
　　② Nash, Roderick, *Wilderness and the American Mind*, New Haven: Yale University
Press, 1982, p. 24.

是:只要他们想要,他们随时都可以食肉。"① 其次,殖民者将动物视为"他者",不具有自己的情感、意识、尊严和权益。"他者"的宿命是任人宰割。动物依然只是"沉默的他者,它们在人类的手中遭受可见的痛苦"。② 比如,随着殖民者的到来而兴起于16世纪直到19世纪才结束的北美皮毛生意,在短短300年间,使得北美的海狸等毛皮动物濒临灭绝。这些动物的灭绝并没有阻止西方殖民者对北美大陆其他野生动物进一步的杀戮。内战结束后,白人开始了轰轰烈烈的西部大开发运动,随着横贯北美大陆铁路的修建,采矿业、畜牧业和农业的发展,野生动物的栖息地被大量侵占,众多野生动物物种数量锐减且加速灭绝,正如梭罗在其《瓦尔登湖》中所描述的:"夏天和冬天,火车头的汽笛穿透了我的林子,好像农家的院子上面飞过的一头老鹰的尖叫声,……真的啊,我们的村庄变成了一个靶子,给一支飞箭似的铁路射中。"③ 再次,在当代,现代工业社会的生产主义和消费主义经济模式把动物变成了现代消费的人工制品。动物变成了满足人类日益膨胀的消费欲望的牺牲品。诸多动物被人工圈养或者大型饲养,它们生存于大自然的权利被人为剥夺,"虽然'自由放养'的动物可能比那些工厂化的动物受较低程度的苦,它们仍然被视为商品、资源,以及我们的财产"。④ 它们"作为生命本身所具有的独立于人的内在价值、灵性和复杂性被完全否定,至于它们的

---

① Mowforth, Martin & Ian Munt, *Tourism and Sustainability: Development and New Tourism in the Third World*, London: Routlegde, 1998, p. 52.

② Oerlemans, Onno, *A Defense of Anthropomorphism: Comparing Coetzee and Gowdy*, Mosaic 40.1, 2017, p. 185.

③ Gangewere, Robert J., *The Exploited Eden: Literature on the American Environment*, New York, Evanston, San Francisco, London: Harper & Row Publishers, Inc., 1972, p. 5.

④ [美]迈克·艾伦·福克斯:《深层素食主义》,王香瑞译,电子工业出版社2005年版,第42页。

宗教的和道德的地位更无从谈起"。①

二　人的动物性与动物的人性

基于上述印第安人与殖民者所持的不同动物观以及人与动物关系的理念，西尔科在《死者年鉴》中极力书写人的动物性与动物的人性，她通过拟人化手法赋予动物人性，并对人的动物性一面进行摹写，消解了横亘在人与动物之间的界限，彰显了人类与动物之间存在的共通性和相似性。因此，通过小说，西尔科旨在呼吁遵循印第安文化传统，保持印第安文化中人与动物的和谐关系并重建现代文化背景下，人与动物新型的伦理关系，是对殖民者人与动物二元对立动物观的有力反驳，也恰恰与后殖民生态主义强调的人类与动物情感之共通性一脉相承。

（一）　拟人论——动物的人性

拟人论源于达尔文提出的人猿同祖结论，是人类根据自己的知识和体验去认识世界的一种手段和方法，它的主要特点是将人的性格特征赋予非人的动物、植物、物体、自然现象、抽象的概念等。从词源意义上看，anthropomorphism 是拉丁语 ánthrōpos（human）与 morphē（shape 或 form）的结合，意即人与形的结合，也就是赋予事物以人形。拟人论涉及的范围很广，在宗教、神话、艺术、文学等领域被大量运用。② 原始人趋向于把人的特质注入运动中的客观世界，由此而诞生了关于世界的最初观念：石头、山峦、苍穹都被视为有生命的拟人化实体，它们具有意志

---

① 关春玲：《美国印第安文化的动物伦理意蕴》，《国外社会科学》2006 年第 5 期。
② 参见 http://en.wikipedia.org/wiki/Anthropomorphism。

并愿意帮助或是伤害人类;① 如克伦人就认为植物也像人一样具有自己的"拉",即精灵,婆罗洲岛上的达雅克人认为稻子有"稻婚",美洲印第安人称动物为"小弟弟"等。② 拟人论思想也是人类最原始世界观的表现形式,美国印第安文化传说中具有人格化的动物和植物等都是拟人论世界观中典型的范例。

以印第安文化为基础,西尔科的《死者年鉴》中从拟人论传统出发予以动物特殊的关注,她在小说中不仅写到鸟类,比如鹦鹉,而且还将毒蛇和苍蝇等动物形象加以呈现。美国生态批评先驱布伊尔曾对生态作家的动物描写及其写作目的评论如下:

> 与传统自然诗人有所不同,生态诗人除了抒写传统自然诗中象征力量、仁慈、忠诚、可爱等品质的动物如老虎、夜莺、鹰隼等之外,更多的将关注的目光投向毒蛇、老鼠、苍蝇、鼻涕虫等历来备遭鄙视的"低等"动物和"有害"动物,以此来颠覆以往诗歌中人的中心地位,解构人与动物之间以及动物与动物之间的等级差别,并通过揭示这类动物的生态作用和生态意义为"沉默和受压迫阶层"的自然与非人类生命代言。③

从生态主义视角切入,西尔科在小说中体现了其生态思想,

---

① 〔美〕弗兰兹·博厄斯:《原始人的心智》,项龙、王星译,国际文化出版公司1989年版,第98页。

② 〔美〕爱德华·泰勒:《原始文化》,连树声译,广西师范大学出版社2005年版,第383—384页。

③ Buell, Lawrence, *The Environmental Imagination: Thoreau, Nature Writing, and the Formation of American Culture*, Cambridge: Belknap Press of Harvard University Press, 1995, p. 20.

她不仅赋予动物人性，还强调了世间万物都有其存在的合理性，他们都在生态系统中发挥着不可替代的作用，无任何高低等级之分。她同南非作家库切的观点相同，库切认为："从生态的角度来看，大马哈鱼、水苔草、水里的虫子都与地球和气候互动共舞……每个有机体都在这个复杂的群舞中发挥着自己的作用。"①

比如，西尔科小说中呈现了"圣灵"（Spirit）形象，圣灵指引着塔库夺回印第安人丧失的土地，圣灵具有人类的性情和智慧，其物化肉体是鹦鹉（macaw）。

> 鹦鹉圣灵选择塔库作为它们的信使。圣灵期望什么呢？它希望从那些日夜劳作却依旧挨饿的人身上得到什么呢？圣灵信使的职责有很多；所有来自圣灵的请求、警告和指令都必须遵从，无论它们让你干什么。塔库还要保护圣灵不要被卖鹦鹉的人或者贼偷走，他们也许会射杀它们以得到羽毛。（*AD* 476）

鹦鹉圣灵被赋予人性，它能预知人类的未来，并将它们的预言告知圣灵信使，"鹦鹉圣灵对人类有很多冤屈，但是它们说人类已经得到了惩罚并且由于人类的愚蠢行为将会被惩罚的更严重"。（*AD* 476）此时，"人类"指代的是白人殖民者，"愚蠢行为"指的是白人殖民者对印第安的战争以及由此而造成的印第安土地的沦丧、动物的灭绝和环境的破坏。圣灵是印第安的祖先派来拯救印第安人民的，它的预言指引着塔库以及印第安人，并帮

---

① Coetzee, J. M., *The Lives of Animals*, Princeton, New Jersey: Princeton University Press, 1999, pp. 53 – 54.

助他们在夺回土地之战中取得胜利。在印白"土地之战"的道路
上，小说中圣灵一直扮演着引领者的角色，像是这场战争的隐形
领导者，它具有与人类相通的智慧、情感和意识，鹦鹉圣灵的地
位与人类平等，从而解构了人类与动物之间的等级秩序。

此外，西尔科在小说中写到年鉴记录的创世传说，包括日月
星辰、灾难、疾病、死亡之地等是如何被创造出来，其中最引人
注目的是关于动物的传说。比如，第四天，从蜥蜴的肚子里产生
出谷物和水果的种子；第五天创造出四条半人半兽的蛇，它们是
雨神；第六天是猫头鹰之日，它是地下世界之神与死亡之神；数
字七的代表动物是鹿，鹿之死意味着干旱；第八天的代表动物是
狗，年鉴记录这一天出生的人会有肮脏的思想；第十一天的代表
动物是猴子。由于年鉴世代相传，有关动物的记载残缺不全，但
从仅有的记载来看，动物与人类紧密相连，人类赖以生存的种子
来源于动物躯体，雨水、干旱、死亡、冬去春来等自然现象也与
动物紧密相关。由此可见，西尔科遵循印第安文化，强调人类的
生存依赖于动物，殖民者提出的人类比动物高等的理论不攻自
破，众生平等的后殖民主义生态思想显而易见。

(二) 人的"动物性"

从词源上看，英语中的"animal"一词最早表达的是"活的
生物"（a living creature）、"任何活着的东西"（anything living）
等含义，这其中自然也包括人类自己。[1] 劳伦斯曾说过："人类是
唯一一个有意驯化自己的动物。"[2] 博厄斯的研究也得出结论：人

---

[1] Bryson, J. Scott, *The West Side of Any Mountain：Place, Space and Ecopoetry*, Iowa City：University of Iowa Press, 2005, p. 34.

[2] Lawrence, David Herbert, *Study of Thomas Hardy and other Essays*, New York：Cambridge University Press, 1985, p. 203.

类不仅是动物，而且还是一种驯养的动物。① 在西尔科的《死者年鉴》中，人的"动物性"表现得尤为明显。西尔科的这本小说发表后，曾因过多的色情描写而饱受诟病，被批判为丑化美国社会。与她的第一部小说《典仪》不同，在第二本小说中，西尔科写了诸多同性恋和婚外恋的性爱关系，其目的不是表现社会的道德沦丧，实质为对抗殖民入侵和工业文明对人和自然异化的重要手段，也是对人与动物之间亲缘关系的认同。因为性是人类和动物共同拥有的本能行为，透过这样的本能行为可以洞察到人性与动物性的存在，性也是人性和动物性的共同意识。

西尔科的《死者年鉴》情节错综复杂，其中，相比其他的美国本土作家作品，这本小说中大量有关同性恋关系、婚外恋关系、同性三角恋关系、三角异性恋关系和不伦恋的描写，有关性爱场景的描写在美国本土作家的作品中也比较突兀。西尔科在小说中描写了博费雷（Beaufrey）、戴维德（David）和塞雷（Serli）的同性三角恋关系，艾瑞克（Eric）和戴维德（David）的同性恋关系，法如（Ferro）、帕雷（Paulie）和杰米（Jamey）的同性三角恋关系，艾瑞克（Eric）、戴维德（David）和赛斯（Seese）的异性三角恋关系，泽塔（Zata）和陌生的旅游公司老板库库先生（Mr. Coco）的一夜情，路特（Root）、莱彻（Lecha）和特瑞格（Trigg）的三角婚外恋关系，路特（Root）与赛斯（Seese）的异性恋关系，库拉巴泽（Calabazas）与妻子妹妹莉瑞（Liria）不伦恋关系，库拉巴泽的妻子赛瑞塔（Sarita）与主教的婚外恋关系，保险公司老板莫纳多（Menardo）与建筑师艾莱格瑞亚（Alegria）

---

① ［美］弗兰兹·博厄斯：《原始人的心智》，项龙、王星译，国际文化出版公司1989 年版，第 41 页。

的婚外恋关系,艾莱格瑞亚(Alegria)、巴塔劳莫(Bartolomeo)和桑尼·布鲁(Sonny Blue)的三角婚外恋关系,宾戈·布鲁与(Bingo Blue)与女仆的性关系,玛瑞莲(Marilyn)、安盖鲁(Angelo)和褪姆(Tim)的三角恋关系。劳伦斯曾因小说中过多的性爱场景描写而饱受诟病,西尔科的《死者年鉴》打破了美国本土作家的写作传统,也曾备受指责。然而,这本小说中的各种恋爱关系和性爱场景恰恰是作者对原始文明所承载的价值观和自然观的回味,是人类最本真的"动物性"的体现。劳伦斯试图通过性爱的力量来"反对这个世界、反对金钱和机器以及兽性的道德的同盟者",① 西尔科也以小说中的性爱描写为武器,来反抗殖民入侵和工业文明对人类原始情感的扼杀,因为殖民入侵和现代工业文明"剥夺了人的动物性的欢乐,抑制了人的高贵而美丽的野蛮"。② 此外,无论是人之性爱还是动物之性爱,皆与大自然的生命律动联系在一起,都是生生不息的力量。贾斯特布曾说:"要体验性爱的活力与温暖……[人]必须通过身体与整个宇宙建立起一种爱的关系(love relationship)。"③ 可见,性爱是联结人与自然的天然纽带,是融入自然的途径之一,从某种意义而言,性之爱等同于自然之爱,所以西尔科在《死者年鉴》中借助性爱描写对抗殖民入侵的最终目的是为了让人重回自然,这其中所反映出的西尔科的后殖民生态主义思想不言而喻。

与西尔科相比,另外一位著名的美国本土作家露易丝·厄德

---

① [英]戴·赫·劳伦斯:《查泰莱夫人的情人》,冯铁译,河南文艺出版社 2007 年版,第 293 页。

② Draper, Ronald P. (eds), *D. H. Lawrence: The Critical Heritage*, London and Boston: Routledge and Kegan Paul, 1970, p. 309.

③ Jastrab, Joseph & Ron Schaumburg, *Sacred Manhood*, *Sacred Earth*, New York: Harper Collins Publishers, 1994, p. 63.

里克在她的"齐佩瓦四部曲"中刻画了一位女性人物——露露，四部曲呈现了她从婴儿到成为祖母或外婆的经历。露露是"大地母亲和放荡女人的结合体"，① 在小说中，她是"像猫一般的女人"，② 她风流成性，有好几任丈夫，甚至和保留地中几乎所有男人都有私情，小说中也有关于露露与其他男人的性爱场景描写，在《爱药》(Love Medicine, 1984) 中，露露祖露她与其他男人的性爱以及她放荡的生活是她与自然接触的途径：

> 谁也不明白我隐秘而放荡的生活方式。……我热爱整个世界，热爱世界上用雨露滋养的所有圣灵。有时，我望着外面的院子，那儿郁郁葱葱，看见黑羽京鸟的翅膀油亮油亮的，听见风像远处的瀑布一样奔腾翻滚。然后我会张大嘴巴，竖起耳朵，敞开心扉，让一切都进入我的体内。③

与厄德里克相比，西尔科在《死者年鉴》中对各种性关系和性场景的描述更多更露骨，而她们的写作目的却异曲同工，即折射人的"动物性"以及人与动物在情感层面的相似性，从而消解人与动物之间的差别等殖民话语。由此，可以得出结论：人的"动物性"描写是美国本土作家抵抗殖民话语的策略之一，也是他们倡导"人与自然"交融的生态思想的表达方式之一。

---

① Chavkin, Richard Allen & Chavkin, Nancy Feyl, *Conversation with Louise Erdrich and Michael Dorris*, Jackson: University Press of Mississippi, 1995, p. 10.
② [美] 路易斯·厄德里克：《爱药》，张廷诠译，译林出版社 2008 年版，第 90 页。
③ Erdrich, Louise, *Love Medicine*, New York: Harper, 1984, p. 277.

小　结

西尔科结合历史与现实,独辟蹊径地以年鉴的方式,将原住民的历史、现状与生态书写平行而论。她呈现美国历史上殖民主义者对印第安人土地的强占与对动物的杀戮,说明无论是在殖民过程中还是在后工业化时代,人与自然的分离状态日益加剧,这迫使人们从根本上重新考量西方的宗教观和文化观。目前人类所遭受的生态危机等问题从本源看是由于人对自然的破坏和不道德的态度等多方面原因导致的。西尔科进一步指出西方发展模式和生产方式引发了世界范围内的一系列环境问题和社会问题。她在小说中反复出现同一主题,即抗争,将印第安人对发展正义、环境正义和社会正义的追求,以及对动物与人关系的重建这几方面的力量作为有力的反殖手段,土地和动物均具有政治性,她希望能借助这两种反抗力量重估西方的殖民历史、价值观、发展模式和政治体系,体现了其后殖民生态主义思想。西尔科在小说中依旧一如既往地关注印第安人的身份构建,通过建立多民族联合在一起的"新世界",表达了其包容的融合观,也书写了印第安文化与其他文化的互融关系。在小说中,虽然涉及印第安文化与白人文化的冲突,但西尔科非常明确指出两者并非二元对立关系,西尔科借此质疑美国历史宏大叙述的权威地位,反对专制排外的霸权文化。借助印第安的信仰和文化力量,西尔科通过小说表明了当今原住民在生态保护运动中的积极态度,同时也指出生态保护应该是世界不同种族和不同民族共同努力的目标,唯有通过此方式才能实现地球的可持续发展和人类的可持续存在。

西尔科提倡必须在尊重传统文化的基础上,发现人类生存和与自然相处的新方式，虽然她在小说中并没有指明这种新方式是什么，但她在作品中表达的世界人民团结统一的"新世界"的确是我们面向未来的美好希冀。像西尔科这种具有生态意识的本土文学作家其实担当的是印第安文化的传播者和环境保护的使者，美国学者在评价西尔科的作品时就曾指出："与任何其他作家不同，西尔科让地球发出了声音，使之几乎成为了她的每一个故事的女主人公。无论是通过妇女、男人还是动物来说话，地球都会出现在那些声音中。"① 通过饱含着后殖民生态主义思想的作品，以西尔科为代表的当代美国本土作家通过文学作品既关注印第安的历史生存，也关注现实，不仅作为印第安人，也作为世界公民，担当起了对生态保护的责任。

① Netzley, Patricia D., *Environmental Literature: An Encyclopedia of Works, Authors, and Themes*, D. Santa Barbara, California: ABC-CLIO, 1999, p. 108.

第二章

融合与共生:西尔科作品中的
生态女性主义思想

生态女性主义（Ecofeminism）一词由法国学者弗朗索瓦·德·奥波妮（Francoise d' Eaubonne）于 20 世纪 70 年代在其著作《女性或死亡》（*Le Fémme ou la Mort*, 1974）中首次提出。① 她在该书中把生态主义思想与女性主义结合在一起，从而指出自然与女性之间的内在关系和天然联系。1978 年，她又出版了著作《生态女权主义：革命或者转变》（*Ecologie Féminisme*：*Revolution ou Mutuation*, 1978），该书指出地球与女性同样地被社会忽视，而解决办法则是女性与自然结盟并为拯救自我与地球而行动起来。自此，生态女性主义成为一种全新的理论。20 世纪 70 年代和 80 年代是生态女性主义理论的发展时期，直至 20 世纪 90 年代，生态女性主义理论在文学研究中颇受关注。

生态女性主义是在全球化生态危机的大背景下，基于女性主

---

① Gates, Barbara T. A Root of Ecofeminism, *Interdisciplinary Studies in Literature and Environment*, 1996, Summer, Vol. 3（1），p. 15.

义文学批评而发展起来的文学思潮，生态女性主义者主张从女性和生态双重层面反对形式各异的统治和压迫，主张解放女性和自然，从而促进人类与自然的和谐发展。生态女性主义通过文学作品，挖掘女性作家的自然写作，揭示文学中女性与自然的天然联系，反对父权中心主义。

西尔科在小说《典仪》和《沙丘花园》中向读者展示了别具一格的女性世界和自然风情，体现了其生态女性主义思想。《典仪》（Ceremony，1977）是西尔科发表的第一部小说，也被公认为是美国本土文学发展史上的巅峰之作。该小说的发表让西尔科名声大噪，使她成为"当代美国文坛上备受瞩目的新秀"，① 众多批评家纷纷将目光投向这位美国本土作家，"莱斯利·马蒙·西尔科的《典仪》（Ceremony，1977）在评论界获得最多赞扬"。② 《典仪》是美国高中和大学阅读频率最高的读本之一，艾伦·凯伍坎（Allan Chavkin）用"这本书已经卖了将近上百万本"③ 来形容《典仪》的畅销。华盛顿邮报的书评也写称《典仪》是一本超乎寻常的小说。（C backcover）肯尼思·林肯曾把西尔科的《典仪》与司各特·莫马迪的《晨曦之屋》一起誉为"美国印第安文艺复兴"时期两部最具有开创性的小说。④

《典仪》讲述的是关于不同故事的故事以及这些印第安故事的伟大能量和传递的生态意识。它本身就像一张蜘蛛网，把不同的故事、情节、主题以及人物编织在一起，最后形成一部可以从

---

① Barnett, Louise K & James L. Thorson, *Leslie Marmon Silko: a Collection of Critical Essays*, Albuquerque: New Mexico UP, 1999, p. 1.

② Chavkin, Allan, *"Introduction" in Leslie Marmon Silko's Ceremony: A Casebook*, New York: Oxford University Press, 2002, p. 3.

③ Ibid. , p. 4.

④ Bauerkemper, Joseph, Narrating Nationhood: Indian Time and Ideologies of Progess, *Studies in American Indian Literature*, 2007（4）, p. 33.

多角度解读的作品。小说的主线是"二战"归来的士兵塔尤返回拉古纳普韦布洛的家乡,但一直饱受精神疾病的折磨,也不能完全融入部落,最终在印第安药师和诸位"女神"的帮助和引导下,塔尤摆脱精神上的"顽疾",寻回了属于自己的身份。故事的辅线为穿插其中的众多以诗歌或歌谣形式出现的印第安传说,这些传说指引着塔尤一步步走出困扰。西尔科在小说中讲述印第安创世神话和塔尤的故事,说明"水"和"女性"赐予印第安人物质和精神等方面以力量和价值,是他们的生命之源,也彰显了作者的生态思想。

西尔科的长篇小说《沙丘花园》发表于 1999 年,是一部集历史、文化和政治于一体的小说。《死者年鉴》由于其浓厚的政治色彩而不被部分评论家和读者接受,故在构思《沙丘花园》之时,西尔科意图写一部与政治无关的小说。西尔科曾在一次访谈中说道:

> 每个人都在抱怨——不是每个人,是那些面对我作品叹息和呻吟的读者们,他们认为奇卡诺文学,美国本土文学或者非裔文学不应饱含政治性。对于白人而言,这说起来很简单,他们已经拥有了一切,所以他们的作品不需要政治性。好吧,所以他们想要读到非政治性的作品。好吧,我将写一部关于花园和花儿的小说。①

所以,西尔科曾想把《沙丘花园》作为补偿献给那些饱受

---

① Arnold, Ellen L., Listening to the Spirits: An Interview with Leslie Marmon Silko, *Studies in American Indian Literatures*, 10. 3 (1998), p. 2.

《死者年鉴》政治性之痛的评论家和读者。然而，当她在研究花园及历史时，却发现花园是政治性工具，在小说出版前夕她对阿诺德说："花园是最具政治性的——你如何种植食物，是否食用，植物采集者跟随着征服者脚步的事实等。"① 这部小说中既有征服者，又有"植物盗贼"，堪称一部精心完成的揭露 19 世纪欧洲及美国资本主义植物走私的作品，也是一部将女性与自然融为一体的作品。此外，《沙丘花园》沿袭了西尔科的写作传统，"在《典仪》中，西尔科从美国土著的角度重写了美洲大陆被征服的主题"。② 根植于 19 世纪末期的历史，《沙丘花园》将读者的目光聚焦于印白公开对抗的"美国印第安战争"③ 及之后的历史时期，但较《死者年鉴》中浓重的政治色彩相比，尽管《沙丘花园》中也饱含政治主题，但"读者会认为《沙丘花园》更有趣而不是生气或者愤怒。"④

西尔科的第三部小说依然引起了评论家的广泛关注。评论家苏赞奈·茹塔（Suzanne Ruta）在《纽约时报》书评中称《沙丘花园》"内容丰富，引人入胜……融合了神话、寓言，维多利亚

---

① Arnold, Ellen L., "Listening to the Spirits: An Interview with Leslie Marmon Silko", *Conversations with Leslie Marmon Silko*, Ed. Ellen L. Arnold, Jackson: University of Mississippi Press, 2000, p. 164.

② Stein, Eichel, "Contested Ground: Nature, Narrative, and Native American Identity in Leslie Marmon Silko's Ceremony", *Leslie Marmon Silko's Ceremony: A Casebook*, Ed. Allen Chavkin, Oxford: Oxford University Press, 2002, p. 193.

③ "美国印第安战争"：指今日美国所在地区北美土著居民与欧洲定居者之间的战争，其时间跨度超过 150 年。早在 1528 年，西班牙殖民者便已经与印第安人发生战争，该战争持续至约 1890 年。随着欧洲殖民者的到来，人口增长使定居者迫切需要进行土地扩张，将原住民向西部和北部迁移，致使双方之间爆发战争。许多冲突是局部性的，起因于土地使用争端。战争后期，《印第安迁移法》（Indian Removal Act, 1830）实施，该法案支持使用武力或通过协约买卖或交换土地的方式将欧洲人定居点的印第安人有计划、大规模迁移走。这场战争几乎造成对印第安人的种族灭绝。（See "American Indian Wars," from Wikipedia, https://en.wikipedia.org/wiki/American_Indian_Wars, April 5th, 2017.）

④ Arnold, Ellen L., Listneing to the Spirits: An Interview with Leslie Marmon Silko, *Studies in American Indian Literatures*, 1998 (3), p. 20.

式的儿童小说以及历险故事,并交织着美国西南部的历史"。① 劳拉·麦克马特(Larry McMurtry)称:"我刚刚读《沙丘花园》,我认为这部作品太绝妙了。事实上,我认为这是一部杰作。"② 《科考斯书评》(Kirkus Reviews)评价这部小说为:"与其说西尔科是小说家,不如说她是一位感情丰富的观察家和美国土著生活的赞颂者,这部令人敬畏的小说是……对不同传统间的不一致性的探讨,也是其相互融合的阅读经历。"③ 然而,两篇发表于美国本土文学研究的杂志几乎完全忽略了这部小说的非土著性主题。威廉姆·韦拉德(William Willard)在评论《沙丘花园》时并没有提及印迪歌(Indigo)与白人的亲密友好关系,他评论的中心为沙丘蜥蜴人的生活等,认为这是一个"关于复兴的故事"。④ 卡伦·伍德(Karenne Wood)认为《沙丘花园》"通过错综复杂的故事情节和引人入胜的历史事件,西尔科将我们带回我们已经知道的但是或许已经遗忘的记忆中:我们其中存在着救赎,存在着智慧……这种智慧的声音,她宣称,是永远不会被湮没也无法被带走的"。⑤ 伍德试图强调这部小说的包容性。评论家艾伦·阿诺德在1999年评论这部小说为:"着力与自然主义写作传统结合,她试图构建一个冒险、迷人和神秘的故事……这部小说挑战且重塑了那些写作传统,使其具有本土性。"⑥ 可见,评论家们从多角度对这部小

① Silko, Leslie Marmon, *Gardens in the Dunes*, New York: Simon & Schuster, Inc., 1999, front cover.

② Ibid., preface.

③ Ibid..

④ William Willard, Gardens in the Dunes, *Wicazo sa review*, Fall 2000. Vol. 15, No. 2, p. 141.

⑤ Wood, Karenne, Gardens in the Dunes (Book Review), *American Indian Quarterly*, Spring, 1999, Vol. 23, No. 2, p. 72.

⑥ Arnold, Ellen L., Gardens in the Dunes, *Studies in American Indian Literatures*, 11. 2, 1999, p. 2.

说进行评论和阐释。

　　《沙丘花园》全书分为十部分，两条基本主线分别是印迪歌的旅行见闻和盐巴姐姐的旅行故事，她们的旅行经历均与自然生态、美国土著的流散问题、印白地位不平等问题、男权文明下男女两性角色对立问题及文化冲突与融合问题相关。故事主要讲述了芙丽外婆（Grandma Fleet）、盐巴姐姐（Sister Salt）印迪歌（Indigo）相依为命生活在位于科罗拉多河东岸的沙丘蜥蜴部落的古花园，他们过着自给自足的快乐生活，由于受到外来侵略，芙丽外婆病逝，盐巴姐姐和印迪歌走散。印迪歌被送往印第安寄宿学校，而盐巴姐姐也被送往另外一所寄宿学校。后来，两姐妹均从寄宿学校逃离，盐巴姐姐以为科罗拉多河附近修建水坝的工人们洗衣为生，也为这些工人提供性服务。而印迪歌则遇到美国白人帕玛夫妇，妻子海蒂·帕玛（Hattie Abbott Palmer）专注于研究早期基督教的历史，丈夫爱德华·帕玛（Edward Palmer）是一位植物学家。帕玛夫妇带印迪歌开启了从美国西南部到东北海岸，再从英国西南部到意大利南部的旅程，他们的足迹遍及加州、纽约、英国、意大利、法国和科西嘉。他们一起参观了风格各异的花园：苏珊位于纽约长岛的维多利亚花园，布朗尼姨妈位于英国巴斯的花园以及劳拉位于意大利卢卡的欧洲古花园，最后印迪歌重返沙丘蜥蜴部落的印第安古花园。在地理空间变换及异质文化碰撞的各类花园中，西尔科呈现了土著文化中的蜘蛛女和思想女神，古欧洲文化中的伟大女神等女神形象，也意味着她通过这部小说试图彰显的女性主义和女性传统。

　　西尔科的长篇小说《典仪》中"女性世界"如何体现其生态女性主义思想？《沙丘花园》中，花园作为自然的载体，如何与女性联系在一起？花园是如何作为反抗形式反抗殖民统治和男性压迫的? 本章将着重以生态女性主义批评为理论依据, 探讨《典仪》中的女性群像塑造, 探究《沙丘花园》中各类不同功能花园的政治和文化功用, 指出印第安文明与欧洲古文明的同源性, 以及这两种同源文明所倡导的生态思想, 进而说明西尔科笔下女性与自然的天然联系, 小说中的女性群像塑造和象征自然的花园是反殖民压迫和反性别压迫的有效手段, 也是主张女性与自然和谐发展以及追求女性主体身份和女性自由的强大呼声。

第一节　生态女性主义思想概览

谢里尔·格洛特费尔蒂对生态女性主义的定义为:"生态女性主义是一种理论话语, 其前提是父权制社会对妇女的压迫和对自然界主宰之间的联系。"① 自该术语被提出后, 生态女性主义批评理论在西方逐渐传播, 并伴随着生态危机的出现和环境保护运动的壮大而日益发展, 它是妇女解放运动和环境保护运动相结合的产物。

一　生态女性主义文学批评的发展与内涵

20 世纪 60 年代以来, 全球出现了日益严重的生态危机, 面对日益严重的生态危机, 社会各领域做出不同的反应, 各种新兴学科和理论应运而生, 学者们试图探讨生态危机的根源, 从而寻求可持续发展的生存观。除了专注生态危机以外, 生态女性主义者还不断思考自然环境对女性的影响, 进而批判西方社会体制下

① Glotfelt, Cheryll, "Introduction: Literary Studies in an Age of Environmental Crisis", *The Ecocriticism Reader: Landmarks in Literary Ecology*, Ed. Glotfelty, Cheryll & Harold, Athens, Georgia: University of Georgia Press, 1996, p. xxiv.

对女性和自然剥削的文化根基。正如美国生态文学批评理论家帕特里克·墨菲所指出的：“伴随对控制自然和剥削女性之间的联系在哲学领域的深入探讨，以及这些联系在日常生活中的各种显现，一系列被称之为生态女性主义的文学作品出现了，这其中的大多数作品包含了女性主义者的生态敏锐性。”① 该理论为文学创作和文学批评提供了全新视角。自 20 世纪 70 年代以来，世界上诸多文学家以生态女性主义理论为指导进行文学创作，各国文学中以生态为主题作品相应出现并引起较大反响。

20 世纪 80 年代，美国加州大学伯克利分校教授卡洛林·麦茜特（Carolyn Merchant）出版《自然之死——妇女、生态和科学革命》一书，该著作试图从妇女与生态联系的层面来评介科学革命，该书成为生态女性主义的重要代表作品之一。20 世纪 80 年代中期，生态女性主义者卡伦·沃伦（Karen J. Warren）详尽阐述了生态女性主义的核心观点：自然和女性所受双重压迫具有重要的联系；为了充分理解妇女和自然所遭受的压迫，就必须理解这些联系的本质；女性主义问题的解决必须包含生态学视角；生态问题的解决必须包括女性主义视角。② “经过 80 年代的准备，特别是生态女性主义者的理论阐发，环境运动不仅仅确立了在当代文学研究中的地位，而且形成了一种力量，将不可避免地改变文学研究。”③

20 世纪 90 年代，生态女性主义批评得到进一步发展，成为

---

① Gaard, Greta Claire & Patrick D. Murphy（eds），*Ecofeminist Literary Criticism：Theory，Interpretation，Pedagogy*，Urbana and Chicago：University of Illinois Press, 1998, p. 5.

② ［美］罗斯玛丽·帕特南·童：《女性主义思潮导论》，艾晓明等译，华中师范大学出版社 2002 年版，第 370 页。

③ Murphy, Patrick D., *Literature，Nature & Other：Ecofeminist Critiques*, New York：State University of New York, 1995, p. 19.

令人瞩目的文化和文学理论流派。进入 20 世纪 90 年代，部分生态女性主义者开始从文学的视角思考和研究环境问题及性别问题,① 生态女性主义批评逐步从文化、政治、环境等研究领域扩大到文学研究领域并产生了前所未有的影响，该理论迅速蔓延到欧洲各国及其他诸国。由此，生态女性主义文学批评理论开始全面发展，并不断被完善、应用和研究。

生态女性主义批评的内涵比较宽泛:"对将自然作为女性的父权式再现的批判、对女性在博物学史、科学研究、自然写作上扮演的重要角色的修正式再发现;针对开采或利用的伦理学提倡一种'关心哲学';对所谓存在于女性与自然间（在生物学或精神上）神秘的亲和关系的复原。"② 具体而言，生态女性主义批评认为:第一，自然与女性是人类生存及发展的本源，但在西方文明的父权制社会中，女性与自然呈一体性，她们皆为受剥削和受控制的对象，而人类社会危机的根本原因是生态危机和性别压迫，因此，要解决人类危机的根本途径是解除自然压迫和性别压迫;第二，生态女性主义批评试图解构和批判"逻各斯"中心主义。生态女性主义哲学家戴维恩和沃伦曾研究"逻各斯"中心主义的逻辑推理过程:（1）人类有改变其生活境遇的能力，而植物没有;有此能力者在道德上高于无此能力者;人在道德上高于植物和石头;若 X 在道德上高于 Y，则 X 统治 Y 就具有道德上的合理性;因此人类使植物和石头屈从于自己就有道德上的合理性。（2）女性等同于自然，属于物质世界，男性等同于"人"，属精

①　Gaard, Greta Claire & Patrick D Murphy (eds), *Introduction in Ecofeminist Literary Criticism: Theory, Interpretation, Pedagogy*, Urbana Chicago: University of Illinois Press, 1998, p. 5.

②　Murphy, Patrick D. , *Literature, Nature & Other: Ecofeminist Critiques*, New York: State University of New York, 1995, p. 19.

神世界；凡是等同于自然、属于物质世界的都比等同于"人"、属精神世界的要低等；因而女性比男性低等；若 X 比 Y 高等，则 X 有权统治 Y；男性有权统治女性。① 由此，沃伦总结出男性统治女性与人类统治自然逻辑上的内在同一性；第三，生态女性主义批评试图建构和弘扬女性的合作意识、宽容精神、和谐意识等。父权制文化是以男性为中心和主流的文化体系，因此，在这种文化体系之下，女性被边缘化和他者化。在父权制权力社会中，女性、自然、艺术三者皆处于男权意志统治的同一框架下。我国生态学者鲁枢元先生说过："女性、自然、艺术三者之间似乎有着天然的同一性。……当自然遭逢劫掠时，女性也受到奴役，艺术也将走向衰微。"② 舍勒也指出："西方现代文明中的一切偏颇，一切过错，一切邪恶，都是由于女人天性的严重流丧、男人意志的恶性膨胀造成的结果。"③ 由此可推断，要解决生态危机和女性的性别歧视就必须彻底推翻父权制。

二 生态女性主义文学批评方法与研究范畴

生态女性主义文学批评被严格地界定在文学与文化的研究范畴内，加拿大文学批评家内奥米·古特曼认为生态女性主义批评一般都具有以下目标：从文学作品尤其是自然写作中发掘生态女性主义观点；从生态女性主义视角阅读文学作品——主要是女性文学作品；把自然写作作为边缘化的、女性化的文学体裁来进行审视，通过运用生态女性主义文学理论使自然书写跻身

---

① ［美］维多利亚·戴维恩：《生态女性主义是女性主义吗？》，路特莱奇出版社 1994 年版，第 10—11 页。

② 鲁枢元：《生态文艺学》，陕西人民教育出版社 2000 年版，第 90—91 页。

③ 同上书，第 93 页。

传统文学经典的行列;参照女性主义批评,逐步建立一种生态女性主义批评。① 可见,生态女性主义文学批评是一种崭新的批评视角,它博采生态批评和女性主义文学批评之长,从多角度和多语境对文学进行研究,呈现出开阔的研究视野和兼容并蓄的研究特征。从这个意义上看,生态女性主义的批评方法与研究范畴为:(1) 从自然与女性的角度进行文学研究和文本解读,从文学作品寻找自然和女性关系的统一性,研究自然和女性在文学作品中的"他者""边缘""失语"地位,挖掘此现象的本源问题,并唤起人们对自然和女性的理解和尊重,进而唤醒人们的生态保护意识和男女平等意识。(2) 对经典文学作品的重读与审视。生态女性主义批评通过研究自然文学和女性文学传统,对文学经典进行价值重估,挖掘具有生态意识的作家及其作品,肯定这类作品中蕴含的生态意识和女性意识,批判其中折射出的对自然的压迫或对性别的歧视,以便在此基础上重构文学经典。比如夏洛蒂·柔·沃克从生态女性主义视角探讨了弗吉尼亚·伍尔芙的短篇小说,也有学者从生态女性主义角度对海明威的作品进行重新解读等。(3) 对女性生态文本的发现与阐释。由于女性与自然的天然联系,女性作家更了解自然,也更尊重自然,在文本中,对自然的描写便更真实和贴切,因此,"妇女与环境文学也就更有缘,她会用自己的笔创作出更有亲切感、更细腻的文学作品,去唤起全人类的环境意识"。② 墨菲也曾指出要建构生态女性主义文学理论,并以此为基础对"经典"文学著作和女性作家的创作及其文

---

① Guttman, Naomi, "Ecofeminism in Literary Studies", *The Environmental Tradition in English Literature*, Ed. John Parham, Burlington, England: Ashgate Publishing Ltd., 2002, pp. 44 - 45.

② 高桦:《森林与人类》,《妇女、环境与人类》2000 年第 4 期。

学价值做出新的阐释。所以，生态女性主义文学批评的一项重要任务就是去寻找和挖掘被传统湮灭的生态女性主义文学作品，并对这些作品进行价值重审。

生态女性主义的主要代表人物有：苏珊·格里芬（Susan Griffin）、范达娜·席瓦（Vandana Shiva）、多罗西·丁内斯坦（Dorothy Dinnerstein）、卡洛琳·麦茜特（Carolyn Merchant）、查伦·斯普瑞特耐克（Charlene Spretnak）、卡伦·沃伦（Karen J. Warren）等，她们分别从不同角度研究生态女性主义理论。苏珊·格里芬强调自然与女性的内在价值和内在统一性，并且肯定了自然与女性天然的联系和亲和性；范达娜·席瓦提出，在男权社会体制下，女性与自然均为被奴役的"他者"，女性应当努力实现从"边缘"到"主流"的角色转变；多罗西·丁内斯坦认为只有消除西方文明体制下的二元对立才能彻底让女性与自然摆脱被压迫的地位；卡洛琳·麦茜特的研究涉及自然、女性、发展等主题，她批判父权制，力图构建一种新的环境伦理文化；查伦·斯普瑞特耐克为生态女性主义批评的发展带来新的观点，她指出身体、自然和地方的不同概念并加以研究，进而提出西方传统文化对女性和自然的贬低之间存在着某种历史联系。

生态女性主义不同的代表人物观点各异，因此其流派纷呈，先后出现了文化生态女性主义、社会生态女性主义、自由派生态女性主义、激进派生态女性主义、批判性生态女性主义、精神生态主义、原住民生态女性主义、第三世界生态女性主义等。①

综上所述，生态女性主义文学批评"是文学向外转的过程中

---

① 戴桂玉：《生态女性主义视角下的主体身份研究——解读美国文学作品中主体身份建构》，中国社会科学出版社 2013 年版，第 8 页。

找到的一条独特而明媚的道路。"① 它引导人们关注生态危机和性别歧视等问题,指引人们从环境和性别的双重角度进行文学研究,具有鲜明的理论性、实践性和包容性。生态女性主义文学批评的理论与实践将推动学术界从生态和女性的视角对经典作家作品进行价值重估,并挖掘更多的具有生态意识的作品,让文学负担起为正义和平等而书写的使命,促进自然环境和社会环境、两性的和谐相处,进而为实现社会的可持续发展提供某种文化参照和理论启示。

第二节 《典仪》中的女性形象构建

在古老的印第安文化中,女性是大地的始祖和生命之源,与万物息息相关。女性在维系部落成员关系、种族繁衍和部落文化传承中起着重要作用。据《印第安神话与传说》记载,虽然印第安各部落创世传说的进程不尽相同,但基本格局都是惊人的一致。② 印第安人认为只有回归母系氏族社会,女性繁衍生息的力量才能挽救岌岌可危的部落和危机重重的人类。印第安神话中女性传世神话人物多姿多彩,她们包括始祖女、蛇女,谷物女、沙祭女、生育女,流水女、天空女、变形女、思想女和蜘蛛女等。这些创世女神是不同的印第安口述传统中的人物,在印第安神话中,她们与动物一起创世。比如,在阿尔衮琴神话里,世界被洪水淹没后,大神米查波派麝鼠找来足够的土重塑大地,后来又和麝鼠成了婚,孕育了人类。在易洛魁人诸多部落的神话传说中,

---

① 韦清琦:《生态女性主义:文学批评的一枝奇葩》,《外国文学动态》2003 年第 4 期。

② 邹惠玲:《〈绿绿的草,流动的水〉:印第安历史的重构》,《外国文学评论》2004 年第 4 期。

人类的始祖母阿温哈伊，从动物所栖居的上界跌落，借助一些动物之力，置身于瀛海之上，其中一只麝鼠潜至水底，捞起一团泥土，放在龟背上，泥团越来越大，这即为陆地之由来。在阿乔马维人的神话传说中，郊狼和鹰合作创造了世界。郊狼创造了山，鹰又堆起了山脊。鹰从山脊飞过，羽毛掉在地上，从而落地生根，长出树木丛林，纤毛则变成了灌木和植物，郊狼随后与狐狸一起创造了人类。可见，印第安传世神话中动物本身就是神灵的化身，它们具有神力和灵性，它们是世界和人类的创始者，与人共存共生，这与"创世纪"中男性神通过下命令创世截然不同。

正是由于这些神话传说，在印第安文化中，女性是部落文化的承载者和生命的孕育者，地位异常崇高。美国印第安学者艾伦的专著《圣环：恢复美洲印第安传统中的女性特质》中专门对印第安的女性传统进行了研究，她在著作的前言中就指出：

> 传统的部落生活方式大多是女性制的，从来不是父权制的，这样的特征对于所有负责任的活动家理解部落文化非常重要，因为他们试图探寻以生命为实证的社会改变来减少毁灭人类和破坏地球的结果，真正提高地球上的所有生存者的生活质量。①

西尔科在一次访谈中曾说道："在美国白人社会中，男人掌握最终的决策权，而在印第安母系社会中，女人掌握最终的决

---

① Allen, Paula Gunn, *Introduction in The Sacred Hoop: Recovering the Feminine in American Indian Traditions*, Boston: Beacon Press, 1992, p. 2.

定权。"① 印第安女性是男性中心主义中女性地位的彻底颠覆和解构，在印第安文化中，"女性"一词具有独特的魅力和韵味，其象征意义及文化意义也值得深入考究。在西尔科的《典仪》中，无论是神话传说中的女神还是世俗中的女性都具有崇高的社会地位和家庭地位，她们完全不同于男权中心主义之下被视为弱者的女性，"女性的生育特性使得她们能够毫无阻隔地认识整个自然生态的生死循环现象，而且能与自然认同并和谐相处"，② 男权主义盛行的社会结构中，女性受到排斥，而在印第安社会，由女性承担的社会角色并不把男性排斥在外，他们没有非常严格的性别角色划分。比如，在男权社会中，"男孩得到的教育是要独立自主，充满自信。女孩受到的教育是女孩应该学会依赖和顺从，要学会操持家务—这些都是不受社会重视的特征"。③ 而印第安社会则没有这种严格的性别区分。④ 因此，西尔科笔下的女性形象以其独特的部落特色、神话色彩和生态女性主义内涵而备受关注并值得研究。

一　印第安女神形象—黄女人

西尔科是拉古纳普韦布洛人，她生活的村落位于新墨西哥西北部的一座被称为泰勒的火山脚下，生活在这里的人遵循着母系遗传谱系。美国本土文学评论家保拉·古娜·艾伦（Paula Gunn Allen）在其《圣杯》中曾评论："普韦布洛是地球上最后一个以

---

① 康文凯:《西尔科作品中的美国土著女性特征》,《当代外国文学》2006 年第 4 期。

② 于文秀:《生态后现代主义:一种崭新的生态世界观》,《学术月刊》2007 年第 6 期。

③ Renzetti, Claire M. & Daniel J. Curran, *Women, Men, and Society: the Sociology of Gender*, Boston: Allyn and Bacon, 1989, p. 74.

④ Barnes, Kim, "A Leslie Marmon Silko Interview", *Conversations with Leslie Marmon Silko*, Ed. Ellen L. Arnold, Jackson: University Press of Mississippi, 2000, p. 75.

母权制为基础的社会。"① 黄女人是印第安神话传说中所有女神的统称，他们经常生活在北方，在印第安文化中，北方的意象之一就是金黄色的玉米，玉米也是印第安人的基本生活食物和生命保障，所以，黄色意即生命的颜色，印第安女神是创世者，是一切生命的母亲，即被称为"黄女人"。"黄女人是一个泛称，是卡特里娜所有女性的一个整体核心符号。"② 此外，在西尔科其他的作品中，她还把部落中如英雄一般的女性也称为黄女人。比如在《黄女人》和《木棉树》两个故事中，《黄女人》中的女主人公离开部落后，路遇一个陌生男子，便跟他回家欢愉一夜，陌生男子称女子为"黄女人"。《木棉树》中的黄女人所在的部落遭遇寒冬，她便离开丈夫和家乡，踏上寻找太阳之旅，最终通过与太阳联姻让部落渡过难关。另外一个故事中，黄女人的家乡遭遇饥荒，她远走他乡，遇到野牛人，通过与野牛人的联姻，帮助她的部落度过灾年。所以有评论家认为西尔科笔下的黄女人是"个性独立，性自由和献身集体的结合体，是西尔科作品中女性主义的完美体现"。③ 在巴伦对西尔科的一次访谈中，巴伦问西尔科，黄女人的故事是否说明了美国土著妇女有逃脱社会禁锢的强烈愿望，西尔科的回答是否定的，她说："根本不是这么回事，美国白人妇女才会有这种逃脱的需要。"④ 因为在印第安部落里，"孩子属于母亲，房屋是女性的财产，而不是男性的财产"。⑤ 这一现

① Allen, Paula Gunn, *The Sacred Hoop*: *Recovering the Feminine in American Indian Traditions*, Boston: Beacon Press, 1986, p. 48.

② Boas, Franz, *Kcresan Texts*, New York: AMS Press, 1974, p. 280.

③ Barnet, Louise, Yellow Woman and Leslie Marmon Silko's Feminism, *Studies in American Indian Literatures*, 17. 2, 2005, p. 20.

④ Barnes, Kim, "A Leslie Marmon Silko Interview", *Conversations with Leslie Marmon Silko*, Ed. Ellen L. Arnold, Jackson: University Press of Mississippi, 2000, pp. 76 – 77.

⑤ Ibid. , p. 77.

象说明，生活在印第安部落的女性与男权社会的男性一样，拥有重要的社会地位。印第安社会的性别特征与男权社会的性别特征恰恰相反，"美国印第安女性不是受男性欺压、任凭男性摆布的被动女性；在社会生活中，她们是享有自主权和决策权的主体，因此她们没有必要借助女性主义来提高自己的社会地位"。①

《典仪》以一首"创世诗"开篇，其中提到思想女神提茨纳科（Ts′its′tsi′nako），也被称为蜘蛛女（Spider Woman），在印第安拉古纳神话传说中，她被奉为普韦布洛人的原型母神，"她掌管着典仪的起源……她的形象太神圣而不可以被普通人看到……在典仪中，她是奇尼放在祭坛上用棉花包裹的玉米穗"。② "玉米穗是她的化身，拥有着她的力量。"③ "她是我们所有人的母亲，紧随其后，大地母亲也肥沃多产，她就拥抱着我们，并把我们带回到她的乳房。"④

> 提茨纳科，思想女神
>
> 坐在她的屋子里
>
> 她所思索的事情都变成了现实
>
>
> 她想起了她的姐妹
>
> 纳茨提和依茨提

---

① Shanley, Kate, "Thoughts on Indian Feminism", *A Gathering of Spirit: A Collection by North American Indian Women*, Ed. Bath Brant, New York: Firebank Books, 1984, p. 21.

② Parsons, Elsie Worthington Clews, *Notes on Ceremouialism at Laguna*, New York: The Trustees, 1920, pp. 95 – 96.

③ Eggan, Fred, *Social Organization of the Western Pueblo*, Chicago: University of Chicago Press, 1950, p. 239.

④ Allen, Paula Gunn, Keres Pueblo Concepts of Deity, *American Indian Culture and Research Journal*, 1974, 1 (1), p. 30.

以及同她们一起创造的宇宙世界
还有人世和冥界四层。

思想女神，蜘蛛女，
给万物命名，当她冥想之时
万物出现。

她正坐在她的屋子里
想起一个故事

我将向你讲述
她想起的这个故事（C 1）

这首类似创世诗的诗歌讲述了印第安传说中思想女神提茨纳科通过冥想而创造宇宙，人世和冥界四层的过程。蜘蛛女是印第安人神话中的母神原型和创世者形象，她是智慧和思想的象征，"蜘蛛女就是思维的化身"。[①] 在第一世界的创造过程中，蜘蛛女收集了上千种神圣颜色的土：黄，红，白，黑，并用这些土照着男神叟图克寰的样子，先造出 4 个男性，接着，又照着自己的模样造出 4 个女性，然后，将他们配对，赋予他们语言能力和生殖能力，将每对派往一个方向。[②] 蜘蛛女的"创世诗"构成了"普韦布洛故事的基本线索，她的故事就像蜘蛛网一样，无数细小的

---

① Gunn, John Maxwell, *Schat-Chen*: *History*, *Tradition and Narratives of the Queres Indians*, Albuquerque: Albright and Anderson, 1917, p. 89.
② 刘克东：《印第安传统文化与当代印第安文学》，《英美文学研究论丛》2009 年第 2 期。

线从中心发射出来,经纬相连,纵横交错"。① 《典仪》 就是这样一个故事,通过一条故事轴线,辐射出诸多辅线,向读者讲述了一个印第安典仪的故事。除了写思想女神的创世诗以外,西尔科还在另一首诗篇中提到玉米女和她妹妹芦苇女的故事,思想女是印第安玉米女姐妹的母亲,可见,在拉古纳谱系文化中,亲缘关系的核心是女性。

在故事情节的发展中,西尔科重点提到了另外两位女神形象—夜天鹅和提茨。夜天鹅是引领塔尤"归家"的人,她是约西亚舅舅的情人,她青春永驻,像"风和雨"一样永恒。(C 98)她是母系氏族的象征,她的后代都是女子。在西方伦理道德观念之下,塔尤与夜天鹅的关系属于乱伦,会受到道德的拷问和良心的谴责,而在传统的印第安母系社会伦理道德下,相互通婚的宗族之间可以给同一血统的男性(约西亚舅舅和塔尤属于同一血统)提供配偶。② 夜天鹅的出现使塔尤在"成长"中迈出了第一步,启蒙了他迷失的精神。在塔尤参军后,约西亚舅舅去世,夜天鹅消失得无影无踪,没有人知道她去了哪里,实质上,西尔科想表达夜天鹅的真正归宿是归于大地,她是大自然的化身,终将与自然融为一体。

提茨在《典仪》中是自然的女神卡特里娜的化身,卡特里娜是印第安传说中的女神,她的到来意味着典仪的开始。提茨的五官像极了羚羊舞者的面具,她扮演着塔尤母亲和情人的角色。羚羊是印第安创世神话中的有功之臣,它为女神卡特里娜来到人间

① Silko, L. M., Language and Literature from a Pueblo Indian Perspective, *English Literature*: *Opening Up the Canon*, Ed. L. A. Fiedler & H. A. Baker, Baltimore: John Hopkins University Press, 1981, p. 54.

② 李雪梅:《印第安人的女性文化——以莱斯利·马蒙·西尔科的〈典仪〉为例》,《当代外语研究》2014 年第 3 期。

铺平道路。在普韦布洛，羚羊是来自灵界的信使，部落中传统的典仪都要上演羚羊舞。在塔尤心目中，提茨就是与卡特里娜同体的女神，也是羚羊的化身，使小说蒙上了一层超自然的面纱。提茨用爱唤醒了塔尤体内的印第安文化和部落意识，并一步步引领他的回归之途。"他热爱那个创造了万事万物的女人，他终于意识到她一直爱着她和她的人民。"① 她是自然的女神，与自然融为一体，与自然和谐共生。

夜天鹅和提茨都是塔尤的母亲和情人，在两位女神的指引下，塔尤重获新生，就像母亲再一次给予了他生命，又像情人带给他爱的力量。在印第安拉古纳文化中，西尔科所写的思想女、夜天鹅和提茨均是黄女人，代表了印第安的女神文化，她们也是自然的守护神，她们无处不在且拥有超人的力量，她们就像母亲一样庇佑着自己的子民和大地。可见，西尔科在《典仪》中塑造的女神形象完全颠覆了传统的男性—女性"二元论"的观念，塔尤作为男性代表，并不是女性的主宰，传统的男性与女性的性别角色完成截然相反的置换，女性成为帮助男性的重要引导性角色，而男性沦为依附女性才能完成精神重生的人物。安德烈·科拉德（Andree Collard）认为："在父权社会里，自然界、动物以及女性都被男性具体客观化，被捕猎、侵略、殖民、占有、消费，并被强迫去生产和生育。……自然界、动物和女性位于同一个阶层，她们都被迫处于一种弱势的、无权利的境地。"② 生态女性主义并不认同这一主张，她们认为自然界及女性不是被编码为"工具化"的他者，而是具有主体性和存在价值的独立个体，西尔科

---

① Allen, Paula Gunn, The Psychological Landscape of Ceremony, *American Indian Quarterly*, 5 (1), 1979, p. 12.

② 鲁枢元：《自然与人文》下册，学林出版社 2006 年版，第 862 页。

笔下的"女神"形象是独立的个体,既不依附于男性而存在,也不受男性控制。生态女性主义认为在传统的"二元对立"观点中,男性掌握了绝对的控制权,而女性则代表着弱小、胆怯和被征服,西尔科的女性形象塑造打破了"二元对立"的传统性别呈现模式,大胆地沿袭了印第安传统中女性的"神话"色彩,再一次将女性地位推向新的高度。

二 世俗女性群像

印第安特瓦族学者爱德华·齐尔(Edward Dozier)的研究表明,西部普韦布洛部落的谱系关系主要"建立在与外族通婚的母系氏族之上,女人享有较高的社会地位,拥有房屋和田地的所有权,并流行男方入赘女方家的风俗"。[①] 西尔科在《典仪》中写到了这种母系血缘维护的部落关系,孩子属于母系氏族,女性成员允许与异族通婚,但婚后女方仍旧跟母系家族一起生活,配偶要入赘到女方的母系部落。这种母系谱系和血缘关系一代代传递下去,循环往复。《典仪》中的世俗女性包括以塔尤的外祖母为核心的母系亲缘家庭,以他母亲劳拉和姨妈露西为主,姨夫罗伯特婚后跟随姨妈与外祖母一起生活,另外还有尚未结婚的约西亚舅舅。

(一) 大地母亲形象——外祖母

卡洛琳·麦茜特(Carolyn Merchant)在《自然之死——妇女、生态和科学革命》中写道:"人类学家已指出自然和女人都被认为处于比文化低的层次,文化在符号意义上和历史上与男人

---

① Dozier, Edward P., *The Publo Indians of North America*, New York: Holt, Rhinehart & Winston, 1970, p. 133.

联系在一起。因为女人的生理功能—生死、养育和抚养孩子被看作更接近自然，她们在文化范围的社会角色比男人低。"① 在男权社会的传统观念中，女性被赋予顺从、感性、脆弱等女性特质，而男性却具备领导、理性、坚强的特性，所以男性对女性的控制则理所当然。生态女性主义主张女性与自然的差异性和相似性，女性在与自然和社会的交互关系中可以具备迥异于传统性别角色的性格特质，从而成为颠覆传统的女性。

在西尔科的《典仪》中，外祖母是这个家族的核心，也是西尔科小说中重要的世俗女性，她扮演着女儿、母亲、妻子的社会角色，但她不受制于男性社会性别角色的固化模式。在基督教被引入部落生活之前，印第安社会不是父权社会，而以"妇女政治"为主②，按照印第安的母系宗族谱系，她是一家之长，她对所有家庭成员有绝对的领导权，也是全家人尊敬的对象。在男性面前，外祖母取得了话语权和决断权。作为家庭的老人，她拒绝接受一切白人文化，坚持恪守古老的拉古纳传统，所以当"二战"归来的塔尤精神出现问题的时候，她不相信白人医生能够救治他，并找来了传统的印第安药师，"药师会通过深入研究病人的家庭和文化渊源以及病人过去的生活状况来找到发病的原因，以此了解导致病人生活的消极因素（诅咒、侵害、打击等等）、根源以及确证，并运用精神力量进行救治"，③ 希望传统的拉古纳仪典能救赎塔尤。姨妈露西一直在抱怨妹妹劳拉和弟弟约西亚让

---

① ［美］卡洛琳·麦茜特：《自然之死——妇女、生态和科学革命》，吴国盛等译，吉林人民出版社 1999 年版，第 158—159 页。

② Allen, Paula Gunn, *The Sacred Hoop*: *Recovering the Feminine in American Indian Traditions*, Boston: Beacon Press, 1992, p. 2.

③ Orenstein, Gloria Feman, Toward an Ecofeminist EthniC of Shamanism and the Scared, *Ecofeminism and the Sacred*, Ed. Carol J. Adams, New York: Continuum Publishing Company, 1998, p. 176.

家庭蒙羞,但外祖母一直劝说她不要在意别人的看法。

生态女性主义强调人与一切存在物之间的依存关系,试图建立一种人与自然之间、人与人之间的和谐关系。在西尔科的小说中,外祖母与家庭、部落和自然都保持着和谐的关系,

> 对印第安人而言,人与人之间的关系建立在共同的思维上……在这样的系统中,个人主义成了消极的价值观。整个部落的亲缘关系也并不只限于人与人之间,他们认为超自然现象、精灵、各种动物、雷电、雪、雨、湖泊、山脉、火、水、石头和植物都是集体的一份子。①

传统印第安文化强调以家庭和集体为主,强调人类与自然万物的联系,对于生活在印第安部落的人而言,"身份并不是寻找自我,而是寻找一个人际关系中的自我"。② 西尔科将生态女性主义观点融入到对外祖母形象的刻画中,她是这个家庭的守护人,也是部落文化和历史的传承人,她支持塔尤的每一个决定,让塔尤得到家庭的温暖,使他的创伤复原,她理解约西亚舅舅购买斑点牛的行为,她关心着默默为家庭不辞辛劳工作的姨夫,她也教育姨妈露西要宽容待人,她并没有因为小女儿劳拉的出格行为而心生怨恨,她爱着身边的一人一景,一草一木,外祖母的角色和行为恰如其分地表达了西尔科追求和谐平衡人际关系的生态愿景。

---

① Allen, Paula Gunn, *The Sacred Hoop: Recovering the Feminine in American Indian Traditions*, Boston: Beacon Press, 1992, p. 9.

② William Bevis, Native American Novels: Homing in, *Recovering the Word: Essays on Native American Literature*, Ed. Brian Swann & Arnold Krupat, Berkeley: U of California Press, 1987, p. 19.

（二）印第安女性形象的"矛盾体"——露西姨妈

传统父权制社会中，男性被视为绝对的主体而存在，女性处于边缘化的从属地位。西尔科对这种传统的男女角色持批判态度，在《典仪》中，露西姨妈不是被边缘化的女性，姨夫对她言听计从，她是典型的印第安女性形象的矛盾体。她经常说："我们的家庭，曾外祖母的家庭，曾经是被尊重的。"（C 88）之所以特指"曾经"，是由于塔尤的母亲劳拉给这个家庭带来了耻辱，因为塔尤混血的皮肤和相貌出卖了他的母亲，也给他的家族和族人带来了耻辱，"墨西哥人的眼睛，他说，其他的孩子们总是嘲笑我"。（C 99）塔尤很小的时候就被母亲遗弃给外祖母和姨妈，此后再也不管不问。因为是家族的耻辱，姨妈露西一直对塔尤心存芥蒂，母亲的所作所为让塔尤从童年时期就被贴上了耻辱的标签。姨妈甚至跟塔尤讲述他母亲的风流，"在太阳升起的地方，走近大白杨树。我可以很清楚地看到她：她没穿衣服，全身赤裸，除了高跟鞋以外"。（C 70）姨妈露西不让自己的儿子洛基跟塔尤一起玩耍，"洛基不喊塔尤哥哥，当别人错误地称他们为兄弟时，姨妈总是迅速地纠正这个错误"。（C 65）尽管饱受姨妈的嫌弃，但姨妈不得不承担起养育塔尤的责任，在拉古纳的母系谱系传统下，姨妈是孩子的另一个母亲，"在这个家庭中，女性和她的后代以及姐妹之间的地位是按顺序排列的"。① 塔尤的姨妈无法摆脱宗族的传统，只有极不情愿地抚养塔尤。

姨妈露西是一个虔诚的基督教徒，她完全接受白人的价值观念、教育传统和判断标准，是一个被彻底同化的印第安人，她选

① Allen, Paula Gunn, *Sacred Hoop: Recovering the Feminine in American Indian Traditions*, Boston: Beacon Press, 1986, p. 251.

择每次独自去教堂,因为家庭的耻辱让她感到羞愧:

> 之后不久,塔尤想知道她是否喜欢那种独自去教堂的方
> 式。在教堂,她可以向别人证明她是虔诚的基督教徒,而不
> 是像家里其他人那样是荡妇或者异教徒。(C 77)

在部落里,会读书写字的人是值得尊重的,而约西亚舅舅和优秀的洛基甚至是塔尤都能读会写,这成为这个家庭唯一让姨妈露西感到骄傲的地方。她像极了一个钟摆,摇摆于白人文化和印第安文化之间,她恪守基督教的伦理观念和行为准则,却又不得不遵循印第安传统的宗族观念,她讨厌塔尤,但也不能公开抛弃他,这两种思想不断地交织于她的内心,宛如一个文化冲突的战场,也使她成为印第安女性的"矛盾体"。

西尔科的《典仪》中露西姨妈还是一位失去孩子的母亲。尽管她表面上很骄傲,也在族人面前苦苦地维系着家庭的尊严,可是她的儿子洛基却死于"二战"的战场上,她变成了一位失去自己孩子的母亲形象。"没有孩子的母亲"形象是美国本土文学中经常出现的女性形象。艾伦曾评论印第安文化中母亲的作用,"母亲作为一个群体,是印第安人和自己下一代之间心灵的联结,塑造了他们精神存在的各种可能性。认识和了解自己的母亲让人们能够精确地在宇宙之网中找到自己的位置"。[1] 露西姨妈失去了儿子,就不再是一位母亲,因此她与下一代之间的联结也就断裂了。西尔科写的这种母子关系的断裂意味着在露西身上发生的印

---

[1]　Allen, Paula Gunn, *Sacred Hoop: Recovering the Feminine in American Indian Traditions*, Boston: Beacon Press, 1986, pp. 209-210.

第安文化传统的断裂。

（三）挑战传统的女性——劳拉

生态女性主义研究的一个重要领域是男权文化对女性身体的控制和支配。女性主义者认为，在性别权利关系中，女性的身体是被男性控制的客体，也是男性欲望的消费对象。福柯在《规训与惩罚》中指出，身体是建构人的主体意识的一个主要的权利点，身体是权力的结果，同时，身体又是权力关系得以形成的一个关键载体。① 在西尔科的《典仪》中，塔尤的母亲劳拉是异质文化的追随者，她不断地跟墨西哥男人和白人男人调情，却拒绝接受印第安部落男性的爱，最终跟一个白人鬼混后生下了塔尤。劳拉的行为虽然受到道德的拷问，但她却是勇敢的女性，她敢于冲破传统性别关系中男性对女性身体控制的樊篱，她先后主动与多位男性调情并发生关系，她没有在男权社会中迷失自我去迎合男性的需求，而是具有独立的主体意识，在男女两性权力关系构建中拒绝沦为男性的附属品，不让自己的身体成为男性消费的对象，而是将男性身体视为被女性控制的对象，尽管这一行为始终不被印第安部落接受，西尔科虽然没有正面描写劳拉这一形象，但是从侧面表达的信息足以让读者总结出劳拉是一个排斥印第安传统文化并且极其不负责任的母亲。表面上，劳拉也是一个失去话语权的女性，这种话语权的丧失直接导致了塔尤身份感和文化感的丧失。伊莲·图森·汉森（Elaine Tuttle Hansen）曾写过一本题目为《没有孩子的母亲：当代小说和母性危机》的专著，书中指出，"近年来，当代美国本土文学小说中出现了大量因为失

---

① 福柯：《规训与惩罚》，刘北成、杨远婴译，生活·读书·新知三联书店 1999 年版，第 26 页。

去母亲而被剥夺了文化身份的受害者形象,似乎有一种记述创伤历史的潮流"。① 塔尤生活中遭受的精神创伤源于母亲带给他的记忆创伤。

西尔科在小说中提到拉古纳的情侣们常常在圣诺泽河旁的柳树下约会,那里也是怀孕的地方。在拉古纳,怀孕生产后又遗弃婴儿的事常有发生,她们会把孩子放在小河里让他死去,但不是出自主观意愿去抛弃自己的孩子,而是有不同的原因不得不离开自己的孩子。小说中塔尤和药师百托尼都是被母亲抛弃的孩子,"对于很多美国印第安人来说,家庭意味着宗族身份",② 母亲的离世和姨妈精神上的遗弃让塔尤母爱缺失,而在印第安社会"男人的社会关系由母亲决定,一个男人的经济地位和社会地位以及随之而来的责任由他在母系社会中的身份决定"。③ 塔尤就像孤儿一般,既没有母爱的滋养,也缺少应有的身份,在拉古纳,"没有母亲,就相当于丢失了自己的身份",④ 塔尤一直生活在无存在感和无根感的情绪中。西尔科从印第安传统文化的角度从反面例证了男性主体身份的存在离不开女性,没有女性,男性的"身份"毫无意义可言,这种观点也是生态女性主义所倡导的。

印第安传统文化认为,失去母亲的孩子也意味着失去了自然的庇佑,他们是被剥夺了生存力量的人。另一位美国本土作家詹姆斯·韦尔奇在他的小说《傻瓜乌鸦》的结尾处叙述:"他们杀死了我的母亲……他看到皮奎尼(印第安部落名称)的孩子们安

---

① Hansen, Elaine Tuttle, "What if Your Mother Never Meant to? The Novels of Louise Erdrich and Michael Dorris", *Mother without Child*: *Comtemporary Fiction and the Crisis of Motherhood*, Berkeley: University of California Press, 1997, p. 118.

② Allen, Paula Gunn, *Sacred Hoop*: *Recovering the Feminine in American Indian Traditions*, Boston: Beacon Press, 1986, p. 251.

③ Ibid..

④ Ibid..

静地蜷缩在一起，在他们的国家里却是孤独的、异己的"。① 在这些小说中，一个死去的母亲的角色推动了小说主题的深化和情节的发展。西尔科认为塔尤生命中母亲角色的缺失是导致他精神迷失的原因之一，进而在两位母亲兼情人角色的拯救下，让塔尤找回自我的串联情节中丰富了小说的主题思想。尽管西尔科将劳拉的形象设置为隐身甚至缺失，可在塔尤的成长过程中，劳拉这一母亲形象总是如影随形，或隐或现，她总是被别人提起，因为对部落人而言，她是不检点的女性，而对塔尤而言，母亲的所作所为却抹杀不去他对母亲的思念，尽管他在 4 岁的时候就被母亲遗弃。所以从本质而言，劳拉并不是失去话语权的女性，她是"缺席"的"在场者"，她是敢于挑战传统男性权利的规训，并敢于追求自由的勇敢女性形象。

第三节 《沙丘花园》中的自然与女性

自然与女性是生态女性主义关注的焦点之一，凯特·索伯在《自然是什么?》中评论："自然一直是在两种非常不同的意义上作为女性得到再现的……与之相关的一种倾向是将仅仅作为风景的自然女性化—树木、林地、山川、溪流等等，常被拟人为女性，或被比喻为女性的身体部位。"② 在《沙丘花园》中，西尔科将不同类型的花园作为自然的意象载体，并将花园与女性相联结，在折射出美国印第安原生文化、欧洲文明与西方文明的巨大差异的同时，西尔科也没有忽略花园文化对抗的政治功能，如特里·雷

① James Welch, *Fool Crow*, New York: Penguin Books, 1987, p. 388.
② 鲁枢元:《自然与人文》下册，学林出版社 2006 年版，第 998—999 页。

恩（Terre Ryan）所述，"西尔科的花园表明帝国主义始于你自己的后院"。①《沙丘花园》中的花园与女性一体化，既是一种温和的非暴力的对抗男权社会和殖民压迫的手段，也象征着等级制度、不同的意识形态和有差异的审美观。

一　印第安人的家园：沙丘蜥蜴部落印第安古花园

西尔科在小说中虚拟了科罗拉多河东岸的沙丘蜥蜴部落，部落的人们在沙丘上建立起一个美丽的绿洲——印第安古花园。这里是一个人类与万物和谐相处的乐园，也是印第安传统和文化的承载之地。然而，殖民者的入侵让这片乐园变得满目疮痍。西尔科小说中古花园的象征意义是什么？古花园如何体现印第安的传统和文化？古花园有何作用和功能？本小节将结合文本重点探讨印第安古花园所反映的生态女性主义思想。

（一）印第安人的伊甸园——沙丘蜥蜴部落的古花园

《沙丘花园》以科罗拉多河附近的沙丘蜥蜴部落幸存者印迪歌和盐巴姐姐赤裸全身在雨水中嬉戏开篇，"她（印迪歌）像盐巴姐姐那样，歪着脑袋，嘴巴张大。她吞下去的是雨水，她如同风一般她奔跑着，跳跃着，不断地在沙子上滚来滚去，真美妙"。②姐妹俩尽情享受着沙丘蜥蜴部落的降雨，因为雨水意味着死去的灵魂对子民和自然的庇佑。女孩们的名字体现了她们与自然和家园的紧密联系。盐巴姐姐（Sister Salt）的名字盐巴，是生命必需

---

① Ryan, Terre, The Nineteenth-Century Garden: Imperialism, Subsistence, and Subversion in Leslie Marmon Silko's Gardens in the Dunes, *Studies in American Indian Literatures*, Vol. 19, No. 3, 2007, p. 115.

② Silko, Leslie Marmon, *Gardens in the Dunes*, New York: Simon & Schuster, 1999, p. 13. 中文翻译为笔者自译，后文出自同一小说的引文，将随文在括号中标注该小说名称首字母缩写和引文出处页码，不作另注。

的物质，象征了沙丘蜥蜴人生存的干燥沙漠。印迪歌（Indigo），
是一种沙漠植物的名字，暗指了她的命运与精神根植于这片家园
中。这里地理位置偏僻，但很安全，"因为从河流到古花园的旅
途对于马来说很艰难。在经过令马匹疲惫不堪的数英里的沙地
后，是成片的尖利的黑色岩浆岩，马掌被磨损破裂。离开河边
后，马连续两天没水喝"，（GD 49）从而使沙丘蜥蜴部落的人们
免于像其他部落的印第安人一样被驱赶至保留地生活，他们在这
片沙漠地带艰难地求生存，她们尊重动植物生产繁殖的自然规
律，与自然和谐相处，虽是气候恶劣，但这里俨然成为印第安人
生活的伊甸园，有健康的生态环境，不被外界打扰，没有殖民侵
略。沙丘蜥蜴部落的人们依靠园艺、种植和狩猎实现了生活的自
给自足和经济独立，乔尼·阿丹姆斯（Joni Adamson）将小说中
的古花园当作"不仅是自然，也是谋生之道，或人从土地中谋生
的权力的强有力的象征"。[1] 经济独立为文化抵抗和政治反抗提供
了有力保证，因此，古花园的园艺是印第安人反抗殖民的一种有
效手段。

在小说中，西尔科使用了大量篇幅描写印第安人自古相传的
园艺知识和实践，正是这些祖先传授下来的科学的园艺知识和耕
种技巧，能让他们可以在沙漠地带的古花园种植各种可以食用和
药用的植物。根据盖瑞·保罗·奈伯翰（Gray Paul Nabhan）的研
究："进化生态学家坚信有些土著种植的农作物的确已经与其他
作物一起共同进化了很多年。"[2] 美国民族植物学家苏赞奈·费

---

① Adamson, Joni, *American Indian Literature, Environmental Justice, and Ecocriticism: The Middle Place*, Tucson: University of Arizona Press, 2001, p. 181.

② Nabhan, Gary Paul, *Coming Home to Eat: The Pleasures and Politics of Local Foods*, New York: W. W. Norton & Co., 2002, p. 215.

斯（Suzanne K. Fish）认为："尽管历史上美国土著人分散居住在不同的区域，但他们一直有种植农业的生活方式，这种传统可以追溯到三千年前。"① 可见，古花园中种植植物的悠久历史，花园成为人与自然间关系的纽带和载体，通过古花园中人们对待植物的态度体现了印第安部落传统的世界观。如艾伦曾说沙丘蜥蜴人认为万物都是"亲戚，是伟大的奥秘（great mystery）的子孙，……是有序、平衡和有生命力的宇宙整体的必要的组成部分"。② 在沙丘蜥蜴部落的古花园中，芙丽姥姥是盐巴姐姐和印迪歌姐妹俩的长者，也扮演着母亲和精神导师的角色。她把祖先口述的生态观和传统一一教给姐妹俩。比如，她在日常生活中以讲故事的形式教育姐妹俩要尊重土地和生存在土地之上的所有动植物，因为他们与人类都是大地母亲的孩子，属于同一个大家庭。

　　古花园中的沙丘蜥蜴人膜拜植物，他们认为植物为其他生命的延续奉献了根、茎、叶和果实，芙丽姥姥教育姐妹俩要像照顾孩子一样去照料植物，"与植物打招呼时要恭恭敬敬，不要在植物附近争吵和打架——坏情绪会使植物枯萎"。（GD 14）沙丘蜥蜴部落古花园中的人们相信植物与人之间的平等地位，植物也像人一样也有生命和情感，人类不能凌驾于植物之上，于是，在古花园中形成了人与人和人与植物之间的和谐共处。在芙丽姥姥的带领下，一家人在古花园中遵循着部落的传统生活方式，从自然中获取赖以生存的食物，让生命得以延续。印第安古花园的人们细心维护和照料着土地和植物，以便来年秋天有更大的丰收。

---

① Fish, Suzanne K., "Corn, Crops, and Cultivation in the North American Southwest", *People and Plants in Western North America*, Ed. Paul E. Minnis, Wshington, D. C.: Smithsonian Books, 2004, p. 117.

② Allen, Paula Gunn, *The Sacred Hoop: Recovering the Feminie in American Indian Traditions*, Boston: Beacon, 1992, p. 67.

"她们每个人都有自己需要照料的植物，好像植物就是婴儿。"
（*GD* 16）她们给植物唱歌，给植物取宠物的名字，"每一株植物
都有自己的宠物名字"，（*GD* 16）"雨后，她们会照料从沙土下发
出芽儿的植物"，（*GD* 14）她们坚信人的呵护是植物最好的营养，
斯泰芬·李认为："芙丽姥姥的故事体现了尊重自然的重要性并
教导孩子们如何建立与环境之间的互惠关系。"① 古花园的印第安
人们通过长期的观察，从错误中总结经验，可以辨别哪些植物
可食用，哪些植物可治病。芙丽姥姥还对各种罕见的植物颇感
兴趣，她总是收集和交换植物的种子，印迪歌在之后的花园之
旅中也是不停地收集各种植物的种子并小心翼翼地放入布包，
以便日后种植在古花园。"其他人不会栽培除了可食用和药用的
之外的植物。……沙丘蜥蜴人种下种子观察长出的植物；他们
几乎吃各种植物，姥姥说他们从来没发现派不上用场的植物。"
（*GD* 84）正如费斯写的："姥姥的种植时间根植于印第安古老的
精神传统，人们从造物主那里得到玉米和其他植物，他们还遵循
造物主的旨意去'种植，丰收和储存'。"② 西尔科在小说中还特
意提到沙丘蜥蜴部落古花园的首果仪式：

> 收获季节的第一批成熟的果实属于我们敬爱的祖先的神
> 灵，他们以雨的形式降临；第二批成熟的果实给鸟儿和野生
> 动物，感谢他们在收获季节早期的克制而留下种子和幼芽；

① Li, Stephanie, "Domestic Resistance: Gardening, Mothering, and Storytelling in Leslie Marmon Silko's Gardens in the Dunes", *Studies in American Indian Literatures*, 21.1, 2009, p. 19.

② Fish, Suzanne K., "Corn, Crops, and Cultivation in the North American Southwest", *People and Plants in Western North America*, Ed. Paul E. Minnis, Wshington D. C.: Smithsonian Books, 2004, p. 154.

将第三批成熟的果实给蜜蜂、蚂蚁和螳螂等，感谢他们照顾植物；一些精选的南瓜、南瓜小果和豆类植物则留在母株下的沙土上，风干后回归土地。下一个季节，当雨水降临的时候，豆类、南瓜小果和南瓜就会从沙地和前年的叶子中发出芽来。沙丘蜥蜴部落的人们坚信通过这种方式，花园的植物会重新播种，因为人类是靠不住的；他们可能忘记在合适的时机播种或者可能下一年就离世了。(*GD* 15)

芙丽姥姥给孩子们讲首果仪式，目的是教育孩子们在依赖和享受大地产出物的同时要学会与其他物种共享成果，不能贪婪。沙丘蜥蜴人懂得只有关心和回报土地，土地才不会被毁坏，才能保持活力和生产力并服务于人类。费斯在研究中还注意到:"生活在美国南部的印第安人的农业实践有所差异，他们是根据居住地的地理情况种植那个区域可以种植的植物"，[1] "有的居住在西南部的印第安人，大概在 3000 年前就开始种植豆类，大概 2800 年前开始种植南瓜小果和南瓜。"[2] 古花园中的人们根据印第安人的种植传统进行耕种，并特别注重植物的种植方式，

　　当她们在沙丘中沿着沙石路缓慢前行时，芙丽姥姥解释沙丘中沙子的湿润程度。她将两只手各搭在姐妹两人的肩膀上以使自己能站稳；……姥姥解释每个沙丘和沙丘之间的小山谷里有各种溪涧；其中一些小沙丘的山脚太干旱

---

① Fish, Suzanne K., "Corn, Crops, and Cultivation in the North American Southwest", *People and Plants in Western North America*, Ed. Paul E. Minnis, Wshington D. C.: Smithsonian Books, 2004, pp. 118 – 119.

② Ibid., p. 124.

而难以种植作物；在这样的边缘地带，最好让野生植物自己生长。(*GD* 47)

她还"解释什么样的漫滩阶地排水条件好，可以种植甜的黑玉米和斑点豆类。南瓜和瓜类植物是喜水的，所以它们要被种植在沙丘下的圆形地带，那里水流会深入到沙土中"。(*GD* 47) 她们的种植方式表明，要根据特定区域土地的不同特性和不同植物的习性采取相应的种植措施，要科学地使用和管理土地，也是古花园中的人们对土地爱护的表现方式之一，他们深知使用土地的行为能以好的方式改变土地性能，正如研究印第安文学的学者罗伯特·尼尔森（Robert M. Nelson）所言："人可以将土地的力量导向再生和毁灭两个方向。"① 印第安人对待土地的方式正是将土地导向再生。此外，印第安学者格莱格瑞认为："印第安的园艺不仅能帮助我们意识到人类与土地的关系，而且这是恢复我们内心深处自然形成的地方感的必要的一步。"② 小说中通过芙丽姥姥对印第安园艺行为的讲述，盐巴姐姐和印迪歌将她们的文化身份、印第安历史和地方感相联结，并将这种传统一代代传承下去，可见，古花园中沙丘蜥蜴人的生态智慧和生存智慧。

古花园中的沙丘蜥蜴人爱护动物，人与万物平等的生态思想再一次体现在她们对待动物的态度上。芙丽姥姥能听懂郊狼叫声的含义，"她教女孩们如何辨别郊狼的叫声和咆哮声以便得知何时郊狼捕获到了猎物"，(*GD* 45) 印第安人认为动物把它们

---

① Nelson, Robert M., *Place and Vision: The Function of Landscape in Native American Fiction*, New York: P. Lang, 1993, p. 32.

② Cajete, Gregory, "Indigenous Education and Ecology: Perspective of an American Indian Educator", *Indigenous Traditions and Ecology: The Interbeing of Cosmology and Community*, Ed. John A. Grim, Havard: Havard University Press, 2001, p. 620.

捕获的猎物分享给人类是动物对人的呵护,所以,芙丽姥姥一直告诫姐妹俩"一定要留足够的骨头给郊狼,否则下次它们不会发出叫声让人类来分享它们捕获的食物"。(*GD* 46)芙丽姥姥还给她们讲述雄鹰的故事,"姥姥抬头望着雄鹰并赞美它是出色的猎手,于是,雄鹰便把捉到的兔子丢给了她"。(*GD* 46)"老鼠为你们做了你们需要做的所有工作,所以不要伤害它们。"(*GD* 47)即便是老鼠,古花园的人们也给予充分的尊重和爱护。格莱格瑞认为:

> 动物会变成(人类)自身,这不是简单的转变,而是一种生态现实。动物吃其他的动物,被吃掉的动物成为其他生命持续生存的一部分。这是动物王国传递能量的初始过程。通过对动物世代的观察与互动,土著人理解了动物能教会人类关于转变的本质。[1]

可见,在印第安人世代相传的生态理念中,印迪歌学会关爱尊重植物、动物和其他人的生态观,这种开放的心态也使印迪歌后来能与白人友好相处,学习白人文化有益的方面,成为接纳文化杂糅的生态文化英雄,从而给古花园带来再生的希望。

印第安传统文化中有蛇崇拜的渊源,他们认为蛇是神灵的化身,"是沟通祖灵与人的'信息员'"。[2]西尔科所生活的普韦布洛的族人们认为,"马哈斯特羽(Maahastryu),古代蛇神,曾住

---

[1]　Cajete, Gregory, "Indigenous Education and Ecology: Perspective of an American Indian Educator", *Indigenous Traditions and Ecology: The Interbeing of Cosmology and Community*, Ed. John A. Grim, Havard: Havard University Press, 2001, p.626.

[2]　Owens, Louis, *Other Destinies: Understanding the American Indian Novel*, Norman: University of Oklahoma Press, 1992, p.188.

在离普韦布洛不远的湖边，保护当地的印第安人和水资源"。① 老蛇是古花园的沙丘蜥蜴人敬仰和爱护的"守护神"，沙丘蜥蜴人将老蛇称蛇祖（Grandfather Snake）足以体现出他们对蛇的崇拜。老蛇住在泉水边，时刻守候和保卫着沙丘蜥蜴人的生命之源，古花园地处极旱地带，水尤为重要，所以芙丽姥姥说："所有的沙漠泉水边都有定居的蛇，如果杀了蛇，宝贵的水就会消失。"（GD 36）

西尔科在《沙丘花园》中借助"老蛇"的形象摹写和反写了《圣经》故事。伊甸园是个有精神含义的地方，《圣经》中的伊甸园是上帝为人类始祖亚当和夏娃所建。《圣经·创世纪》中记载，上帝造人前，"此时野地还没有草木，田间的菜蔬还没长起来，因为耶和华神还没有降雨，也没有人耕地，但有雾气从地上升腾，滋润遍地。耶和华神用地上的尘土造人，将生气吹在他鼻孔里，他就成了有灵的活人，名叫亚当"，② 并用亚当的肋骨造了一个女人，取名叫夏娃与他为伴。然后，上帝便在东方的伊甸，造了一个乐园，取名伊甸园。伊甸园的地上撒满了金子、珍珠和红玛瑙，各种树木从土地生长出来，开满各种奇花异果，非常好看；树上的果子还可以作为食物。伊甸园中还有生命树和智慧树，并且有河水在园中流淌，滋润着大地，人类的始祖亚当和夏娃便快乐地生活在这里，看守着这片属于他们的乐园。

《创世纪》记载，蛇是邪恶的化身，是撒旦的代表，《圣经》中描述："唯有蛇比田野一切的活物更狡猾。"③ 它引诱亚当和夏

① Adamson, Joni, *American Indian literature, Environmental Justice, and Ecocriticism: The Middle Place*, Tucson: University of Arizona Press, 2001, p.166.
② 中国基督教三自爱国运动委员会和中国基督教协会：《圣经·新约全书》，南京爱德印刷有限公司2004年版，第2页。
③ 中国基督教三自爱国运动委员会：《圣经（和合本）》，中国基督教三自爱国运动委员会2007年版，第20页。

娃偷吃了智慧果,由于违背上帝的旨意,才导致人类犯下了原罪并从此被逐出伊甸园。在这里,蛇是欺骗和引诱的化身,是使人类被赶出伊甸园的罪魁祸首。于是,在诸多文学文本中,蛇与邪恶相联,成了一个固定的文学原型。"蛇"的原型在《圣经》的其他地方逐渐演变成了撒旦和魔鬼。它曾企图引诱义人约伯和救世主耶稣反抗上帝,对他们进行各种折磨和考验。施洗者约翰曾多次将那些刁难和仇视耶稣的法利赛人和撒都该人称为"毒蛇的种类";耶稣派七十二门徒去传教,授给他们权柄,使他们践踏在蛇(撒旦)和蝎子上而没有伤害;耶稣更在升天前,给宗徒们"手能拿蛇;若喝了什么毒物,也必不受害;手按病人,病人就必好了"的特恩。①《沙丘花园》中,殖民入侵前的古花园被赋予伊甸园的特征,是芙丽姥姥一家快乐的伊甸园。那是一片贫瘠的沙土地,四周都是荒原和山脉,古花园中有花有草,生长着各种植物和动物,古花园里的人们都善良、朴实、勤劳、勇敢。小说开篇描写了古花园中的盐巴姐姐赤身裸体奔跑在雨水中,但沙丘蜥蜴人不以裸体为耻,因为姥姥和妈妈没有给她们讲述关于基督教禁止裸体的观念,他们就像偷吃智慧果之前的人类始祖亚当和夏娃,无拘无束地生活在并守护着属于他们自己的伊甸园,小说后文甚至提到沙丘蜥蜴人不以男女随便发生性关系为耻,人性的原罪在古花园不复存在,这是处于纯真状态的伊甸园典故的呈现,生态和谐是主要基调,没有男女两性对立,没有人性罪恶和性别压迫。古花园中的蛇则是神灵和繁育力的象征,而不是圣经故事中邪恶的诱惑者形象。西尔科在小说结尾再次沿用伊甸园典故,当印迪歌和盐巴姐姐历经艰辛重返古花园时,老蛇已被殖民

---

① 中国基督教协会:《圣经》,中国基督教协会出版社 1994 年版,第 16、18 页。

者杀害，但是"老蛇美丽的女儿回来了"。（*GD* 477）作为对《圣经》故事的反写，这条蛇象征着自然的再生能力。西尔科在小说中对《圣经》伊甸园故事的复写和反写是美国本土作家作品中的一种大胆超越，她突破了美国本土作家对印第安身份问题的思考，更加关注印第安传统的活力及其对西方主流文化的颠覆和殖民反抗的作用。

著名学者艾伦认为："母亲和祖母自古就被认为是印第安传统的守卫者，她们被视为印第安社会结构、法律、风俗和口述传统的传承者。"① 作为一名女性，芙丽姥姥是古花园中印第安传统的守卫者和传承者，她是祖先与子孙之间联系的纽带，也是传统和现代衔接的桥梁。她不断将自己了解的印第安口述传统知识教给孩子，"传统知识指原住民群体积累的知识或以传统为基础的智性活动"。② 讲故事是印第安部落长者传播传统知识的主要方式和手段，通过讲故事，芙丽姥姥把印第安人的传统生态智慧和生存策略一一传授给孩子们。

西尔科所呈现的古花园是遵循印第安生态传统的乐土，生活在这里的芙丽姥姥，印迪歌和盐巴姐姐皆为女性，女性与自然的和谐关系跃然纸上，这也是生态女性主义试图创建的生态乐园。生态女性主义主张人与自然的不可分割性，两者互为依存，自然物作为自立的个体而存在，而不是人的对应物、象征体、喻体——表现人的工具，它们在生态系统中占据着独一无二的、不可替代的位置，人类与自然互为主体，有着平等的地位，有着同样的价

---

① Allen, Paula Gunn, *The Sacred Hoop*: *Recovering the Feminie in American Indian Traditions*, Boston: Beacon, 1992, p. 11.

② Garcia, Javier, Fighting Biopiracy: The Legislative Protection of Traditional Knowledge, *Berkeley La Raza Law Journal*, *Annual*, Vol. 18, No. 5, 2007, p. 7.

值,有着协同共进的生态关系。① 西尔科试图通过古花园,来唤醒人们对自然的尊重和热爱,将园艺作为抵抗方式,通过把园艺与讲故事相结合,形成一种强有力的抵抗方式,用以反对性别压迫、殖民压迫和文化入侵。

(二) 印第安人的失乐园——沙丘蜥蜴部落古花园的浩劫

沙丘蜥蜴部落的古花园不仅是沙丘蜥蜴人的伊甸园,更是他们的避难所,"在紧急时刻,古花园可以成为避难所"。(GD 15)然而,殖民者对印第安人的征服从未停止过,西尔科《沙丘花园》的背景是美印战争结束后几十年的时间,随着美国轰轰烈烈的西进运动,印第安人地处西部的家园和土地再一次被践踏。沙丘蜥蜴部落原本平静地生活在与世隔绝的古花园中,因为"侵略者恐惧河流之后的沙漠地带"。(GD 16)但在一年的秋天,"一群淘金客突袭了他们;没被杀害的幸存者被囚禁。芙丽姥姥年轻的丈夫被射杀;只有女人和小孩得以幸存,被当作战俘送到尤玛堡(Fort Yuma)"。(GD 16)之后,随着西进运动的推进,白人殖民者对印第安人的打压加剧,更多的逃荒者蜂拥而至,古花园丧失了昔日的宁静与和谐:

逃荒者不断地到来。芙丽姥姥目睹他们的数量每天都在增加,都是疲倦和恐惧的女人和孩子。她们的男人早就离开了——或者进了深山,或者进了监狱。溪流可以为她们提供足够的水源,但是食物却变得越来越少。在夏日雨水到来之前,这群人开始挨饿。他们吃掉头年留下的作为首果奉献给祖灵的风干的留做种子的南瓜和小南瓜,消耗掉用于下个季

---

① 程虹:《寻归荒野》,生活·读书·新知三联书店 2001 年版,第 17 页。

节的作物种子，采尽野葫芦藤，烧煮野草和灌木的根，甚至
深挖古花园的沙土，暴露已经发芽的种子。（*GD* 18）

沙丘蜥蜴人曾经的"伊甸园"很快就变成了满目疮痍的废
墟，芙丽姥姥不得不带着一家人被迫离开她们的乐园，"芙丽姥
姥根本不喜欢城市，但是有一个婴儿和一个小女孩要养活，她们
别无选择：继续留在古花园意味着挨饿"。（*GD* 18）此时，西尔
科再一次改写了《创世纪》中失乐园的故事。当亚当和夏娃偷食
禁果以后，世界开始颠倒，原来温暖如春的天空中盘旋着背离上
帝的寒流，凉风一阵一阵地吹来，世间的一切都开始变得紊乱而
不和谐。道分阴阳，动静相摩，高下相克。人失去了天真烂漫、
无忧无虑的童年，注定要经历酸甜苦辣的洗礼，体验喜怒哀乐的
无常。智慧是人类脱离自然界的标志，也是人类苦闷和不安的根
源，[①] 从此，亚当和夏娃被逐出伊甸园。西尔科小说中芙丽姥姥
一家离开古花园恰如亚当和夏娃被逐出伊甸园，人类始祖是由于
触犯原罪而被上帝逐出伊甸园，而芙丽姥姥一家却是由于白人殖
民者的入侵而被迫离开，西尔科改写了失乐园的故事，目的在于
凸显古花园自然与女性和谐共存的生态世界被殖民入侵者破坏。
对印第安人而言，他们失去了自己的亲人和家园，更令他们愤怒
的是殖民行径对大地母亲造成的破坏。土地丧失了滋养植物的能
力，也就等于人与土地之间的生态互惠关系被斩断，印第安人的
文化之根和归属之地被侵占，这种残酷的行径也完全背离了她们
传统的生态智慧。

当芙丽姥姥一家第一次离开古花园到尼德斯居住时，妈妈由

---

① 中国基督教两会：《圣经》，中国基督教两会 2016 年版，第 20 页。

于参加鬼舞仪式被白人政府驱逐后失踪。母亲以及母爱的丧失，意味着与养育生命的力量的疏离。后来祖孙三人又返回古花园居住，姥姥终因年迈而离世。姥姥离世后按照她的愿望被埋葬在她亲手种植并已长高的杏树下，尸骨会为土地提供养分，也是她回馈大地母亲的方式之一，她最终归于生养她的土地。姥姥的离世是作者巧妙使用的隐喻手法，象征着部落的存在受到极大威胁，而她的安息地——小杏树的茁壮成长则意味着新生力量正在形成，以盐巴姐姐和印迪歌为代表的新一代印第安人是新生力量，她们已经掌握了印第安传统的种植方法、生存技巧和生态智慧，是印第安文化和传统将延续下去的标志，也标志着印第安人对殖民压迫一代又一代不休的反抗。西尔科在小说中还写到被印第安人奉为神灵的老蛇被殖民入侵者残忍杀害，老蛇之死意味着印第安人与神灵之间的联结断裂，西尔科在一次访谈中愤怒地质问："蛇在地下爬，他们听到逝者的声音：逝者间真正的交谈，向活着的亲人发出孤独的呼喊。……为什么天主教士总要杀蛇？"① 殖民者杀老蛇的目的在于斩断印第安人的性灵传统，以达到彻底对印第安人进行文化控制和精神占有的目的，其本质根源则在于为了资本主义发展侵占更多的土地和资源，这是对自然和生态无情的践踏。

印第安人被驱逐到保留地生活，然而，"保留区内也没有什么吃的；河流附近最好的农田已经被白人侵占"，（GD 17）印第安人被限制在保留区内，经济无法自给自足，传统的饮食结构也被殖民化，"（保留地）的印第安人要吃白人的食物——白面包、

---

① Arnold, Ellen L. (eds), *Conversations with Leslie Marmon Silko*, Jackson：University Press of Mississippi, 2000, p. 176.

白糖和白猪油，他们没有过冬的豆面，因为在八月他们不能离开
保留地去采集豆子。他们不许在春天去沙山采摘鲜嫩的植物幼芽
和根茎"。（*GD* 17）生活在古花园的时候，印迪歌一家以古花园
中植物的枝叶、瓜果和种子为生，通过播种和采集活动维系她们
与土地的互惠关系。但美国政府将印第安人安置于保留地内，这
完全颠覆了印第安人传统的生活方式和饮食结构，他们从传统中
继承下来的园艺知识和种植技巧毫无用武之地，他们被迫迁移到
陌生而贫瘠的土地，完全不了解土壤的情况和气候变化，他们传
统的生态种植方式也派不上用场，因为政府不允许他们来回迁
移，所以"如果人们待在一个地方时间太久，他们很快吃光了所
有东西"。（*GD* 17）土地的产出无法供应长久居住一地的印第安
人，长期的过量产出势必对土地造成严重破坏，这完全违背了印
第安传统的生态观。正如奈伯翰所写的："1887—1934，由于道斯
法案①的实施，60％印第安部落的协约土地从印第安人手中消
失。"② 奈伯翰进一步指出：

---

① 道斯法案：《道斯法案》，又称《道斯法令》《道斯土地分配法》（Dawes General
Allotment Act），1887 年 2 月 8 日美国国会为同化印第安人而通过的土地法令。此法授权总
统解散印第安人保留地，废除原保留地内实行的部落土地所有制，将土地直接分配给居住
在保留地内外的印第安人：每户户主 160 英亩，18 岁以上的未婚成年人每人 80 英亩，儿
童每人 40 英亩；受地人在 25 年内不得转让土地所有权；分配的土地先由联邦政府托管，
待印第安人具备自理能力后交还本人或其继承人；接受份地的印第安人即为美国公民，受
法律保护并尽公民义务；原保留地中的剩余土地由联邦政府公开拍卖。部落土地所有制的
废除使印第安社会解体，部落权威遭受沉重打击。原保留地中的大部分土地通过拍卖，转
入白人之手；部落团结的最高形式——"太阳舞"被视为"异端行为"遭到取缔。这项
试图使印第安人融入美国社会的法令实施后，对务农毫无准备的印第安人在取得土地后不
久便因受骗等各种原因失去土地，生活日趋恶化。罗斯福"新政"时，美国国会通过
1934 年《印第安人改革法》，废除了将印第安人土地分成小块进行分配的做法。http：//
baike. so. com/doc/4991122 - 5214891. html，April，2017。
② Nabhan，Gary Paul，*Cultures of Habitat：on Nature，Culture，and Story*，Washington，
D. C：Counterpoint；Emeryville，CA：Distributed by Publishers Group West，1997，p. 219.

在 1910 年至 1982 年间,在美国拥有农场,经营农场或者从事农耕的印第安人数从 48500 下降至 7150,尽管这一时间段内,印第安人口总数是上涨的。由于印第安农民被迫或者被诱导而离开土地,印第安流传数世纪之久的种植传统终结了。①

小说中的花园象征着印第安人生存和可持续发展的必需物,夺走他们的土地和花园就意味着对他们实施的灭绝政策。可见,白人殖民政策对印第安人的传统、文化和土地的戕害。

西尔科还注意到在印第安事务管理局的掌管下,印第安人传统的狩猎权利被剥夺,人与动物之间的生态和谐关系消失殆尽,"冬天,政府购买羊和牛给保留地的印第安人做食物,但是印第安事物管理者们总是得到比印第安人更多的肉"。(GD 17)失去了与土地和动植物的天然联系,生活在保留地的印第安人如同囚徒,这也是殖民者罪恶行径的表露。

生态女性主义认为,自然存在于人类出现之前,所以自然不需要人类的统治。"地球是一个完整的存在物——我们认识到了地球——它的土壤、山脉、河流、森林、气候、植物和动物——的不可分性,并且把它作为一个整体来尊重,不是作为有用的仆人,而是作为生命的存在物。"② 对于西尔科而言,"失乐园"后印第安人传统的族群关系和家庭纽带被人为撕裂,殖民者这种强制印第安人放弃传统和文化的暴力行径使人与自然关系被强行破

---

① Nabhan, Gary Paul, *Coming Home to Eat: The Pleasures and Politics of Local Foods*, New York: W. W. Norton & Co., 2002, p. 219.

② 何怀宏主编:《生态伦理——精神资源与哲学基础》,河北大学出版社 2002 年版,第 450 页。

坏，势必会引起不和谐和不平衡的恶果。白人殖民者强行改变印第安人原生的自然环境和和谐的社会经济模式，破坏印第安人的传统生活方式和文化传统，势必会激起印第安人更多的愤怒和反抗，也破坏了人与人之间关系的和谐相处。"花园不仅是自然强有力的象征，更象征了所有生物和人类获得生存在这片土地上的权利。"① 作为一名文学家，作为一位女性，西尔科《沙丘花园》中将沙丘蜥蜴人的古花园反写为"伊甸园"和"失乐园"是她无声地、温和的反抗方式之一，也是她为万物争取生存权利的斗争方式之一。

二 征服、主宰与消费：纽约长岛的维多利亚花园

西尔科在小说中让印迪歌跟随白人夫妇游历了位于长岛牡蛎湾爱德华妹妹苏珊家的维多利亚花园。如果沙丘蜥蜴部落的古花园是印第安人传统和文化的根源所在，那么西尔科描写苏珊维多利亚花园的目的何在？维多利亚花园的功能是什么？对印第安人与白人而言，维多利亚花园的真正内涵是什么？维多利亚花园如何体现生态女性主义思想？本小节将结合上述问题对小说文本进行解读和阐释。

（一）征服与主宰：维多利亚花园的隐喻

爱德华妹妹苏珊的花园是 19 世纪美国园艺理念的例证。19世纪中期的美国，园艺已经演变成一种道德审美。美国历史学家泰玛·卜拉肯·斯汤（Tamare Plakins Thornton）在 19 世纪 20 年代写道："园艺作为一场运动进入了美国主流社会……（这场运

① Adamson, Joni, *American Indian Literature, Environmental Justice, and Ecocriticism*, Tuson：University of Arizona Press, 2001, p.181.

动) 承诺会为整个国家带来道德共利……园艺将会使人欣赏到神圣的美和完满,从而净化灵魂和重塑情感。"① 于是,基督教所谓的园艺与道德的结合为 19 世纪中期美国园艺的发展带来了契机,尤其是富人,"财富越多,就越能从园艺中受益"。② 1893 年历史学家费德里克·杰克逊·特纳 (Fredrick Jackson Turner) 宣称"美国边界'关闭'",③ 此时,整个美洲大陆几乎已被白人侵占,印第安人被驱逐至保留地,这为美国上层社会园艺的发展提供了更多的土地。

西尔科让印迪歌涉足维多利亚花园时,她便将花园作为帝国主义征服和主宰的象征。在长岛牡蛎湾苏珊 (Susan Palmer James) 的维多利亚花园附近,印迪歌遇到同是印第安人的玛蒂奈科思 (Matinnecocks),她家的花园已不复存在,因为白人定居者占据了他们的家园,原本生活在牡蛎湾的印第安人被驱赶至海洋边上的盐碱沼泽地带。在印第安人家园的废墟之上,白人已经建起了具有异域风情的宅邸,精心设计的花园和装饰用的牧场,可见,维多利亚花园体现了殖民者对原住民土地的征服。

在西尔科的小说中,海蒂的父亲阿伯特先生 (Mr. Abbot) 是白人中的好人,他受过高等教育,支持女儿撰写质疑正统神学的论文,他虽不是虔诚的基督教徒,但是却接受了 19 世纪美国盛行的园艺理念,扮演了一位慈善的园艺者角色,正如斯汤曾指出的:

---

① Thornton, Tamara Plakins, "Horticulture and American Character", *Keeping Eden: A History of Gardening in America*, Ed. Walter T. Punch, Boston: Little, Brown, 1992, p. 190.

② Ibid., p. 189.

③ Morgan, Keith, "Garden and Forest: Nineteenth-Century Developments in Landscape Architecture", *Keeping Eden: A History of Gardening in America*, Ed. Walter T. Punch, Boston: Little, Brown, 1992, p. 31.

> 园艺，被认为可以增加美德，还可以帮助人们祛除与贫
> 穷相关的罪恶……可以确定的是，这些园艺工程的确有些好
> 处，但是他们的动机却变成了一种指令：园艺能够教会人们
> 美德：努力工作，节俭，私人财产的神圣不可侵犯性。①

小说中的阿伯特先生着迷于当时美国流行的园艺理念，整日忙于他的农业试验，他希望能够让周围的人摆脱饥饿，"阿伯特先生解释说他多么希望能够通过在城市里圈养矮脚山羊和猪让穷苦的家庭摆脱饥饿……在羊圈和猪圈周围，有一大片的试验菜田"。(GD 179) 阿伯特先生园艺的本质是将美国的价值观移植到印第安人的观念中。他园艺试验的初衷是美好的，却无意被卷进了资本主义殖民者的行列，他和他的邻居们应该为牡蛎湾印第安人遭到驱逐而负责，因为这里原本是他们的家园，或许是那个时代白人的通病，他们认为自己有权居住在政府给予他们的可以居住的地方，即使这意味着让原住民离开他们祖祖辈辈生活的家园。阿伯特先生对印迪歌很友好，对他的种植试验很严谨，对周边的印第安人很照顾，然而，这一切却改变不了侵占印第安土地和家园的事实，他也属于殖民者行列中的一员。

在苏珊的维多利亚花园中，自然被人类粗暴操纵。苏珊及其雇佣的男园丁对花园的管理方式体现了人对自然的主宰。花园中的植物已经不再是土地的产出以供人类生存，而变成了欣赏物借以提升花园主人的形象，美是建造花园的唯一目的，完全丧失了

---

① Thornton, Tamara Plakins, "Horticulture and American Character", *Keeping Eden: A History of Gardening in America*, Ed. Walter T. Punch, Boston: Little, Brown, 1992, p. 189.

对植物自然生长节奏的尊重。苏珊不惜毁坏原本具有意大利风格
的花园,重新翻新的维多利亚花园完全处于人类意愿对自然和土
地的强行规划和硬性设计中,自然沦为为人服务的工具,人类凌
驾于自然之上,体现了人类对自然的主宰。维多利亚花园中从温
室外移植过来的花草由于受到干旱和酷热天气的影响,已毫无生
气,这是本该生长于自然中的树木对人类操纵其命运的无声反
抗。西尔科在小说中描写了为了使新的花园显示成熟之美,苏珊
命人将一棵大树移植的细节:

> 印迪歌被眼前的一幕震惊了:一棵无助的大树被包裹在
> 帆布和巨大链条中,树叶因恐惧而失去神采;湿泥的印迹如
> 暗色的血从帆布中渗出。随着运树的队列缓缓前移,印迪歌
> 听到低沉的断裂声和呻吟声——不是马车发出的,而是大树
> 的呻吟。(GD 183)

当印迪歌的心为大树遭受的痛苦而泣血时,苏珊及其雇佣的
英格兰园丁却平静地坐在双轮马车上,她唯一关心的是“在晚会
的时候,这棵树是否能够恢复生机”,(GD 183) 英戴克(Indyk)
曾评论“原住民被殖民政权的定居者迁移”是段悲惨的历史,[①]
小说中的大树被移植是原住民被迫迁移的隐喻,所以印迪歌才会
感同身受,失去家园的她能深刻理解大树的痛苦,能感觉到大树
在流血和哀号,在白人的世界里,大树、印迪歌和苏珊花园中被
笼养的鹦鹉“彩虹”一样,都是被迁移的对象,也是被殖民的客

---

① Graham, Huggan & Tiffin, Helen, *Postcolonial Ecocriticism*: *Literature*, *Animals*, *Environment*, London and New York: Routledge, 2010, p. 86.

体。除了移植大树，为了打造精致的维多利亚花园，苏珊还命人清除花园中颇具文艺复兴风格的雕塑，这些雕塑被推倒，或者散放在地上或者堆放在马车中去拍卖，"女性雕像的胳膊在恐惧中朝上抬起，或许是向男性显示她们的胸部。男性雕像显得更平静，朝向侧面看，似乎还没有意识到马车要驶向的目的地"。（GD 190）这些雕像被推倒后的姿势像极了一具具尸体，女性雕像露出代表母性的胸部达到了双关的艺术效果，既代表殖民者对大地母亲的戕害，又代表女性向主宰者的示威。此外，此情此景也不由使人想到小说发表前几年发生的伤膝河惨案（Wounded Knee）[①]的战场，一百多具印第安苏族人（Sioux）的遗体被倒入一个大坑中掩埋。西尔科在《黄女人和美丽灵魂》一书中曾写道"土地是普韦布洛人信仰和身份的核心。所有关于普韦布洛人的故事都会给予土地过多关注并关注与土地相关的一切"，[②]而苏珊却移植了根植于土地的大树和雕塑，破坏了土地，她没有留下意大利风格花园中的一草一木，她的所作所为与古花园中沙丘蜥蜴人的理念和行为形成鲜明对比。西尔科借此情节再一次强调了人与动植物同样具有感知快乐和痛苦的能力，进而升华了人与自然平等的主旨，生态女性主义推崇这种平等的生态理念，而恰恰是以苏珊为代表的白人殖民者所缺乏的。

苏珊修建维多利亚花园是为了举办一年一度的大型盛夏晚会，而晚会的目的是为"主教援助社团"（the Bishop's Aid Socie-

---

① 伤膝河惨案，也称伤膝大屠杀，1890 年 12 月 29 日，由 James W. Forsyth 率领第七骑兵团的 500 美国骑兵对印第安人苏族（Sioux）的部族拉科塔（Lakota）进行的屠杀。伤膝河惨案在美国历史上是一个标志性的事件，持续三百年的印第安战争画上了一个句号，这也是美国境内针对印第安人的最后一个屠杀事件。美国的边疆消失了，到处都是新开发的土地和城镇。

② Silko, Leslie Marmon, *Yellow Woman and a Beauty of the Spirit*, *Essays on Native American Life Today*, New York: Touchstone, 1996, p. 43.

ty），一个致力于维护对原住民统治的组织募捐，"蓝色花园化妆舞会取得巨大成功，主教在苏珊和柯林斯家的私人祈祷室作了一个感恩弥撒，感谢上帝和苏珊以及所有社区女性给予的帮助，舞会筹集到的款项数目远远超过了去年"。（*GD* 197）西尔科在小说中提到此情节是为了证明维多利亚花园对自然和土地的征服与基督教和殖民扩张的密切关系。美国著名历史学家维那德·休斯·罗林斯（Willard Hughes Rollings）指出："基督教文化的特点是占有、控制和消费自然。而印第安伦理信奉的精神信仰为世界、自然和超自然，印第安人永远无法理解征服人类和自然的欧洲意识形态。"①《沙丘花园》中，西尔科重复地指出基督教的征服和统治力，也是殖民者认为侵略美洲大陆具有合理性的信念渊源。比如，海蒂的学术论文被学术委员会否定；印迪歌的妈妈由于跳印第安传统的"鬼舞"而被驱逐；印迪歌被送往寄宿学校学习基督教教义等等。借用这些情节，西尔科凸显了白人殖民者与原住民之间信仰的巨大差异，并肯定后者和谐生态观的科学性和合理性，以此批判了白人殖民者对原住民和自然的征服及主宰，这也是生态女性主义所批判的。

（二）揭露与批判：维多利亚花园与资本主义消费观

文学承载着一个国家特定历史时期的集体记忆，文学文本，则是对其所处的特定时期的历史、文化和生活最集中的记载。西尔科在《沙丘花园》中既关注了自然环境，也将写作视角集中于社会环境，包括所处历史时期的文化观念与社会制度之间的互动关系等方面。

---

① Rollings, Willard Hughes, "Indians and Christianity", *A Companion to American Indian History*, Ed. Philip J. Deloria & Neal Salisbury, Malden, MA: Blackwell Publishers, 2002, p. 122.

　　小说的历史背景是 19 世纪末期的美国。内战结束后，美国完成了资产阶级革命，经济得到了迅速发展，随着资本主义工业的发展，各种新技术、新发明相继出现；经过与印第安人的 114 次战争之后，美国获得了西部大片土地的开发权和开采权，并吸引了欧洲大量移民的涌入。美国社会表面的繁荣景象背后则是各种社会危机的暗流涌动，"镀金时代"由此而来。基于此背景，西尔科在《沙丘花园》中以苏珊的维多利亚花园为缩影，指涉了白人殖民者的消费主义，其本质是从物质和文化层面对殖民者精神的异化和对健康生态环境的破坏。

　　德国学者弗洛姆认为，在资本主义的消费过程中，获得物品的目的是为了占有物品，与占有相比较，欲望消费成为主流。"消费基本上是对人造幻觉的满足，是一种与我们具体的，真实的自我相分离的幻想。"① 消费是获得幸福的途径，而在 19 世纪末期的美国，人的消费欲望已经脱离了其真正需要，沦为了欲望的表现形式。当代生态马克思主义主张应认真研究消费领域中出现的新变化，即异化消费的现象。由于人类的异化消费，而引起了资源的浪费，环境的污染和生态平衡的破坏，从而导致资本主义社会的生态危机。资本主义的过度消费观"只用消费数量来衡量自己幸福的尺度"，② 这种将消费数量与幸福指数相挂钩的消费观是现代社会和个人异化特征的表现。

　　西尔科将苏珊塑造成资本主义异化消费观的代言人，本来属于她的具有意大利风情的花园中，各种植物正值成熟期，是植物

---

① ［美］埃里希·弗洛姆：《健全的社会》，蒋重跃译，国际文化出版公司 2007 年版，第 116 页。

② Leiss, William, *The Limits to Satisfaction: An Essay on the Problem of Needs and Commodities*, Toronto and Buffalo: University of Toronto Press, 1976, p. 51.

景观最美丽的时期，而她却为了炫耀和欲望将意大利风情的花园拆除，"苏珊不希望她的客人看到与前一年一样的植物；她接受挑战，用精选的具有特定蓝色的，可植于花坛的植物，甚至灌木和藤蔓，创造新的令人吃惊的效果；选用白花植物和灌木是为了它们在月光中的效果"。（GD 161）海蒂为苏珊的奢侈浪费和物质追求感到尴尬，甚至连爱德华都发出质问："当花园中树木繁茂，如此美丽的时候为何要费心去打造具有英国风情的花园呢？他甚至疑惑妹妹是否意识到这所新花园的风格多么浮夸；所谓的英国风情其实已经过时了。"（GD 190）因此，在实用主义价值观的影响下，苏珊的维多利亚花园仅仅是为了能让她的女伴们耳目一新，为了展示她自己的审美情趣和经济实力，而缺乏了对自然的尊重和植物生长周期的关心。这更加印证了自工业文明以来，"现代人对于自然美鉴赏的漠视与对于自然物实用的热衷是一致的。……导致了自然美从人类视野中的消失"的解释。[1] 为了更加突出晚会的主题"蓝色"，苏珊钟情于一种亚洲蓝色牛舌草，甚至为了让它开花，命令她高薪聘请的苏格兰园丁建造了温室，并向众人解释：

> 苏格兰园丁的温室用每周三次运来的冰块降温；甚至连玻璃温室内的光线强度也被控制，并以平纹细布覆盖物来调控光照时间。大盆紫藤被修剪成优雅的造型，将在化装舞会上挂满瀑布般的浅蓝和纯白的花朵。一盆盆蓝色鸢尾花、大盆的蓝色百合花和蓝色杜鹃将点缀舞池。（GD 184）

---

[1]　鲁枢元：《生态文艺学》，陕西人民教育出版社 2000 年版，第 84 页。

苏珊消费重金建造温室，只为这种花"必须只开放在一个晚上——晚会的夜晚"。（GD 184）在晚会举办的那天夜晚，当苏珊身着蓝色文艺复兴时期服装，在月光下从台阶上款款走下的时候，维多利亚花园显得肤浅和庸俗，这一细节体现了西尔科所说的"达到极限的炫耀性消费"，① 由此可见苏珊的异化消费心理和以人类为中心的意识。她通过自己过度消费的行为来提高自己的幸福指数，而杜宁却认为，生活中幸福的主要决定因素与消费并无关系，"社会关系的强度和闲暇的质量——二者才是生活中幸福的决定性心理因素——似乎在消费者阶层中减少的比提高的多"。② 同时，苏珊的花园严重破坏了植物的自然生存环境，对土地进行的人为设计，使自然、植物和土地沦为人类主宰的工具，从而导致了社会生态环境和自然生态环境中不和谐因素的出现。斯泰芬·李也注意到这一点，他曾评价："园艺表现出人与自然关系的基本信念。例如，芙丽姥姥遵循印第安传统，把古花园视为食物之源，避难所和身份的归属地，她将这种对土地的敬仰之情传递给孙女们。相反，小说中诸多白人对自然持有的态度是主宰和殖民。"③

西尔科进一步在小说中提到维多利亚花园中让爱德华关注的是苏珊温室中来自热带丛林的兰花，"（兰花）的橙红色花朵瀑布般盛开于悬挂的花篮中。他被这种高贵的美意外地感动了"。（GD 185）这两株原产于巴西的兰花（Laelia cinnabarina），让爱德华

---

① Arnold, Ellen L. (eds), *Conversations with Leslie Marmon Silko*, Jackson: University Press of Mississippi, 2000, p. 20.

② ［美］艾伦·杜宁：《多少算够——消费社会与地球的未来》，毕聿译，吉林人民出版社1997年版，第27页。

③ Li, Stephanie, Domestic Resistance: Gardening, Mothering, and Storytelling in Leslie Maemon Silko's *Gardens in the Dunes*, *Studies in American Indian Literatures*, 21.1, 2009, p. 19.

回忆起那场大火和事故，苏珊说："它们是很昂贵的品种，"（GD 185）"是的，很昂贵的标本。"（GD 185）兰花之所以昂贵是因为当时上流社会流行"兰花狂热病"，（GD 129）兰花被美国的上流社会视为装饰花园的珍品以映衬 19 世纪后期美国社会繁荣的光环之后上层社会对物质的无限追求，诚如清华大学哲学系卢风教授从生态层面对这种无限追求物质的行为做出的解释：

> 人总有对无限性的追求，人之对无限性的追求既可以指向精神，也可以指向物质。无数人之追求无限性的合力若指向精神世界，那便没有什么大危险，若指向物质世界，便会造成一个物欲横流的世界。而人类之物欲横流可能会把地球糟蹋得不可居住。①

当上流社会在无限度消费园艺和破坏自然环境的同时，美国西南部边境的印第安人却遭受着生存危机。印第安人被逐出他们世代生存的家园，大部分被驱逐至政府设立的印第安保留地，还有一部分印第安人从保留地逃离，他们分散居住在铁路附近，或者沦为白人的廉价劳动力，或者流落为乞讨者，女性则靠出卖肉体苟活。印第安人过着凄惨的生活，他们的家园被侵占，生存权、教育权甚至连饮食权都被白人殖民者左右。西尔科的小说通过维多利亚花园一方面展示了美国上流社会为了欲望而一掷千金，另一方面展示印第安人仅仅为了生存而苦苦挣扎，反讽的效果异常明显。小说中殖民者对自然的破坏也显而易见，西尔科及

---

① 卢风：《享乐与生存——现代人的生活方式与环境保护》，广东教育出版社 2000年版，第 216 页。

生态女性主义者都认为这是人类社会危机出现的深层原因。

三 文化寻根：英国巴斯的多功能花园

西尔科借助苏珊维多利亚花园批判了基督教人类中心主义观以及白人对生态圈的粗暴行径，为了展现欧洲文化与白人文化在生态观念方面的差异，并从欧洲文化中寻求生态思想的文化渊源，在《沙丘花园》中，离别维多利亚花园后，西尔科让印迪歌继续跟随海蒂夫妇游历欧洲，他们到达欧洲的第一站是位于英国巴斯布朗尼姨妈家的花园，这里是一座集菜园、花园和石头展示园于一体的多功能花园。

（一）英国文化中的自然与生态

姨妈布朗尼是一位住在英国巴斯的美国流亡者，丈夫是英国人，丈夫去世后，她继承了一座已废弃的古修道院，并重新修整为花园，开始了自己的园艺实践。西尔科在小说中特别提到英国气候的凉爽和湿润，有连绵的青山和高耸入云的树木。印迪歌对"英国的空气如此湿润和清新感到震惊。水，到处都是水"。（GD 233）爱德华也为眼前的自然美景所震撼，不禁发出感叹："苏珊和她的苏格兰园丁及一群工人，外加科林斯的钱财即使努力很多年，长岛的花园永远不会像英国西南部花园这样如此苍翠繁茂，绿树成荫。"（GD 233）

在巴斯的花园中，西尔科借姨妈布朗尼之口表达了英国文化观念中对植物的态度。姨妈布朗尼在带领海蒂一行人参观这座多功能花园时，她表达了自己对花园的态度："植物是有灵魂的，只有当人类被植物消化吸收掉并转换成新的植物生命时，才能称之为真正的存在过。"（GD 240）这种陌生之地的熟悉感让印迪歌回忆起芙丽姥姥去世后被埋在杏树下，然后幻化成新的植物生命,可见,英国文化中对植物的生态观与印第安人传统的生态观表现出同源性,也使沙丘蜥蜴部落的古花园与巴斯的多功能花园跨时空的联系在一起,姨妈布朗尼也坚信:"如果不用爱心浇灌花园,那么植物就不会生长。"(GD 240)姨妈布朗尼参加了"古树拯救协会",这是一个致力于保护古橡树和紫杉树的组织,拯救协会的成员们以保护和拯救古树和古石为一项神圣的事业,并在小城巴斯享有盛誉,该组织将树木视为现代与过去联结的纪念碑,也是与祖先联结的纽带。树是有生命和轮回的,也像人一样能够结果而繁育后代,这无形间与白人对待树木和自然的态度形成巨大的对比和反差。在美国发展工业和西部开发的过程中,大面积的森林和植被被砍伐,对他们而言,树木存在的价值就是木材,是为人类的发展和进步服务的,没有任何延伸至精神上的意义和价值。

当参观这座花园的石头群时,布朗尼姨妈还向印迪歌解释花园中的石头中寄居着古老年代的性灵。她说:"石头和树林中住着'好人',那就是死者的性灵,永远不要去打扰性灵。当年英国人把绵羊赶到苏格兰放牧时,住在那里的性灵和当地人被赶走,性灵就发动了反击绵羊的战争。"(GD 252)姨妈布朗尼还说道:"在这里,立于土地上的石头在午夜后会跳舞和行走。"(GD 237)爱德华对这种说法不屑一顾,而印迪歌却兴趣盎然,在印第安传统文化中,土地被赋予神奇的力量和灵性,这是一种无法解释的神秘现象,所以印迪歌对土地上的石头可以自行移动的说法深信不疑。德罗里亚在他的文章《相对性、相关性与现实》中,解释了印第安人对石头的理解:

石头是完美的存在体,是拥有关于其他物体和物种应该怎样生活的了不起的知识的自足物体。石头有移动能力，但石头不需要使用这种功能。其他生命体有移动特性，并需要在一些特定方式上和关系中使用这种移动性。①

姨妈布朗尼也信奉土地的神奇力量，她补充说："在她像印迪歌那么大的时候，她亲眼看到一块如同炉子一样大的石头，在一夜之间，从马路的一边移至南边。"（GD 252）爱德华对这些说法嗤之以鼻，小说中他是白人文化的拥护者，在他们的文化体系中，石头等物体是没有生命的，更不会自行移动。这更强调了以姨妈布朗尼为代表的英国文化体系下，石头作为自然的组成部分，被赋予与人类同等的生存权利和情感，石头根植于土地，与大地母亲相连，所以是神圣的。无独有偶，西尔科在《黄女人和美丽心灵》（*Yellow Woman and a Beauty of the Spirit*，1996）中也认为：

> 石头和泥土是大地母亲的一部分。……石头与我们，与动物和植物共命运。石头有生命和灵魂。它们的灵魂与我们已知的动物或植物或我们的灵魂不同。最终，我们都将从泥土的深处重生。也许这就是我们如何与造物主分享灵魂的吧。②

由此可见，以姨妈布朗尼为代表的英国文化中的自然观与美

---

① Deloria, Vine, Barbara Deloria, Kristen Foehner & Samuel Scinta（eds），"Relativity Relatedness and Reality"，*Spirit & Reason：the Vine Deloria, Jr. , Reader*，Golden, Colo. : Fulcrum Pub，1999，p. 34.

② Silko, Leslie Marmon, *Yellow Woman and a Beauty of the Spirit*，*Essays on Native American Life Today*，New York：Simon & Schuster，1996，p. 27.

国印第安人的自然观不谋而合:他们皆相信土地的生命力和万物有灵说。

西尔科在小说中还写到了英国文化体系下人们对待动物的态度。姨妈布朗尼讲述自己将动物看作神圣的生灵,并给予动物充分的尊重和爱护。小说中,西尔科列举了两个例子来体现其动物观。姨妈布朗尼作为营救组织的成员,曾经帮助蟾蜍的故事:

> 好吧,我就给你讲讲关于蟾蜍的故事!很多成员在帮助蟾蜍奇特的迁徙活动中表现积极;姨妈布朗尼与他们一起,跪在泥泞中,用手帮助蟾蜍安全穿过交通繁忙的道路。当她研究古欧洲艺术时才发现被雕刻的蟾蜍石像和陶艺被作为远古母亲的化身而崇拜。(*GD* 241)

生态女性主义强调动物和人的地位是等同的,在这里,西尔科微妙地告诉我们,动物和人具有相同的情感认同。姨妈布朗尼面对牛和猪时,也表达了对这些动物的尊敬,"牛和猪,由于为人类提供牛奶和肉类而被高度赞扬,它们曾经是神灵;即使在现代,许多古老教堂的入门石上仍旧雕刻着牛和猪"。(*GD* 244)与美国印第安人文化传统相同,英国的文化传统也将动物作为膜拜和感激的"神灵"对待。姨妈布朗尼甚至用充满爱的语调跟牛对话,把牛视为与人类平等的地位,这让印迪歌回忆起古花园中印第安同胞对动物的呵护。

除了赞扬英国文化中对动植物的态度外,西尔科进一步表达了英国文化博大的包容性。作为一名印第安人,印迪歌在美国是低人一等的,因为白人殖民者将印第安人及其文化视为野蛮的,未开化的,而在英国,这种种族歧视丝毫不存在。姨妈布朗尼对她非常热情，在到达巴斯当天晚上，印迪歌没有下楼吃晚饭，姨妈布朗尼找到她并关切地问："你感觉一切还好吗？床还舒服吗？"（*GD* 246）在姨妈布朗尼面前，印迪歌敢于将被褥铺到地上，在地上睡觉，姨妈没有像爱德华那样去训斥她要有教养，而是丝毫不带种族偏见地欣然接受印迪歌的这种保持印第安传统的做法并为她保守秘密。姨妈布朗尼在带领她们参观花园时，甚至还赞扬印第安人在农业方面的卓越成就以及她们为世界园艺做出的伟大贡献："你们，她说，美国的印第安人，为世界带来了种类繁多的蔬菜、水果和花朵——玉米，番茄，土豆，辣椒，豌豆，咖啡，巧克力，菠萝，香蕉，当然，还有烟草。"（*GD* 244）姨妈布朗尼的花园种植了来自中东、亚洲、美洲、非洲等不同国家和地区的植物，是被罗马人和诺曼人带来的，与苏珊维多利亚花园的景观植物不同，这里种植的都是蔬菜，且不是通过生态掠夺的方式得来，更不是为了炫耀和消费。

姨妈布朗尼位于英国巴斯的多功能花园内鲜花绚烂，瓜果飘香，包含了果蔬、草药、石雕和观赏植物。这里的植物既可以满足观赏的需要，也可以满足生活的需求。硕大的向日葵，飘香的烟草花，挺拔的剑兰等在花园中相映成趣，植物生长繁茂，飞鸟昆虫以及各种动物自由嬉戏，还有将爱倾情奉献给花园的主人，这里是人类和自然和谐相处的乐园，也是物种多样性存在和不同文明的文化汇集之地。英国巴斯的多功能花园与美国沙丘蜥蜴部落古花园跨大洋遥遥相望，两者皆由对自然充满爱的女性培育和管理，在这一过程中，女性与自然融为一体，这是西尔科试图努力构建的美好世界的缩影，也是生态女性主义所提倡的完美境地。

(二) 文化与宗教的寻根

西尔科通过英国巴斯的多功能花园努力找寻迥异于基督教的异教文明,并表达出自己对这种异教文明的认同和赞扬。在与阿诺德的访谈中,西尔科毫不掩饰地说道:

> 我也有祖先来自英格兰,我一直对他们的古石感兴趣,当然,我本人也是石头崇拜者。你知道的,我身边有很多石头。你也是古石崇拜者,有好多古石崇拜者! 当我写到印迪歌要去欧洲旅行的时候,我便知道我会让她去参观欧洲的花园,并且我知道那里还有一些东西仍然存在,有一种持续性……我的意思是欧洲还没有完全被基督教同化。那些传教士没有取得彻底的胜利。在那里还有一种异教徒的精神,以及古老的灵魂就在那儿。①

当她游历欧洲时,西尔科强烈感受到欧洲异教精神的复苏及其与印第安古老宗教的关联,她说道:"开始写《沙丘花园》时,我强烈感觉到最古老的精神本质就在欧洲,很多欧洲人,即使他们本人可能感受不到,但他们的确属于其中。"② 这种古老的精神本质指的就是古老的宗教信仰和自然崇拜,所以,她进一步解释:

> 基督教极力地想铲除 (古老的精神本质),并且试图割断欧洲人与土地、植物和动物之间的联系——尽管他们 (指

---

① Arnold, Ellen, Listening to the Spirits: An Interview with Leslie Marmon Silko, *Studies in American Indian Literatures*, 1998 (3), p. 5.

② Ibid., p. 6.

基督教）比美国的印第安人或者非洲人更早地脱离（古老的精神本质）——但是，这种联结是不会被彻底割裂的。①

为了寻找这种文化或者早期宗教的渊源，或是对古老宗教中生态观的推崇和认可，西尔科在小说中让印迪歌来到了古老的欧洲。英国的巴斯是异教德鲁伊教（Druidism）的圣地，德鲁伊教是凯尔特人信奉的原始宗教，树木是凯尔特自然神崇拜的对象，凯尔特人的古老传说认为德鲁伊特是通晓橡树秘密的巫师，所以树木是凯尔特人祭祀仪式的核心元素，他们还用不同树木作为标识以记载年代和月份。凯尔特人信奉的德鲁伊教推崇万物有灵论，公元前时代德鲁伊教徒都是以正面的形象出现在各种记载中，他们崇拜自然、尊重万物、精通占卜、治病救人。但随着罗马帝国对不列颠的征服以及基督教的不断镇压，德鲁伊教渐渐销声匿迹，但其影响极其深远，在基督教控制不列颠之后的数百年间，仍有不少原住民在皈依基督教的同时也信奉德鲁伊教，他们坚守"灵魂不灭"的信仰和对自然的崇拜。19 世纪末期到 20 世纪初期的欧洲，德鲁伊教虽被基督教认定为"异教"，但有复苏的迹象。西尔科在《沙丘花园》中写道，姨妈布朗尼是德鲁伊教文化的崇拜者，"但她从来没提到过姨妈对凯尔特（Celtic）神话的热情，为什么？她的姨妈已经完全脱离教会"。（GD 263）布朗尼参加古树保护组织及保护古树和动物的行为也充分说明她对异教德鲁伊教的推崇。西尔科在小说中写到基督教对异教文化复苏的镇压，如基督教毁灭神圣果园（sacred grove）的行为，著名学

① Arnold, Ellen, Listening to the Spirits: An Interview with Leslie Marmon Silko, *Studies in American Indian Literatures*, 1998 (3), p. 5.

者林·怀特（Lynn White Jr.）曾谈到基督教对拜树异教文化的压制:"对于基督徒来说，一棵树只不过是个物质存在。对于基督教和西方道德观来说，神圣果树林的概念很另类。因为两千个基督教传教士一直在砍伐神圣果树林，这些神圣果树林因为能栖居自然中的性灵而值得崇拜",① 但布朗尼的态度则是"尽管有迫害，古老习俗仍然延续下去",（GD 261）这也是西尔科对异教文化所持有的态度。

在巴斯的多功能花园中，印迪歌向布朗尼提到了印第安人的宗教信仰，即弥赛亚信仰（Messiah）。花园在宗教中是重要的意象，西尔科曾确定过这一点:"在早期的基督教中，在《圣经》中，花园非常重要，同样的，在《古兰经》中，花园也是如此重要。在三大宗教中——犹太教，伊斯兰教和基督教中——花园的意象真的非常重要。"② 所以，在《沙丘花园》这部小说中，弥赛亚信仰和寻找母亲是重要的母题。弥赛亚信仰中的重要仪式是跳"鬼舞"（Ghost Dance），这是源于印第安"太阳舞"的一种舞蹈，后加入了基督教元素，是印第安人表达其宗教信仰的主要形式。西尔科在小说中两次描写印第安人跳"鬼舞"的场景，那是印第安人与大地母亲亲密接触的途径，"他们小心以脚轻踏土地，使他们自己保持与大地母亲的联系"。（GD 26）两次"鬼舞"仪式均被政府军队和印第安警察驱散，妈妈也随着弥赛亚逃亡失散，母亲的离散象征着印第安人与他们土地的分离，印迪歌虽然被剥夺了土地，与母亲分离，但"印迪歌从来没有被舒适的物质

① White, Lynn Jr., The Histori CRoots of Our Ecological Crisis, *Science*, March 10, Vol. 155 (3767), 1967, p. 1205.

② Arnold, Ellen L., Listening to the Spirits: An Interview with Leslie Marmon Silko, *Studies in American Indian Literatures*, 1998 (3), p. 6.

享受腐蚀思想，或偏离她的目标，即回家找姐姐。她手握种子，在路上找妈妈和弥赛亚"。① 西尔科还强调了"……印第安人若能举行此舞蹈仪式，衰弱的土地将会再生，几近灭绝的麋鹿和水牛将重返"，（GD 23）舞者希望"风会吹干所有的白人和追随白人的印第安人"。（GD 23）西尔科提到印第安宗教的目的为了表达宗教教义，即万物有灵说，她也希望能将印第安文化传统长久保持下去。

巴斯的多功能花园中，西尔科将德鲁伊教与印第安弥赛亚信仰平行并置在一起，两种跨时代的宗教信仰对待自然万物的态度却如出一辙，也是当代生态思想的源头，西尔科试图从古老的宗教文明中找到某种生态思想与文化的认同，因此，这是一场文化寻根之旅。

四　女神文明：意大利卢卡的景观花园

为了进一步展现欧洲花园，西尔科继续让印迪歌一行来到意大利小镇卢卡（Lucca），劳拉（Laura）教授的庄园坐落于此，这是一座由多个主题花园构成的景观花园。在意大利卢卡的景观花园中，印迪歌感受了意大利文化和古欧洲的"女神文明"，进一步体现了欧洲文明与印第安文明的同宗同源性，在彰显西尔科生态女性主义思想方面，这座庄园具有重要的功能。

（一）意大利文化中的自然与生态

劳拉是姨妈布朗尼的一位朋友，受过良好的教育，是一位教授，生活在 19 世纪末毗邻意大利里窝那（Livorno）的卢卡

---

① Terre Ryan, The Nineteenth Century Garden, Imperialism Subsistence and Subversion in Leslie Marmon Silko's *Gardens in the Dunes*, *Studies in American Indian Literatures*, 2007, Vol. 19 (3), p. 116.

（Lucca）。当时的社会环境要求女性的教育水平不能超过男性，而劳拉却敢于打破社会禁忌，以女性的身份从事科学研究。作为一位独立女性，与丈夫离婚后，她并没有意志消沉，而是乐观地认为"所有的安排都是完美的"。（GD 287）海蒂一行人在劳拉的带领下花费了 5 天时间参观了这座庞大的花园，并深切感受了意大利文化中对其他文化的包容性和尊重自然万物的生态智慧。

卢卡的庄园群山环绕并翠绿葱茏，包含了主题丰富和色彩多样的花园，劳拉说："八月初期的暑热让整个城市难以忍受，但是这里在山中，人们可以感受到来自山里的阵阵清凉。"（GD 282）这座庄园充分展现了意大利文化中对待自然和环境的充分尊重，比如，庄园中有一尊半人半马雕像，但是其后腿和臀部仍旧陷在泥土里，劳拉解释说："如果要把这座人首马身的雕像从泥土堆中解放出来，就需要牺牲一棵幼小的栗子树和树荫下的杜鹃花。"（GD 289）很显然，她想解放这尊雕像，但是又选择不以牺牲植物为代价，充分体现了她对自然万物的平等思想和对环境的保护。花园中：

> 栗子树、橡树和月桂树周边布满荆棘，冬青树斜着生长在鹅卵石和大岩石之间的土壤中。枯枝朽木以及残骸被移除了，但是她并没有打扰其他的植物。古树依然跟以前一样；倒下的树木被留在土地上为其提供养料以滋养幼苗。（GD 289）

劳拉没有移动倒下的树木的行为表明她充分尊重自然的生长法则和循环规律，死去的树会为土地提供养分，促进新生命的生长，即意味着再生，她没有主宰花园，没有按照自己的喜好去人为改变花园中植物的生长和布局，而是将植物视为有生命的个体。劳拉对印迪歌非常的热情，丝毫没有因为她的棕色皮肤而怠慢，她看到印迪歌如此喜欢这个花园并在收集各种植物的种子时，便送给她各种颜色的彩笔："她就可以将各种花用恰当的颜色描绘出来。"（GD 285）劳拉欣赏印迪歌对种子的热爱，并相信她具有种植花园的天赋，而爱德华却讽刺地认为劳拉并不了解印第安人，在美国白人的文化中，印第安人并无任何天赋可言，实质上，不了解印第安人的是不能包容其他种族和文化的殖民者，而不是以劳拉为代表的意大利文化。劳拉甚至对海蒂说："多么好的孩子啊，他们真是太幸运了能收养她。"（GD 287）劳拉的人人平等之理念体现了她对印第安人和印第安文化的包容，通过劳拉及其花园，西尔科进一步强调了欧洲文化对其他文化的尊重，进一步反讽白人殖民者对异己文化的排斥，而文化的排外性也影响到生态系统的和谐。

劳拉的庄园中还摆放了许多古雕像，这些石质的雕像体现了古欧洲文明的灵石崇拜，古欧洲文明的自然崇拜精神认为这些石头雕像是有灵魂和生命的，不应被禁锢在密不透风的博物馆里，而是应该放在天然的环境中，与自然融为一体，才能够体现石雕像永恒的生命力和独特的魅力，正如劳拉所解释的："这些石像和陶器必须呼吸新鲜的空气和照射明媚的阳光，而不是被'埋葬'在博物馆中。"（GD 294）父权制文明体系下成长的爱德华却意识不到石雕像与自然的关系，他认为劳拉把这些珍贵的文物暴露在阳光雨水中，是"公然冒犯科学和学术"，（GD 293）他看到的不是石雕的灵性和生命，而是它作为文物的价值，完全暴露了资本主义者对利益和财富追逐的本性。爱德华对待石雕的态度也充分说明他将自然视为被改造和利用的对象，

是人类主宰的客体,是"他者",生态女性主义反驳的父权制和
工业文明对自然和女性的压迫在爱德华言行中体现得淋漓尽致。
爱德华还认为:

> 女主人解释当冬天的第一场暴风雪来临前,她是如何把
> 雕像用毯子包好放在室内木箱子的时候,爱德华沉了沉下
> 巴,不想暴露他的真实想法。这个女人和海蒂的老姨妈简直
> 是一丘之貉;这就是不可替代的科学资料落入错误人手中的
> 下场。这是个多么无知的女人啊!她似乎是把研究了第四个
> 或者第五个千年的艺术品扔在她的剑兰花园中。(*GD* 294)

爱德华的心理活动充分表露了他对女性地位的贬低和他对女
性的"主宰",他质疑女性的学术和研究能力,这是那个时代基
督教文明的反观,更是男权社会荒谬的思想残留,也是西尔科在
小说中试图去批驳的观点,生态女性主义者们亦针对男女两性不
平等的现象提出强烈反对。

(二) 再现前父权制欧洲文明:女神文明

海蒂夫妇和印迪歌在卢卡的庄园分别参观了绿色花园、黑色
花园和雨花园,每一座花园都有不同的主题及内涵,西尔科通过
不同的主题花园再现前父权制欧洲的女神文明,进一步把自然与
女性融为一体,并彰显女神文明与印第安"女神"文明的内在联
系和渊源。

绿色是生命力和活力的象征,在绿色花园中,满眼的绿色显
示着这座花园的自然生机和和谐生态,也传递了花园主人对自然
的挚爱之情。通过绿色的描写,西尔科也将生态二字的韵味应用
到极致,生态批评的源流中总是充满着绿色,比如生态批评最初

被称为"绿色研究",生态批评的方法又称绿色方法,生态文学被命名为绿色文学,具有生态意识的人被誉为绿色人士(如梭罗就被誉为美国的"绿色圣徒")等等,可见,生态与绿色的紧密关联,西尔科在小说中提到的"绿色花园"中也是一片绿色:

> 晨光穿过蓬状的树叶,印迪歌眼前是她从未想象过的那么多的绿色——绿色的河流,绿色的青苔,绿色的柳树,绿色的橡树叶,绿色的杜松,以及绿色的树荫。她在绿色树荫下旋转着身体,鹦鹉则兴奋地鸣叫着;她一圈圈地跳着舞,自从她与盐巴姐姐离别后还没有这么高兴过。(GD 287)

绿色是印第安古花园缺少的颜色,也是被殖民主义入侵抹杀的颜色,印迪歌看到绿色时的兴奋难以言表,是她对自然的热爱也是女性与自然一体化及和谐相处的表现。劳拉带海蒂等人参观绿色花园时,她解释了古欧洲器物上象征符号的含义:"波浪线象征雨;V形、Z形和波浪形象征流动的河流、蛇和水鸟群;河女神变形为蛇和水鸟;同心圆是女神洞察一切的眼睛;大三角代表三角形耻骨,是伟大女神的另一个标记。"(GD 291)花园中藏品上的象征符号突出体现了古欧洲的伟大女神崇拜和尊重自然的传统,这与印第安文化传统非常类似。

在黑色花园中,她们见到了劳拉自己培育的黑色花,"在下午阳光的照射下,这些黑色的花朵像黑色羽毛般发着光",(GD 295)黑色的杂交剑兰,黑色的玫瑰。黑色花使爱德华深感震撼:"看到成百甚至上千株挺拔的黑色花穗在阶梯状花圃中耸立,如同黑色骑士团队,爱德华停留了一会儿。"(GD 295)黑色在基督教教义中象征着黑夜和死亡,比如,圣经中描绘的地狱则是黑暗的,是上帝囚禁造反者的"完全黑色的监牢",是"希望永不造访的地方"。① 难怪爱德华感叹:"这座黑色花园太古怪了。"(GD 296)然而,在古欧洲"伟大女神"文明崇拜的时代,黑色是黑暗女神的色彩,它代表着女神神话中老年的女神,蕴含着再生之意,如劳拉的解释:"对于古代欧洲人来说,黑色代表生殖力和生育,是伟大母亲(Great Mother)的颜色。"(GD 296)学者吉布塔斯的研究也表明:"黑色,现在在基督教图像研究(iconography)中,通常与死亡和黑暗联系,而在古欧洲黑色是繁育力和土地的颜色。"② 他还进一步指出:"黑色并不意味着死亡和地下世界;它是代表肥沃的颜色,也是潮湿的洞穴和沃土的颜色,它代表着女神的子宫,那里是生命开始的地方。"③ 黑色代表"伟大女神"的暮年时光,此时生命将要归于土地,但却是生命循环中不可缺少的环节之一,循环的生命力还代表了旺盛的女性繁育能力。因此,几个世纪以来,基督教想象黑色代表死亡,排斥黑色和死亡,这纯属主观臆断。如果我们从地球和宇宙的大视角凝视生命,会发现死亡是生命链中必不可少的一环,否定死亡会阻碍生命的延续,接受黑色表明接纳生命的终结,接受生命的衰微、死亡和黑暗为生命的一部分。④ 前父权制欧洲文明将黑色视为生命的一部分,表现出他们对人类死亡的愉快接纳,生命的循环往复即是自然环形循环发展过程的一部分,这又与印第安传统中的环形循环时间不谋而合。印第安人否认美国白人文化中的线性时

---

① Milton, John, *The Complete Poetical Works of John Milton*, Ed. Douglas Bush, Boston: Houghton Mifflin Company, 1965, p. 214.

② Gimbutas, Marrija, *The Language of Goddesses*, New York: Harper Collins, 1991, p. 321.

③ Ibid., p. xix.

④ Ibid., p. 321.

间，而是强调时间的循环，如同自然的四季更替一般，时间也是按照环形结构发展。

劳拉的黑色花园中还陈列了诸多石雕像，这些石雕像展示了古欧洲黑暗女神崇拜的文明与历史。在古欧洲的女神崇拜中，女神常与一些动物联系在一起，并体现出这种动物的特性和力量，所以，在雕塑中女神常与动物一体化。古欧洲女神文明崇拜中，"蛇被视为伟大的女神"，[1] 因为"蛇由于每年蜕皮的功能而成为永恒、生命力和再生的象征符号"，[2] 如前文所述，印第安文化也有蛇崇拜的传统，蛇是他们的保护神，比如印第安古花园中的老蛇，守护着生命之源的泉水，在劳拉的黑色花园中，有一尊女神与蛇一体化的雕像，"蛇头母亲雕像有人类的胳膊，把蛇婴孩搂在与人一样的胸脯前，她的腿是两条蛇"。（*GD* 297）这尊哺乳中的蛇母雕像意味着对蛇和女性力量崇拜和对女性哺育能力的崇拜，也展现了古欧洲文明与印第安文明中对蛇崇拜的一致性，无形之中，西尔科批驳了早期基督教对女性和动物排斥的教义。在小说结尾，当印迪歌与盐巴姐姐重逢后，印迪歌仍然对古欧洲文明欣赏有加，她经常向姐姐描绘劳拉的黑色花园：

> （雕像）有一个巨大的女人的头，她的头发中有蛇，盐巴姊姊很感兴趣，但是她并不吃惊：芙莉姥姥一直说人可以和任何动物发生性关系，然后，偶尔就会生出这些奇特的生物。这种石像就是这种奇特后代的证明。（*GD* 455）

[1] Walker, Barbara G., *The Woman's Encyclopaedia of Myths and Secrets*, San Francisco: Harper & Row, 1983, p. 903.

[2] Cirlot, Juan Eduardo, Trans, Jack Sage, *A Dictonary of Symbols*, London: Routledge & Kegan Paul, 1978, p. 285.

　　印迪歌接着说："黑色的花敬奉始祖母亲（the first mothers）——她是半人、半鸟、半熊、半蛇的，她的各种塑像被小心地放置在黑色花园的小灵屋中。"（GD 455）盐巴姐姐此时想起了芙丽姥姥的故事，"芙莉姥姥总说世界上到处有蛇女孩和鸟妈妈，不仅仅在古花园中！"（GD 455）印迪歌的回忆将古欧洲文明和印第安文明实现了跨时空的对接。在劳拉的黑色花园中，除了哺乳的蛇头人身雕像外，还存放着怀抱熊宝宝的母熊雕像、水鸟女神雕像、鸟女神雕像等象征古欧洲文明的雕像。在古欧洲文明中，人们不仅思索着神秘的自然力量，还以多种形式崇拜某个或多个女神。黑色花园中陈列的这些雕像无一不展现了女性的繁殖能力和母性力量，虽然男性力量同样起着推动再生并激发生命的作用，但是女性力量弥漫于生命的全过程，包括生命的延续。印第安文明也信奉女性的伟大力量，他们文化传统中的创世者皆为女性，西尔科在一次访谈中就提到：古欧洲文化与古普韦布洛文化具有相似性："我对于德国和英伦的前基督教传统很感兴趣，重要的是在基督徒来到之前，那里的人民是什么样。因为，在某种意义上，有如此多的相似点。"[1] 在古欧洲女神文化中，还有很多鸟女神雕像的展示，就如同劳拉黑色花园中陈列的。大多数的鸟女神都是女性与水鸟（鸭子、鹅、苍鹭）的组合，水鸟是水陆两栖的鸟类，也能飞到天上去，而天空则是降雨的源头。于是，水鸟将水、陆、空的三维自然空间建立了某种联结。祭祀神灵的陶器一般是用水鸟女神的图案，黑色花园中的鸟女神和水鸟女神象征了古欧洲女神文明体系下，人与自然的和谐关系。通过黑色花园，西尔

---

　　[1]　Irmer, Thomas & Schmidt, Matthias, "An Interview with Leslie Marmon Silko", *Conversations with Leslie Marmon Silko*, Ed. Ellen L. Arnold, Jackson: University Press of Mississippi, 2000, p. 153.

科将印第安文明与古欧洲文明融为一体，实现了两种文化的互融，除了女神崇拜之外，劳拉亲手培育的黑色花也是文化互融的隐喻。恰如艾伦在《圣杯》中曾评价的文化的博大和包容："美国印第安人的神圣仪式行为与这个地球上其他神圣文化类似……包括地中海地区以及他们在西方，如布列塔尼，诺曼底，英格兰，威尔士，爱尔兰和苏格兰的子孙们的文化。"① 此外，随着生态危机的出现和生态主义思想的发展，人们开始重新审视人类文化，并开始思索社会持续发展的模式，试图探索当代生态危机出现的文化动因及人类生存的生态智慧。

在雨花园中，"入口处有两尊裸胸女神陶像，她们大腿部有两个大大的盆用于接雨水……劳拉讲述了古欧洲人将雨水比作滴落的乳汁"。（*GD* 301）雨水滋润大地，乳汁哺育婴儿，水和乳汁同样滋养着生命，古欧洲的女神与印第安的大地之母具备同样的功能，两种文明之间的联系进一步加强。进入雨花园后的第一尊雕像是裸露乳房的胖女人，她呈坐着的姿势，"腿和胳膊紧紧地蜷缩着"，（*GD* 301）然后映入眼帘的是一尊裸露男性生殖器的雕像。人体雕像是古欧洲文明最有力的象征，女性人体雕像代表复杂的母性力量，有的雕像会用夸张的人体，如胖体或者"胖女人"形象；有的雕像则突出女性生殖器官，如乳房和臀部。实际上古欧洲文明中一直有强调女性乳房的传统，女性乳房蕴含着哺育、再生和生命的维持等精神意义，尤其是有女性双侧乳房的雕像更象征着生命的力量成倍增加；有的女神雕像则刻画的是生育女神，这类雕像中女体的姿势是坐着或者半卧等分娩姿势，这些生育女神雕像雄辩地证实了女神作

① Allen, Paula Gunn, *The Sacred Hoop*: *Recovering the Feminine in American Indian Traditions*, Boston: Beacon Press, 1986, p. 5.

为生命给予者的最明显的功能。劳拉的雨花园中,分散陈列着上述各类女神雕像,如同展示古欧洲女神文明的博物馆,不仅表达了劳拉对古欧洲女神文明艺术魅力的折服,更突出强调了女神文明下对女性的崇拜。但在现代话语体系或男权社会中,女性裸体却常与性诱惑联系在一起,所以当爱德华看到这些裸露人体器官的雕像时,"爱德华开始感到很不舒服"。(GD 301)

美国生态思想家唐纳德·沃斯特认为:"我们今天所面临的全球性生态危机,起因不在生态系统自身,而在于我们的文化系统。要渡过这一危机,必须尽可能清楚地理解我们的文化对自然的影响。"① 所以西尔科在小说中以花园为载体对印第安文化、西方文化和古欧洲文化探源,呈现不同文化对自然的态度,这是解决生态危机的必要途径之一,也体现了西尔科生态女性主义思想的前瞻性和现代性。西尔科写作艺术的高明之处在于她通过写由女性培育的花园,将自然和女性置于崇高的地位,契合了生态女性主义强调的女性与自然同质的思想,也无疑是对基督教男权话语体系下男性主宰自然和女性传统的最沉重回击,也为现代社会中精神迷失的现代人和反叛父权压迫的女性主义者,找到了一个共同的文化归属地。此外,西尔科还通过不同功能的花园,彰显了她尊重自然和女性的生态智慧和生态意识。

第四节　《沙丘花园》中的女性主义与女性身份

西尔科的《沙丘花园》与她前几部作品不同,它不仅是一本

---

① Worster, Donald, *Nature's Economy: A History of Ecological Ideas* (2nd Edition), New York, NY, USA: Cambridge University Press, 1994, p. 356

关于历史、政治、文化和自然的书，更是一本关于女性主义的书，小说中的女性书写以印第安文化传统中的思想女和古欧洲的女神文明为基础，西尔科在小说中描绘的四个花园均为女性培育和管理的花园，每一个花园对应一个位于不同地理空间的女性形象，借以表达女性在文明传承、社会发展、生命延续、生态和谐等方面的重要的、神圣的地位。本小节将重点探讨西尔科《沙丘花园》中的女性主义及女性身份。

一　性灵（Spirits）与女性

在一次访谈中，西尔科告诉阿诺德在去欧洲推介《死者年鉴》时，她"有一种惊人的感觉，感觉古老的性灵也在欧洲"，①西尔科在《沙丘花园》中使用的语言和对四个不同功能花园的描述非常明确地表明她所说的"性灵"是女性，正是这种女性主义传统指引她完成了小说写作。朱迪斯·安泰尔（Judith Antell）解释说："莫马迪，韦尔奇和西尔科：通过疏离男性传统而表达了其女性主义……女性主义是他们（印第安人）融合的源泉……并且，通过女性主义……（他们）找到了宇宙之网中他们所处的位置"，②安泰尔的解释表明了女性主义写作传统是美国本土文学中的重要母题。

"性灵（Spirits）"一词源于拉丁文 antecedere，词源意义为"一种超自然的生命或存在"，③那么印第安文化传统中祖先性灵

① Arnold, Ellen L., Listening to the Spirits: An Interview with Leslie Marmon Silko, *Studies in American Indian Literatures*, 1998 (3), p. 166.

② Antell, Judith A., Momaday, Welch, and Silko: Experssing the Feminine Principle through Male Alienation, *American Indian Quarterly*, 12. 3 (Summer, 1988), p. 217.

③ Merriam-Webster, Inc., *Merriam-Webster's Collegiate Dictionary*, Springfield, MA: Merriam-Webster, 1996, p. 1134.

(Ancestor spirits) 则指部落祖先的灵魂。当西尔科谈起"祖先的性灵"时,指的是她的母系血缘,包括拉古纳、苏格兰和墨西哥血缘,有时她指称"祖先的性灵"为"古时候的人(Old time people)"或祖先,她在《黄女人和美丽心灵》(*Yellow Woman and a Beauty of the Spirit*,1997)一书中写道:

> 在祖先的观念中,我们都是兄弟姐妹,因为大地母亲
> (Mother Creator)创造了我们——所有肤色和体型的人。我
> 们是兄弟姐妹,我们周围所有的生灵都属于一个大家族。
> 植物,鸟类,鱼类,乌云,水源,甚至泥土——均与我们
> 相关。祖先们相信,万物有灵,甚至岩石和水都有灵魂和
> 生命。①

除了印第安拉古纳部落的祖先性灵外,西尔科提到"我也有德国的祖先。在那个国度里,我可以感受得到,与普通人不同,我的德国祖先性灵就在那里等我"。② 可见,《沙丘花园》是在她的印第安"祖先性灵"和欧洲"祖先性灵"共同指引下完成的故事。

在小说中,西尔科重复了儿时祖母和姨妈给她讲的故事。从某种意义上看,印迪歌就是西尔科儿时的化身,印迪歌与姥姥的关系以及姥姥的教导等都是西尔科曾经的经历。西尔科曾描写她小时候与祖母和曾祖母的亲密关系:"我与我的曾祖母度过了很

---

① Merriam-Webster, Inc., *Merriam-Webster's Collegiate Dictionary*, Springfield, MA: Merriam-Webster, 1996, p. 1134.

② Arnold, Ellen L., Listening to the Spirits: An Interview with Leslie Marmon Silko, *Studies in American Indian Literatures*, 1998 (3), p. 165.

长一段时光……我总是喜欢清晨，空气凉爽，有夹杂着雨水味道
的微风拂面……我帮助曾祖母给植物浇水。"① 当西尔科浇水的时
候，祖母便在旁边给她讲故事。在《沙丘花园》中，西尔科以
同样的语调和口吻描写芙丽姥姥对印迪歌和盐巴姐姐的教导。
"芙丽姥姥开始教女孩儿们要像她那样做：她们早上黎明前起
床，一直劳动到天气变热；然后她们就会在地洞的房子里休息
直至太阳即将落山"，（GD 45）芙丽姥姥教导她们在沙丘上生
存的所有技能。她也为孩子们讲述祖先性灵，讲述沙丘蜥蜴人
的传统，芙丽姥姥是印迪歌和盐巴姐姐生活的全部，恰如西尔
科与祖母的关系。

除了祖母之外，西尔科在小说中还陆续提到其他的祖先性
灵。如前文所述，小说开篇是印迪歌和盐巴姐姐奔跑于雨水中，
艾伦在她的研究中指出印第安文化中水与女性的联系："水与始
祖女（First woman）的关系很明显：在水中，她是快乐的，有力
量的，所以，她与水（始祖女）紧密相连"，② 当印迪歌到达英国
后，她一直感叹在英国看到的丰富水资源，在意大利巴斯的花
园，印迪歌"着迷那些能冒泡的沙子和泉眼里的水"，她对比了古
花园的泉水，"古花园的泉水来自砂岩峭壁的石头裂缝里"。（GD
256）在劳拉的卢卡花园中，西尔科再一次提到水与女性。劳拉的
花园"设计成可以在月光或者清凉的薄雾中或者秋季的雨水中被
看到"。（GD 301）玛加·吉姆布塔的研究将水与古欧洲的"伟大
女神"联系在一起，他认为"鸟女神和蛇女神随处可见……她们

---

① Silko, Leslie Marmon, *Yellow Woman and a Beauty of the Spirit*, *Essays on Native American Life Today*, New York: Touchstone, 1997, p. 62.

② Allen, Paula Gunn, *The Sacred Hoop*: *Recovering the Feminine in American Indian Traditions*, Boston: Beacon Press, 1986, p. 25.

掌管着生命的力量——水"。① 此外，在布朗尼的花园中，当印迪歌看到摆放的石头时，她注意到："岩石中雕刻的圆形和螺旋形"，(GD 265) 布朗尼把这些图形解释为："是圣母的眼睛"，(GD 265) 劳拉花园的石像则与"伟大"女神相关。

在《沙丘花园》中，西尔科详细描述了各个花园中种植的植物。在不同的国家和不同的地理位置，均有相同植物出现，比如在布朗尼的花园，印迪歌看到了向日葵，玉米等在印第安古花园中也有的作物。在布朗尼的巴斯花园，印迪歌第一次看到了杂交的植物品种，"她瞥了一眼明亮的颜色……红色的、橙色的、粉色的和紫色的花包含了不同的色彩，似乎在深绿色的叶子上发着光"，(GD 245) 布朗尼解释说这些植物来自非洲，但是根据鲍贝·瓦德的研究，这些花是英国南部以及地中海附近区域的品种，② 这更使混种花出现在劳拉的花园中具有合理性解释，也将布朗尼的花园与劳拉的花园紧紧连在一起。混种剑兰花与谷物女神（Ceres）相关，她是罗马神话中掌管谷物和丰收的女神，而印第安文化传统中，玉米女（Corn Woman）也是掌管万物生长的女神。

由上述内容可推断，从西尔科的祖母，到始祖女、伟大女神、谷物女神、玉米女和思想女，指引西尔科完成小说中的"祖先性灵"皆为女性，詹妮弗·班内特曾说："女性，就像自然的各个组成部分"，③ 通过西尔科的"祖先性灵"，女性与自然有机地构成了一个整体，生态女性主义代表人物苏珊·格里芬在其代

---

① Gimbutas, Marijs, *The Goddesses and Gods of Old Europe*: 6500 – 3500 *BC Myth and Cult Images*, Berkeley: University of California Press, 1982, p. 112.

② Ward, Bobby J., *A Contemplation Upon Flowers*: *Gardens Plants in Myth and Literature*, Portland, Oregon: Timber Press, 1999, p. 167.

③ Bennett, Jennifer, *Lilies of the Hearth*: *The Historical Relationship between Woman and Plants*, Canada: Camden House, 1991, p. 1.

表作《女性与自然》一书中用诗性的语言表达出女性与自然的亲和性：

> 他说，女人和自然交谈。她听到来自地下的声音。风在她耳边低吟，树木与她悄语。死者通过她的声音唱歌，婴儿的哭声与她近在咫尺。但对他来说，这次对话已经结束。他说他不是这个世界的一部分，他是被置入这个世界的陌生人。他使自己远离女性和自然。
>
> 所以是金发姑娘走进了三只熊的家，是小红帽与大灰狼交谈，是桃乐茜与狮子交朋友，是白雪公主与小鸡聊天，是灰姑娘把老鼠当同盟，还有半人半鱼的美人鱼，被鼹鼠追求的拇指姑娘。
>
> 我们是鸟蛋。……我们是女性和自然。然而他说他听不到我们的话。
>
> 但是我们能听见。①

格里芬的诗性语言理性地指出女性与自然的一体性。女性与自然在孕育生命、创造生命和延续生命等方面有着天然联系，女性与自然具备同样性质的"身体"，然而，正是由于两者被赋予的女性特质，在传统的二元对立价值观以及男权社会体制下，自然与女性都被主宰和被伤害，"西方文化在贬低自然与贬低女人之间存在着某种历史性的、象征性的和政治的关系"。② 正因为如

---

① Warren, Karen, J., *Ecofeminist Philosophy: A Western Perspective on What It Is and Why It Matters*, Maryland: Rowman & Littlefield Publishers, Inc., 2000, p. 29.

② [美] 查伦·斯普瑞特奈克:《生态女权主义建设性的重大贡献》，秦熹清译，《国外社会科学》1997 年第 6 期。

此,当人们认识到自然与女性的"从属"地位后,生态女性主义者便致力于反对压迫与解放女性和自然的努力中。西尔科作为一位美国本土文学的代表作家,她在《沙丘花园》中采取的写作策略之一就是让女性"祖先性灵"来发声,以此来彰显女性与自然的同质性和文化同源性,并表达自然与女性的反抗话语。1979 年,女性主义文学批评家桑德拉·吉尔伯特(Sandre Gilbert)和苏珊·格巴(Susan Gubar)共同出版了著作《阁楼里的疯女人——妇女作家和 19 世纪文学想象》(*The Madwoman in the Attic*:*the Woman Writer and the Nineteenth-century Literary Imagination*,1979),这本著作在女性主义文论史上具有划时代意义,在著作中她们首次提出了"作者身份焦虑"理论,分析了父权制文化传统对女性作家创作心理的负面影响,并言说了父权统治下女性作家的文本策略,西尔科的小说通过女性"祖先性灵"来书写女性主义便是言说父权制和殖民压迫及女性和自然反抗的文本策略之一。

二 女性主义与女性身份构建

作为一位着力描写美国印第安文化与身份的女作家,西尔科的作品以其深刻的思想境界、鲜明的生态主题和特色的印第安文化元素而跻身于美国文学经典作家之列。她自幼生活于拉古纳,无论是家族中的女性还是印第安文化传统中的女性对她的生活和写作都产生了极大影响,所以从生态女性主义批评视角对其小说中的女性书写进行重审,不难发现,西尔科一方面描述了追求物质财富的后工业化社会中,人与自然的疏离和人类对自然的生态破坏,另一方面也通过各类女性人物女性意识的觉醒和女性主体地位的构建表达了现代人为营造了一个人与自然和谐相处和解决女性危机的生态世界而做出的努力。

（一）印迪歌的女性主体身份构建

西尔科在《沙丘花园》中继续对印第安人对土地的依恋和对人与自然的亲密关系进行了不懈的探索。土地是自然的表征，在西尔科眼中，人和土地的关系是相互依存，而不是统治，征服和利用。源于自然与女性的同质性，男性与女性之间健康的生态关系也应该是两性互融，而不是主宰与被主宰，女性应该是敢于发出自己呐喊的独立主体，而不是臣服于男性的沉默"他者"。

小说中的印迪歌是西尔科塑造的一个重要女性形象，这个形象集中体现了西尔科生态女性主义思想和印第安文化情结。社会环境和家庭氛围对一个人的成长有巨大影响，西尔科写印迪歌出生于沙丘蜥蜴部落的古花园，父亲是未知的白人，"沙丘蜥蜴的母亲们生育沙丘蜥蜴子女，无论与任何男人，沙丘蜥蜴人子女的内在会变的具有沙丘蜥蜴人的（特征）"，（*GD* 202）妈妈和芙丽外婆将她抚养长大，这也是印第安部落的传统，"母系血缘关系是部落成员的血缘根基"。[①] 后来印迪歌跟随海蒂跨太平洋旅行，所以，女性角色对其女性意识觉醒和身份构建起到至关重要的作用。查尔斯·泰勒·伊万斯曾撰文指出：

> 母亲和女儿是土著子孙延续的桥梁；他们体现了过去的文化价值观，并保持了土著的个人和集体身份。他们所传递的知识对拯救危难中的（土著）社会是必要的，也通过提供（本民族）的文化支持而抵抗西方文化的入侵和腐蚀，有助

---

① Antell, Judith A., Momaday, Welch, and Silko: Expressing the Feminine Prinicple through Male Alienation, *American Indian Quarterly*, 12.3, 1998, p.215.

于保持他们真正的（土著）身份。①

纽约，英国，意大利，无论印迪歌的足迹距离古花园有多么遥远，也无论她离开盐巴姐姐有多久，她从来没有忘记自己的身份和根基在沙丘的古花园。小说中很多情节表明她拒绝接受诸多白人的习惯，比如，她总是把毛毯铺到地面上，按照印第安人的习惯舒服地在地板上睡觉，爱德华曾鄙视她的这个习惯，"孩子的任性和缺乏礼貌，完全是一个下人的举止，而不是一位女士的随从"。（GD 308）在长岛牡蛎湾，海蒂为她穿上白色的新衣，为她梳好整齐的辫子，然而，当她照镜子的时候，她似乎面对的是一个陌生人，并自嘲"沙丘蜥蜴部落的女孩失落在白人的世界里了"，（GD 159）她真的迷失在白人的世界吗？史蒂芬·李认为:"听了并听懂了芙丽姥姥和妈妈的故事，印迪歌知道她是谁，她属于哪里"，②印迪歌对古花园有深深的依恋之情，她深爱着那片土地及所有的生物，尽管相距千山万水，她却一直与家园的土地和亲人们进行着精神层面的交流。当姨妈布朗尼和教授劳拉对她热情接待的时候，她内心认为那种母性是姥姥和妈妈对她的思念。当在不同的花园观察到新的植物或者听到有趣的故事时，她会与盐巴姐姐进行跨时空的交流。比如，在去英国的航行中，印迪歌看到大海便思念起古花园，因为"大海是土地的妹妹……大海啊，请帮帮我吧，用你的海风把这条消息一起带给姐姐吧:我

① Evans, Charlene Taylor, "Mother-Daughter Relationships as Epistemological Structures: Leslie Marmon Silko's *Almanac of the Dead* and *Storyteller*", *Women of Color: Mother-Daughter Relationships in 20th Century Literature*, Ed. Elizabeth Brown-Guillory, Austin: U of Texas, 1996, pp. 172 – 173.

② Li, Stephnie, Domestic Resistance: Gardening, Mothing, and Storytelling in Leslie Marmon Silko's *Gardens in the Dunes*, *Studies in American Indian Literatures*, 21.1, Spring, 2009, p. 29.

回家的路途很远，但是我一直在途中。请不要担心"，（GD 224）
盐巴姐姐梦到"印迪歌在一个美丽的地方，到处都是大树、水和
青青的草地"，（GD 201）而芙丽姥姥也会出现在印迪歌的梦境
中，"印迪歌马上意识到芙丽姥姥来到了她的身边，还像以前那
样爱着她；死亡并不能改变爱"。（GD 176）这是亲人之间灵魂的
相通和精神的交流，也是她们对家园的思念，朱迪斯·安泰尔解
释说："女性原则是她们（印第安人）融合和联结的基础……通
过女性原则……她们找到了在宇宙下生命之网中的正确位置。"①
印迪歌的这种存在感根植于古花园，只有在古花园，只有生活在
那片属于她的生态和谐的土地上，她才会体会到身份的归属。与
海蒂一起的旅行，让她经历了不同的文化，也加强了她的基本信
仰，但没有改变她固有的身份，正如安盖丽卡所写：

> 作为海蒂（白人）世界的陌生人，年纪轻轻的姑娘（印
> 迪歌）仔细地观察变化着的环境，是批判性的，并且能发现
> 她所经历的美国的和欧洲的花园与芙丽姥姥讲述的她们自己
> 古花园的一些相似性。②

四个不同类型的花园之间的相似性便是女性与自然，这是西
尔科通过印迪歌的经历串联起来的花园之旅所具备的共同属性，
的确，印迪歌深深地惊讶于英国和意大利的花园与印第安的古花
园有如此多的相似，也让她意识到文化与文化之间、人与人之间

---

① Antell, Judith A., "Momaday, Welch, and Silko: Expressing the Feminine Prinicple through Male Alienation", *American Indian Quarterly*, 12.3, 1998, p.217.

② Kolodny, Annette, *The Land Before Her: Fantasy and Experience of the American Frontiers*, 1630 – 1860, Chapel Hill: University of North Carolina Press, 1984, p.241.

的界限正在缩小，这种感觉就是西尔科在访谈中提到的"我感觉我自己是地球的公民。抚养我长大的（印第安部落）亲人们把她们当做世界的公民。我们看不到任何界限"。① 女性身份和文化流动性使印迪歌能够与海蒂、姨妈布朗尼与劳拉交流对话。当姨妈布朗尼给她讲述约瑟王骑士的传说时，印迪歌也为她讲述了尼德斯的纳瓦霍族妇人所讲的印第安巨人的故事，"印迪歌告诉布朗尼当巨人逃脱了双胞胎兄弟的回击时，受伤的巨人的血变成了黑色的熔岩火山堆"。（*GD* 250）印迪歌与劳拉分享和交换欧洲文化与印第安文化中关于蛇的故事和弥赛亚的信仰。两位来自欧洲文化体系的女性对印迪歌非常友好，悉心教给她种植的技巧和建议，送给她各种植物的种子等，成为了印迪歌身份构建过程中的"母性"指引者。印迪歌信奉印第安传统，并不认为文化有优劣之分，人类有贵贱之别，所以，她的跨大洋旅行让她为古花园带回了新品种的植物，新文化的故事和新理解的宗教信仰。更需要强调的是，在这个过程中，她对人类之间的平等和联系有了更高层次的领悟。

　　历经不同文化的洗礼，印迪歌仍旧坚守自己的沙丘蜥蜴人身份。当她回到美国西南部与盐巴姐姐团聚后，印迪歌的举止行为发生了变化，应该理解为恢复了她潜意识中的印第安本性，"她（海蒂）从来没有看到印迪歌脸上露出如此快乐的表情。她几乎认不出这个咯咯笑着、说个不停的女孩"。（*GD* 409）印迪歌很快就摆脱了白人世界抑或是西方世界的物质影响，她为了换取食物和生活用品卖掉了海蒂为她专门定制的服装，当盐巴姐姐讨厌爱

① Irmer, Thomas & Schmidt, Matthias, "An Interview with Leslie Marmon Silko", *Conversations with Leslie Marmon Silko*, Ed. Ellen L. Arnold, Jackson: University Press of Mississippi, 2000, p. 161.

德华送她的兰花幼苗时，印迪歌也毫不犹豫地将它们抛出窗外，"如果姐姐不喜欢兰花，那印迪歌也不要它们了"，（GD 411）在回到古花园后，印迪歌依旧养着一直陪伴她的鹦鹉和猴子。

经历过跨洋旅行后的印迪歌实现了其精神的升华和道德的成长，所以，可以将印迪歌的花园之旅喻为身份认同之旅、个人成长之旅和回归家园之旅。对于美国印第安人而言，失去承载着全部记忆的土地以及生存环境的巨变必然导致精神上的情感创伤，从而引发个人身份认同的危机。西尔科让印迪歌重归古花园，在向盐巴姐姐讲述自己旅行见闻的同时，也抒发了对土地和家园的强烈情感，自然指引着她认识到了女性身份、了解了自己的文化所属，实现了与自然的忘我统一，这种人与自然万物平等和人与人平等的生态理念正是当代生态女性主义思潮所提倡的。印迪歌的身份、价值观和信仰仍旧恪守着其印第安性，也基于西尔科本人对印第安文化中生态思想的热爱和赞扬，她从部族的女性传统出发，让印迪歌回归家园，重构了印第安女性在部族文化恪守中的重要地位，坚持了"美洲印第安人都将他们的社会体系建立在仪式的、神灵居中的、女性为核心的世界观基础之上"，[1] 因为这种以女性为中心的文化"崇尚和平、和谐、合作、健康和广泛的繁荣，她们的思想和实践体系值得我们备受困扰而矛盾重重的现代社会深入探究"。[2] 此外，西尔科通过小说溯源了印第安文化及欧洲文化的历史，找到了多种文化实现共融的根源所在和历史性要求，在共同面对和解决生态

---

[1] Allen, Paula Gunn, "*Introduction*" in *The Sacred Hoop*: *Recovering the Feminine in American Indian Traditions*, Boston: Beacon Press, 1992, p. 2.

[2] Allen, Paula Gunn, *Grandmothers of the Light*: *A Medicine Woman's Sourcebook*, Boston: Beacon Press, 1991, p. 29.

危机的当下，她这种包容的态度更是与生态女性主义的思路达成了一致。

（二）海蒂的女性意识及主体身份构建

随着西方父权制的确立，"男性所承担的社会分工被认为是重要的，在文化上、道德上和经济上得到回报，相反，女性所承担的社会分工被认为是次要的、附属的"，[①] 这一观点已经根植于人类的思想意识中。作为美国本土作家，西尔科一方面接受了印第安文化中女性传统的熏陶，另一方面受到西方女权主义发展浪潮的浸润，对两性社会角色和性别差异有其独特认识，她在《典仪》中通过印第安女神形象，讴歌了女性的复原力量和创生能力，在《死者年鉴》中着力塑造印第安女性或者第三世界女性反抗殖民入侵与男性压迫，而在《沙丘花园》中除了延续写作传统，塑造印迪歌这一印第安女性形象外，更进一步刻画了海蒂这一白人女性形象，讲述了其精神成长历程以及女性主体的建构过程，将矛头直指父权制社会及文化，批判了传统社会观念中男性对女性的压迫和戕害，鼓励女性追求独立和自由，颠覆传统性别二元对立的社会结构，从而建立健康的社会生态结构及男女两性的和谐生态关系。

马尔科姆·沃特斯的研究认为："在家庭当中，年龄最大的男性家长，也就是最老的长者，是至高无上的。他的统治扩展到了生与死，无条件地加在他的孩子和家人身上，就像加在他的奴隶身上一样。"[②] 这是父权制家庭的显性特征，西尔科在小

---

① 鲍晓兰：《西方女性主义研究评介》，生活·读书·新知三联书店1995年版，第2页。

② ［澳］马尔科姆·沃特斯：《现代社会学理论》，杨善华、李康等译，华夏出版社2000年版，第268页。

说中有意颠覆这一父权制家庭的传统特点，但并没有实现完全性颠覆。海蒂的父亲阿伯特先生是哈佛大学毕业生，虽然生活在基督教父权制文明主宰的社会，他并没有显示出作为父亲对女儿过多的管束，他亲自教女儿读书写字，尽管他教导海蒂要"远离当今女性主义潮流的狭窄趣味——禁止女性喝酒及剥夺女性选举权"，（GD 93）但他却支持海蒂读学位并撰写关于早期基督教的论文，甚至帮助她联系老友借用私人图书馆，当海蒂的论文被答辩委员会否决时，仍旧是父亲的鼓励让她坚持将研究继续下去。然而，阿伯特先生对太太的态度却显现了他作为男性和丈夫的主宰与权威，在这个家庭中，阿伯特太太是传统的父权制文明传统下沉默顺从的女性，她最关注的事情是如何让女儿找到一位合适的丈夫，正如《傲慢与偏见》中的班内特夫人一样。阿伯特太太与海蒂的交流无非就是两个话题：婚姻和宗教，她想让"海蒂发展一般的兴趣爱好而不是整日读书，以便能找到一位好丈夫"，（GD 95）毕竟在当时的社会环境下"有几位绅士会寻一位研究异教的学者做妻子呢?"（GD 96）阿伯特太太对婚姻和宗教的态度充分说明在19世纪美国父权制文明下女性的地位以及婚姻价值观，她们要服从丈夫的决定，在这个以男性价值观为准绳的社会中，女性很自然地内化和接受了男性的价值观，她们是无言的"所属物"和"他者"，比如，阿伯特先生决定搬家到牡蛎湾，是他坚持让海蒂选择哈佛而不是就近去哥伦比亚大学。阿伯特太太认为婚姻以物质和社会地位为基础，海蒂似乎是一件婚姻市场上的待售商品。可见，受母亲的影响，海蒂对女性传统或女性主义接触颇少，正如史蒂芬·李所强调的："尽管在《沙丘花园》中印迪歌表面上是孤儿，海蒂则表现出孤儿的动摇和疑惑。不像印迪歌一样，她缺少一位给她讲故事和教她自然价值的母亲。"① 西尔科以印迪歌和海蒂为载体将印第安传统与父权制传统下的女性地位做了比对，目的在于凸显印第安传统文化中的女性主义，而对父权制传统下女性地位的低下示以同情，以此为基调，海蒂的女性主义意识觉醒则理所应当。路易斯·班内特认为："《沙丘花园》系统地展现了这样一个印第安女孩和一个白人女性，目的是体现基于女性社会角色的社会结构的优越性。"②

在认识女性主义的道路上，海蒂缺乏一位"母亲般"的引导人，但她所选择的论文研究内容却显示出她深层意识中对女性主义的渴望。在英国贝斯，她向崇拜异教文明的姨妈布朗尼讲述了她论文的观点：

玛丽·玛格达莱尼是一位信徒，耶稣将她与憎恨她的人视为平等的个体；……玛丽·玛格达莱尼写道她看到了耶稣复活的精神，而皮特却宣称他们看到了耶稣复活的肉体。为何要坚持复活的观点而忽略其他观点呢？她的答案如下，并引起了答辩委员会的反对：皮特和信徒们想将他们作为耶稣继承人的唯一领导权合法化。（*GD* 261）

海蒂把耶稣有女性门徒以及玛丽· 玛格达莱尼写了一部福音书而被宗教镇压等论断写入论文，她还把诺斯替教派中与女性主义相关的观点列举在论文中，以至于引起了答辩委员会的强烈不满，

① Li, Stephanie, Domestic Resistance：Gardening, Mothering, and Storytelling in Leslie Marmon Silko's Gardens in the Dunes, *Studies in American Indian Literatures*, 21.1, Spring, 2009, p.30.

② Barnett, Louise, Yellow Woman and Leslie Marmon Silko's Feminism, *Studies in American Indian Literatures*, 17.2, Summer, 2005, p.29.

因为答辩委员会中的成员均受到西方文明的教化，有根深蒂固的父权制思想和宗教观念，他们绝不允许异教观点出现在学术研究中，但通过论文研究和文献阅读，海蒂的思想却悄然变化，她开始质疑主流社会的文化和宗教，是她女性主义意识萌芽的标志。

海蒂后来结识丈夫爱德华，这是一桩令众人都满意的婚姻。爱德华是植物学家，爱德华家族在加州有一片广袤的柑橘园，他和妹妹苏珊共同继承了家族的地产，这片地产后来成为兄妹争夺的财富焦点，资本主义对物质的追求导致人与人之间关系的疏离可见一斑。爱德华名义上是位以科学研究为目的的植物学家，而实际上却参与西方资本主义国家的植物抢夺（botanical piracy）行径。当印第安女性和欧洲"女神文明复魅"影响下的女性在照料不同功能的花园时，主流社会的男性却为满足物质贪欲，在全世界收集稀有、濒临灭绝的植物品种，这是一条见不到血腥的生态掠夺之路。生态女性主义学者温达纳·史瓦（Vandana Shiva）认为传统观念下，"被动性是自然的特性，而女性也拒绝承认自然和生命的活力"。① 所以，男权社会中对女性的压迫进而会转嫁到其对自然的破坏和掠夺。

西尔科在《沙丘花园》中塑造的爱德华是典型的男权制社会中的男性。为了还债和使自己的经济状况好转，爱德华以研究植物为幌子参与盗窃珍稀兰花幼苗和柑橘树活动。他向妻子隐瞒实情，冒着生命危险为"洛维公司"（Lowe & Company）走私稀有植物，多次险些丧命。爱德华本人并不喜欢花草，倘若说花草在爱花的人眼中代表婀娜多姿的自然，那么在爱德华眼中，花草则

---

① Shiva, Vandana, "Development as a New Project of Western Patriarchy", *Reweaving the World: The Emergence of Ecofeminism*, Ed. Irene Diamond and Gloria Feman Orenstein, San Francisco, CA: Sierra Club Books, 1990, p. 191.

象征着花花绿绿的钞票。他为了追逐金钱和满足私欲,不惜潜入遥远的部落偷窃自然环境中生长的稀有植物品种。他只看到植物的市场价值和商业利益,而忽略了他的行径为自然带来物种不平衡或者物种灭绝等生态危机。在旅行途中,他总是收集当地植物标本,因为他认为原住民可能拥有尚没被白人发现的具有商业价值的植物。(GD 86)他利用在海外冒险活动中的便利还绘制当地地图,目的是为殖民者入侵提供详细的地理信息,有个团队循着他的线路,"收集以加勒比海地区的商业、工业和自然环境历史为主题的一百周年纪念展览所需的大量标本"。(GD 92)爱德华在一次探险中受伤,导致他婚后性冷淡而无法生育,爱德华的性冷淡有其基督教渊源。玛丽·路易斯·普拉特(Mary Louise Pratt)注意到"原始花园(primordial garden)中的亚当形象,即夏娃被创造前的亚当形象……促使自然学家到海外的欲望中包含一种选择……反对异性生活和女性",① 这是西尔科试图削弱男性对女性主宰的话语方式之一,也是反抗途径之一,无能的男性意味着他的生命无法通过繁育后代而延续下去,那么男性对女性的压迫或者殖民主义掠夺行为便无法继续。

海蒂夫妇与印迪歌的欧洲花园之旅让海蒂遇到了促进她女性主义觉醒的两位精神导师:姨妈布朗尼和教授劳拉。如前文所述,姨妈布朗尼是寡妇,丈夫去世后她选择独自留在远离家人的异国他乡,因为姐夫阿伯特先生曾试图帮助她重新安排丧夫后的生活。劳拉的丈夫由于在战争中吃了败仗而感到丢脸,便与劳拉离婚后逃避到中东重新娶妻开始新生活。当爱德华为了赚取更多

---

① Pratt, Mary Louise, *Imperial Eyes*: *Travel Writing and Transculturation*, London: Routledge, 1992, pp. 56 – 57.

财富，以妻子和印迪歌为掩护，在科西嘉因偷窃并走私香橼（Citrus medica）幼苗到美国，被海关逮捕时，"几秒钟之后，令海蒂震惊的是海关人员把爱德华带到另外一边；海蒂喊了他的名字，他立刻转过头来，在海关官员带走之前他们的目光交汇在一起。她无法忘记他眼中的表情，因为那意味着躲避……"（GD 321）可怜的海蒂一直在跟海关官员强调"她丈夫有美国农业部的特殊许可"，（GD 321）但当事实证明这些都是爱德华的谎言时，海蒂备受打击。

此时，姨妈布朗尼和劳拉的经历推进了海蒂的女性主义觉醒，海蒂下决心与爱德华离婚，而且意识到离开男性的生活并不是不可忍受，这意味着精神上的解脱和自由。爱德华对植物走私贸易的热衷，或本质上说他对物质财富无休止的追求导致他们婚姻最终破裂。小说结尾，爱德华受到盖茨博士（Dr. Gates）的欺骗，在开采陨铁矿时丧命。当盖茨博士和勘测人员在矿山周围探测后，"当他得知从测试坑道中取得的样品中证实拥有几近纯度的镉和白金，内杂有铱、钯和具有工业价值的白钻和黑钻时，爱德华几乎难以自制"，（GD 404）而讽刺的是这些陨铁被普韦布洛人视为婴儿，那是自然的圣物，所以罗约认为："西尔科描绘了……欧洲帝国主义和现代植物抢夺的微观历史。同时展现了商业造成神圣事物卑微化的恶果。"① 爱德华的行为亵渎了印第安的神灵，所以他自食恶果，被合伙人注入过量的药物而命丧沙漠。爱德华临终时，他并不因为与海蒂的关系破裂而懊悔，他最后的想法是"海蒂或者他们的离婚，与金银相比，都无足轻重"。

---

① Ryan, Terre, The Nineteenth-Century Garden: Imperialism, Subsistence, and Subversion in Leslie Marmon Silko's Gardens in the Dunes, *Studies in American Indian Literatures*, Vol. 19, No. 3, Fall 2007, p. 118.

（GD 426）西尔科再一次揭露了资本主义为了追求物质财富而不惜破坏自然生态和疏远亲情的冷漠嘴脸。"海蒂放声大哭，她为自己感到的巨大悲痛而震惊；她知道她的悲痛源于失去了印迪歌以及爱德华的离世。"（GD 427）

印迪歌是另外一个推动海蒂女性意识觉醒的重要人物。与印迪歌的接触激起了海蒂的母性力量，在此之前，她一直因为妈妈可怕的描述而恐惧生育，而"这个孩子生动的想象力让海蒂精神更好了"。（GD 125）正如安吉蕾卡·库勒所言："印迪歌的力量和幻想力支持着这个白人（海蒂）重新审视她之前的生活并且下定决心重新定位自己在现代西方社会中的位置"，① 印迪歌向她传输的印第安生态观以及对待自然万物的态度，使海蒂认识到美国白人文化的殖民和压迫本性，以及父权文化的弊端，库勒解释：

> 海蒂遇到印迪歌的（经历）并没有支持这个白人女性回归到美国社会结构的传统位置；相反的，（她与印迪歌的相遇）使她增长了生活经历，因为在美国文化体系下，她们两者皆找不到正确的角色和位置。②

与印迪歌以及她所代表的印第安文化接触得越多，海蒂越能感受到男权制社会中她所处地位的可悲。西尔科在小说中多次提到梦境，弗洛伊德曾解释"梦是潜意识愿望的满足"，③ 艾伦也曾

---

① Kohler, Angelika, Our Human Nature, Our Human Spirit, Wants no Boundaries: Leslie Marmon Silko's Gardens in the Dunes and the Concept of Global Fiction, *American Studies*, 2002, Vol. 47 (2), p. 241.

② Ibid., p. 239.

③ ［奥］西格蒙德·弗洛伊德：《精神分析引论》，高觉敷译，商务印书馆1996年版，第166页。

解释"在大多数印第安社会，这种幻觉（梦）是（人）所积极追求的东西并作为一种力量或指引带回给人们"。① 海蒂的梦境指引着她的女性主义进一步觉醒，也指引着她重塑男权社会中的女性身份。在海蒂的梦中：

> 她身处一个古老的教堂墓地，坐在教堂门口处一块平坦的石头上。她没有认出那个古老的教堂，也读不懂墓碑上的字迹，但是姨妈布朗尼跟她一起，敦促她从石头上滑下来，但是石头的角落挂住了她的衣服。在梦中，海蒂用力地拽自己的衣服……（ *GD* 163）

梦中的姨妈布朗尼正在指引海蒂走向觉醒，而海蒂也正苦苦挣扎于目前她所处的境遇。她试图摆脱令女性压抑的父权制文化，但尚未完全下定决心，也是西尔科的一种预设，此梦境出现的时候，海蒂在牡蛎湾，尚未见到姨妈布朗尼及她的花园，所以，这个梦便意味着姨妈布朗尼将成为她女性意识觉醒的指路人。在英国的贝斯花园，这个梦不可思议地变成了事实，在海蒂的一次梦游后，她发现"她躺的那块石头恰恰是在牡蛎湾梦中的那块石头"，（ *GD* 247）她亲眼看到"发白光的物体移动着穿过玉米叶"。（ *GD* 248）印第安文化中，玉米代表了女性力量，西尔科如此写海蒂所经历的，意味着海蒂被印第安的某种初始力量庇佑着直至实现她女性独立身份的转变。

海蒂后来烧毁了她关于早期基督教研究的论文，标志着她与基

---

① Allen, Paula Gunn, *The Scared Hoop*: *Recovering the Feminine in American Indian Traditions*, Boston: Beacon Press, 1986, p. 107.

督教宗教信仰的彻底诀别，她完全掩埋了过去的生活轨迹和身份记忆，包括婚姻、家庭、教育、事业等方面，也就是艾伦所说的："（海蒂）要远离西方人对不同的思想意识的偏见……这些意识根植于西方知识理论界已经很多个世纪了，以弗洛伊德和达尔文的理论为顶峰。"① 至此，海蒂的女性意识觉醒历程已初步完成。

　　西尔科在小说中描述了海蒂经历的四次被白人男性的伤害，也是海蒂对男权为中心的社会形态失望的根源，这四次经历促使她要挣脱被男性主宰和伤害的牢笼。爱德华的背叛以及透支了她所有的嫁妆是对海蒂莫大的伤害；海蒂被她信任的同学海斯娄坡先生（Mr. Hyslop）调戏以及盖茨博士的性骚扰让她对白人男性失望透顶；海蒂遭受的来自白人男性的最大侮辱是被她所雇用的马夫的袭击，他用木棍重击了她的头部，抢劫了她的财物，将她强奸并把裸露着身体、流着血的海蒂抛弃在乡村的路边，而尼德斯当地白人们的护短更让海蒂对西方男权文明中女性地位的低下备感绝望。如压倒骆驼的最后一根稻草，经历过袭击之后的海蒂女性意识彻底觉醒，她通过实施报复行为，向世人宣称了她新的女性身份，一个独立自由、崇尚和谐、热爱自然的新女性诞生了，她再也不是主流文化体制下的受害者，她放火焚烧了尼德斯的马厩以示反抗：

　　　　火焰发出柠檬色的黄光，让人想起了丢失的水鸟雕塑……畜栏前，她把受惊的马儿放跑了，并跟随着它们去了城市东边的一座小山上，在那里她看着——暮色时分的天空映着火

---

① Allen, Paula Gunn, *The Scared Hoop: Recovering the Feminine in American Indian Traditions*, Boston: Beacon Press, 1986, p. 68.

的颜色，她惊讶于这种美，也感到兴奋。当火焰蜿蜒而行，到达马厩楼上的房顶时，火的颜色很明亮——像血一般的红色，还有发着亮光的蓝色和白色，橙色的火光像密涅瓦①的宝石般闪亮……尼德斯城的一半都被烧毁了，尽管没有人受伤。（*GD* 473）

西尔科细致描绘了与"伟大女神"和"思想女神"相关联的火焰的颜色：黄色，蓝色，白色，水鸟，智慧女神，蛇等，她再一次巧妙地将海蒂与其女性意识之间架起了桥梁，这场大火意味着海蒂的女性意识已完全觉醒，她愤怒地对曾经伤害她的男权社会实施了报复，因为"女性可以隐忍，这是真的。她也会毁灭一切……她也会发动战争，实施咒语，改善关系和打破禁忌"。②

小说的结尾处，海蒂做出了离开美国到英国的贝斯花园与姨妈布朗尼一起居住的决定，此处的花园仍然是自然的象征，西尔科以细腻的笔触表达了女性在自然中释放自我，在自然中追求自由的理想，也探求了女性与自然的亲和关系。海蒂不愿再以孩子的身份回到父亲身边，也拒绝任何男性主宰她的未来，库勒认为："宣称她个人选择的权利，（海蒂）成长为一个精神的寻根者，她最终在欧洲的凯尔特废墟之上和罗马雕塑群像之中找到了她的家。"③ 学者史蒂芬·李对海蒂的选择持有悲观态

---

① Minerva：密涅瓦，指智慧女神，即希腊神话中的雅典娜。

② Allen, Paula Gunn, *The Scared Hoop: Recovering the Feminine in American Indian Traditions*, Boston: Beacon Press, 1986, p. 14.

③ Kohler, Angelika, Our Human Nature, our Human Spirit, Wants no Boundaries: Leslie Marmon Silko's Gardens in the Dunes and the Concept of Global Fiction, *Amerikastudien*, 47. 2 (Jan 2001), p. 241.

度,他认为:"尽管海蒂选择拒绝回到父母身边代表了与令她窒息的家庭文化名义上的背离,可她成为了一个无家,然后是无身份的女性。"①

其实,西尔科并无意将海蒂塑造成一个无归属地和无根感的女性,她在美国的家是她的精神枷锁,相反,她自己选择的最终归宿则是她向往的精神家园。美国女作家拉谢尔·布洛·杜普拉西斯曾经指出,20世纪的女作家们让她们笔下的女性主人公做出不同的选择,以"改变那种从19世纪以来,生活与文学传统赋予女性的除了婚姻便是死亡的结局"。②

西尔科也不例外,她让白人女性角色海蒂走出了一条与传统截然相反的道路,海蒂与姨妈布朗尼计划去拜访劳拉,海蒂也与定居古花园的印迪歌、盐巴姐姐,双胞胎姐妹保持通信联系,小说中所有的女性均摆脱了男性的主宰,回归到她们心之向往的花园。"美国本土文学最重要的主题不是冲突和毁灭,而是改变和延续",③《沙丘花园》中海蒂找到自然的归属意味着其女性主体身份的确立,而印迪歌回归古花园并培育出新的植物品种代表着女性传统的延续。

小　结

西尔科的《典仪》以思想女的创世诗开头,接着是一个匿

---

① Li, Stephanie, Domestic Resistance: Gardening, Mothering, and Storytelling in Leslie Marmon Silko's Gardens in the Dunes, *Studies in American Indian Literatures*, 21.1, Spring, 2009, p. 33.

② Duplessis, Rachel Blau, *Writing beyond the Ending: Narrative Strategies of Twentieth-century Women Writers*, Bloomington: University of Indiana Press, 1985, p. 57.

③ Allen, Paula Gunn, *The Scared Hoop: Recovering the Feminine in American Indian Traditions*, Boston: Beacon Press, 1986, p. 101.

名的男性人物叙述，他的负重存储着《典仪》这个大故事中所有的小故事，而这些故事正是人们战胜疾病和死亡的法宝。① 小说如同思想女编织的一个庞大的蜘蛛网，打破时间顺序，将不同的故事并置，讲述了一个故事中的故事。西尔科如此精妙地安排小说的开头，有学者认为："西尔科在小说开端写这首诗歌，表明她拒绝了个人对作品的独占权。在小说的开头，作者就把自己放在一个共同参与小说创作的集体语境中，这个故事是大家的。"② 这种故事结构也充分体现了西尔科的生态女性主义思想，即男性与女性的共同协作努力才能创造和保护生态和谐的世界。同时，西尔科通过两位女神兼母亲的女性人物，反抗西方以男权为中心的话语模式，彰显印第安社会传统的母系谱系关系和女神文化，突出女性在印第安社会和文化中的重要地位和部落的守护人形象，这是一套以女性为指导的精神价值体系，但西尔科丝毫没有表露出性别对立的倾向，而是将男性视为平等的性别角色，两性是平等的合作者，她的这种打破两性二元对立的性别观体现了美国本土女性作家广博的包容性。从生态女性主义批评视角来看，印第安部落以女性为中心维系的社会关系和谐稳定，可见在维护健康的社会生态关系中，女性的力量和作用极其强大，同时，要建设和谐的生态社会，必须打破男权中心主义中的性别对立观，实现两性平等对话和合作。

在《沙丘花园》中，西尔科巧妙地通过风格迥异的花园将自然、女性、文化、生态、殖民等要素编织在一起，既汇聚成一个

---

① Silko, Leslie Marmon, *Ceremony*, New York: Penguin Books, 1977, pp. 1 – 4.
② TuSmith, Bonnie, *All My Relatives*: *Community in Contemporary Ethni CAmerican Literature*, Ann Arbor: The University of Michigan Press, 1993, p. 122.

美丽的故事,又使之成为反抗的策略和女性意识觉醒的力量。小说中的花园象征着自然,具有温和的政治性,印第安沙丘蜥蜴部落的古花园被殖民者侵占,苏珊的维多利亚花园则体现了殖民者对自然和原住民的主宰和压迫,基督教为殖民者的扩张活动和生态破坏行为提供了教义支持。英国贝斯的多功能花园及意大利的景观花园则反映了古欧洲史前的"伟大女神"文明和凯尔特人信奉的德鲁伊教义,肯定了被基督教视为异教的文明对自然的呵护,对女性的崇拜和对生态的保护。通过欧洲古文化与美国印第安文化的跨时空对接,西尔科在多元文化生态智慧的基础上,形成了自己独特的生态女性主义思想,并进一步探讨了人类生态危机的文化根源。

小说中西尔科歌颂了"女性在自然与文化之间所占据的桥梁般的位置",[①] 她笔下的女性人物除了印迪歌的印第安身份外,白人海蒂在三位女性精神导师的指引下一步步走出对男权文化的精神依赖,实现了女性意识觉醒,建构了女性主义身份,姨妈布朗尼和劳拉皆是受过良好教育的白人知识女性,她们具备女性主体的进步意识,身体上自由,精神上独立,敢于冲破男权文化的束缚,西尔科让女性认识到男权文化樊篱下男女权力不平衡的本质,然后用身体建构主体身份,从而争取女性平等的生存权和话语权。西尔科曾宣称:"我的小说是写给全世界的,我关注德国人、关注欧洲人。我相信,普韦布洛人——我们美洲大陆上的印第安人,不仅仅是印第安人,有独立主权的民族和任命,我们同

---

① King, Ynestra, "The Ecology of Feminism and the Feminism of Ecology", *Healing the Wounds: The Promise of Ecofeminism*, Ed. Judith Plant, Philadelphia, PA: New Society Publishers, 1989, p. 22.

时也是世界的公民。"① 这是她在《沙丘花园》中努力彰显的生态女性主义思想中的融合观：自然与人类的融合，男性与女性的融合以及全世界文化的融合，她坚信通过融合，可以进而消除生态危机，构建全球化的生态社会。

---

① Arnold, Ellen L. , *Conversation with Leslie Marmon Silko*, Jackson: University Press of Mississippi, 2000, p. 165.

第三章

整体与和谐:西尔科作品中的
生态整体主义思想

　　根据我国著名学者王诺的定义,生态整体主义是"把生态系统的整体利益作为最高价值而不是把人类的利益作为最高价值,把是否有利于维持和保护生态系统的完整、和谐、稳定、平衡和持续存在作为衡量一切事物的根本尺度,作为评判人类生活方式、科技进步、经济增长和社会发展的终极标准"。[①] 生态整体,或者称之为生态共同体,包括生态系统中所有生物和资源,毋庸置疑,人类也是存在于这个范畴内的物种之一。然而,随着工业的发展和人类文明的进步,人类与动物之间的关系日益疏远,"人类中心论"把人类带入以自我为中心的窠臼,而忽略了其与整个生物圈相同的自然属性,"大自然在西方伦理学中就没有得到公平对待。越来越多的人相信,大自然(包括动物)没有任何权利,非人类存在物的存在是为了服务于人类,并不存在宽广的伦理共同体。因此,人与大自然之间的恰当关系是便利和实用。

---

　　①　王诺:《欧美生态文学》,北京大学出版社 2011 年版,第 10 页。

这里无须任何负疚意识，因为大自然的唯一价值是工具性和功利性"。① 这种思想的存在错误引导了现代人类的生态观念，并直接导致了生态危机的频发。

美国印第安人的生态理念与西方的工具理性思想形成明显关照。他们自古信奉万物是一个整体的生态观，他们传统的创世传说和宗教仪式中都蕴含着对自然万物的景仰，崇拜将神灵、万物和族人融为一体的圣环，信奉圣环所象征的和谐平衡统一是生活最完美的境界。这种古朴的生态智慧指导着他们世世代代的生活，也贯穿于他们的文学创作中。西尔科的作品《典仪》和《绿松石矿脉》从美国印第安人独特的生态理念出发，诠释了其生态整体主义思想。

《典仪》和《绿松石矿脉》如何体现生态整体主义思想？又如何彰显西尔科写作中生态地方主义与生态世界主义的联系？如何从生态视角理解西尔科这部文字优美风格清新的作品？同为诗意的栖居者，西尔科与梭罗的生态整体主义思想有何异同？本章将结合文本对上述问题进行阐释。

第一节　生态整体主义思想概览

美国著名生态思想家和生态文学家奥尔多·利奥波德（Aldo Leopold）在 20 世纪初期便呼吁和倡导生态整体思想，其生态整体思想构成了当代生态主义的核心理念和理论支撑。20 世纪初期，利奥波德将他的文章和演讲整理成书稿，取名《大地伦理》，

---

① ［美］罗德里克·弗雷泽·纳什：《大自然的权利：环境伦理学史》，杨通进译，青岛出版社 2005 年版，第 17 页。

他在书稿修改尚未完成时离世,他的儿子完成了父亲手稿的整理和修改工作,并于 1949 年出版,书名改为《沙乡年鉴》(*A Sand County Almanac*),这本著作集中体现了利奥波德的生态整体观。

利奥波德曾发出呼吁要注重大地的整体存在性,"我们从直觉的角度意识到大地是不可分割的(它的土壤、山脉、河流、森林、气候、植物以及动物都是一个整体)。这种直觉感可能比科学更真实,比哲学更易于表达。我们尊重大地,不仅是因为它的实用性,而且是因为它是活的生命存在体"。[①] 利奥波德强调人类应该尊重大地,因为大地有"某种程度的生命,对于这些生命我们应该尽可能本能的给予尊重",[②] 人类对大地的尊重并不是从实用性原则出发,而是大地为人类的生存和发展提供了物质及资源,它是人类生存的载体。

此外,利奥波德的生态整体主义思想还强调其目的是实现生态的可持续发展,并明确表明人类存在的重要社会责任之一是其生态责任:

> 如果人类具有一种与众不同的高贵出身,这种独特的宇宙价值观不同于其他所有生命并高于其他所有生命,那么这种高贵性又是通过什么迹象来表现呢?是通过一种尊重自身生命以及所有其他生命、有能力保存地球而不毁灭地球的社会来表现,还是通过类似于约翰·巴勒斯笔下的马铃薯甲虫社会来表现?那些薯虫不停地消灭马铃薯,最终也毁灭了自身。[③]

---

① Leopold, Aldo, Flader, Susan & J. & Callicott, Baird, *The River of The Mother of God and Other Essays*, Madison, Wis. : University of Wisconsin Press, 1991, p. 95.

② Leopold, Aldo, *A Sand County Almanac*, New York: Ballantine Books, 1966, p. 95.

③ Leopold, Aldo, Flader, Susan & J. & Callicott, Baird, *The River of The Mother of God and Other Essays*, Madison, Wis. : University of Wisconsin Press, 1991, p. 97.

　　利奥波德将肆意破坏环境的人类比作薯虫，如果人类破坏地球的行径持续下去，那么生态危机会日益加重，人类的命运便等同于薯虫的命运。与动物相比，人类更具有理性思维，因此，人类应该担负起生态责任。于是，利奥波德进一步明确了生态整体主义的评判标准，"有助于维持生命共同体的和谐、稳定和美丽的事就是正确的，否则就是错误的"。① 利奥波德用简约的语言道出了生态整体主义的判断标准，标志着人类开始从宏观层面认识到生态圈是一个整体的思想，并将此作为约束自己行为的准则。

　　作为生态整体主义的创始人，利奥波德用"生物区系金字塔"这一著名的术语来诠释人类与动植物之间密不可分的联系，他认为："植物从太阳那里吸收能量……生物区系也许能由许多生物层组成的金字塔来表示。"② 对于这个金字塔的结构，他认为"底层是土壤，植物层依赖于土壤层，昆虫层又依赖于植物层，鸟和噬齿类动物又依赖于昆虫层"，③ 而"人类只是这座复杂的、高高的金字塔中成千上万的增添物之一，整个'金字塔'就是一个存在物质和能量交换的整体"。④ 利奥波德从整体与部分联系的角度论证了人类在地球万物中的地位和等级，从而精辟地指涉出各类生物在生态圈中的生态位置，因此，生态整体利益为各类生物生存的根本利益。

　　上述可见，利奥波德的生态整体主义思想要求人类要注重与各类生物之间的关系，明确生态责任，并以生态整体主义的标准

---

① Leopold, Aldo, *A Sand County Almanac*, New York: Ballantine Books, 1966, p. 262.
② ［美］奥尔多·利奥波德：《沙乡年鉴》，侯文蕙译，商务印书馆 2016 年版，第 242 页。
③ Leopold, Aldo, *A Sand County Almanac*, New York: Ballantine Books, 1966, p. 252.
④ Ibid., p. 253.

作为行为准则,以生态整体利益为根本利益,而并非以人类自身利益为主。人类要改变传统的生态价值观和生态伦理观,呼吁人类与自然共创和谐、美好、稳定的生态共同体,从而保护"共同体功能的完整,或者说是健康"。①

美国土著人在长期的生活实践中一直信奉宇宙是一个相互联系的整体,人类的一切活动都与宇宙体系的运作相互作用,自然与人类的活动有着密不可分的联系,自然和人类生存在一个共同体之内,他们共担并共享自然的变迁。美国著名本土学者小瓦因·德洛里亚(Vine Deloria Jr.)被誉为 20 世纪最伟大的宗教思想家之一,曾在其著作《红色的神:一种土著宗教观》(*God Is Red*:*A Native View of Religion*,2003)中指出印第安宗教传统认为"宇宙万物都完好无损一起运作维持下去……人类和宇宙的其他部分相互协作、相互尊重,肩负伟大的神灵(the Great Spirit)所赋予的重任",② 印第安人的这种宗教信仰决定了在他们的意识中,人与宇宙万物之间的相互尊重和爱护是万物生存的前提,也是生态共同体存在的基础,德洛里亚继而认为印第安人的这种宗教信仰:

> 决定了部落中的族人必须和其他生物保持恰当的关系,在部落群体中展开自律,人类才能与其他生物和谐共处。他生活的世界是由一个存在的力量所控制,那是生命力量的展现,是宇宙万物的整个生命之流。人类一方面要知道自己在

---

① Leopold, Aldo, Flader, Susan & J. & Callicott, Baird, *The River of The Mother of God and Other Essays*, Madison, Wis.: University of Wisconsin Press, 1991, p. 310.

② Vine Deloria, *God Is Red*:*A Native View of Religion*, Golden: Fulcrum Publishing, 2003, pp. 80 – 81.

这个宇宙中占有重要的地位，另一方面也要低调地认识到自己的存在是依靠宇宙中的所有一切。①

印第安人的生态整体观与利奥波德的生态整体主义所强调的观点相一致。随着全球范围内生态危机的日益严重，人类仅仅反思西方文化为生态危机的文化根源并不足以解决当下的困扰，寻找除西方文化之外的文化范式去解决生态危机已成为时代的要求，美国印第安文化传统中倡导的人与自然和谐、与万物平等的生态整体观为解决生态危机提供了文化基础。正如美国当代著名学者彼得·温茨（Peter S. Wenz）在《现代环境伦理》中所言："保护环境的最佳途径是保护土著居民，学习他们的智慧与自给自足的生活方式，并且逐步形成他们那种对自然宗教般的敬意。"②

作为北美大陆最早的定居者，美国印第安人在艰苦的生存环境中，在与自然万物的和谐相处中形成了朴素的生态整体观，具体而言，印第安人的生态整体观主要包括以下三点：

第一，印第安人的生态整体观主张整体、平等及和谐。他们将自然万物视为平等的整体，在他们的生态思想中，生态系统是平等的、有机的、和谐的整体。他们认为：

> 鉴于万物必须一起共同生活，像一个人似的……我们印第安人的神圣的箍（The Sacred Hoop，也译作圣环），乃是许多箍之一，这些箍构成一个大圆圈，辽阔广大如日光和星

① Vine Deloria, *God Is Red: A Native View of Religion*, Golden: Fulcrum Publishing, 2003, p. 87.

② ［美］彼得·温茨：《环境正义论》，朱丹琼、宋玉波译，上海人民出版社 2007 年版，第 321 页。

光，而大圆圈的中央长着一棵巨大的开花的树，蔽荫着由一个母亲和一个父亲所生的全部子女。①

可推断，印第安人的生态整体观是"一种神圣的、生态的视角，它将核心价值放置在整个存在物的总体上，使人类同所有成分平等相依而非优越于任何一个，并且给予人类照顾这个世界的重要责任"，② 人类对自然的破坏必将损害自身的利益和存在，因此，印第安人的生态整体观强调人类是生态系统的主体，生物个体也是生态系统的主体，生态整体意识是人类可持续发展的重要前提。

第二，印第安人的生态整体观强调万物的内在联系性。印第安人认为生态系统内部万物具有严密的内在联系性，他们认为"世界是一个具有内在关联的动态系统，是事物间动态的、非线性的、永无止境的相互作用组成的复杂关系网络"。③ 人类与万物的动态关联性决定了人类不能以自我为中心，而应从内在联系的角度出发，从而维护生态系统的完整和健康，因为"大自然的各个不同部分就如同一个生物机体内部一样是如此紧密地相互依赖、如此严密地编织成一张唯一的存在之网，以致没有哪部分能够被单独抽出来而不改变其自有特征和整体特征"。④ 美国本土学者艾伦也指出"宇宙中所有存在物都必须相互连接后，每个个体的生命才能由此获得满足"。⑤

---

① ［美］约·奈哈特转述:《黑麋鹿如是说——苏族奥格拉拉部落一圣人的生平》，陶良谋译，上海译文出版社 1994 年版，第 37 页。

② Owens, Louis, *Other Destinies：Understanding the American Indian Novel*, Norman：University of Oklahoma Press, 1992, p. 29.

③ 余正荣:《生态世界观与现代科学的发展》，《科学技术与辩证法》1996 年第 6 期。

④ ［美］唐纳德·沃斯特:《自然的经济体系——生态思想史》，侯文蕙译，商务印书馆 2007 年版，第 370 页。

⑤ Allen, Paula Gunn, *The Sacred Hoop：Recovering the Feminine in American Indian Traditions*, Boston：Beacon Press, 1992, p. 56.

第三，印第安人的生态整体观主张其生态思想的传承性和教育性以及人类在生态共同体中该承担的生态责任。对于印第安人而言，生态整体观是历代祖先在实践中形成的生态智慧，他们努力通过多种方式将生态思想传承给后代。当印第安人世代传承的生态观与现代的生态批评理论形成观照时，他们的古老生态智慧对于当代人类理解生态危机的深层根源以及如何从意识形态层面改造人类与自然的相处方式具有重要的借鉴意义。

第二节　西尔科与《绿松石矿脉》

继三部长篇小说之后，2010 年西尔科推出新作《绿松石矿脉——一部回忆录》（*The Turquoise Ledge*：*A Memoir*，2010）。这是西尔科第一部也是唯一一部非虚构类作品，并再一次得到评论家和读者的广泛关注和高度赞扬。美国著名自然主义文学家特丽·坦皮斯特·威廉斯（Terry Tempest Williams）认为："西尔科用文字描绘了一幅地图，不仅让我们看到了这个世界，还带着对所有生物的俯首谦善追寻着它前行。环绕着土地和星空，《绿松石矿脉》不仅仅是一部回忆录。"[①] 美国本土诗人西蒙·欧迪斯（Simon J. Ortiz）称："绝妙的……从响尾蛇到她徒步行走的图森山脉到她家的故事再到星辰的传说，西尔科邀请我们进入她令人惊异的思想。"（*TL preface*）华盛顿邮报评论为："迷人的……西尔科写到很多事情，有对朋友和家人深情的描写，也有对历史、人性和宇宙尖锐的观察。"（*TL preface*）美国作家乔伊·威廉斯评论：

---

① Silko, Leslie Marmon, *The Turquoise Ledge*：*A Memoir*, New York：Penguin, 2010, preface. 中文为笔者自译，后文出自同一作品的引文，将随文在括号中标注该作品名称首字母缩写和引文出处页码，不作另注。

"……一部经典的沙漠作品。当人们对地球的破坏达到真正的凶残病态的深度时就是时代终结之时,西尔科与人类之外的令人耳目一新的世间万物进行的清新、活跃的倾心交流,就像沙漠中的雨水使人滋润。她通过她的狗的灵魂,她的蛇、鸟和星辰为我们祝福。这是一部非凡的作品。"(*TL preface*)正如所有评论所言,《绿松石矿脉》与前三部作品相比风格迥异,结构新颖,立意独特且直抒胸臆,是一部集土地、历史、家族史、自然于一体的作品。

在《绿松石矿脉》中,西尔科试图将多主题杂糅在一起,她引领读者穿梭于亚利桑那州的索诺兰沙漠中,行走于图森的山脉间,她将她生活了30年的地方以自然清新的风格展现给读者,同时,还将历史事件插入到回忆录中,再一次揭露历史上人类遭受的生态灾难和心灵创伤。西尔科曾经坦言:"在我写回忆录之前,我就决定要尽量避免不愉快、争吵和政治性。"(*TL 170*)她将全书分为五部分,第一部分是"祖先"(Ancestors),书中祖先的所指外延宽泛,不仅仅指西尔科家族中的血亲祖先,且还指涉生存环境中那些被人类忽略却与人类永相伴的"性灵"。印第安人信奉万物有灵说,性灵祖先与自然万物已经内化为他们精神世界的一部分。第二部分是"响尾蛇"(Rattlesnakes),西尔科再一次写到印第安文化传统中对蛇的崇拜,她认为"蛇"是去世祖先的信使,且她对蛇的各种照料和爱护让人动容。第三部分的主题是"星星人"(Star Being),印第安认为遥远的星辰并不是神秘不可测的物体,而是生活在另外一个世界的人对活着的人的关注,西尔科试图通过画笔与他们进行交流。第四部分是"绿松石"(Turquoise),绿松石是整部作品的中心,在西尔科的生活中也具有多重内涵,所以这部作品以绿松石命名。"绿松石并不是产生于地下的深层，如同很多稀有的矿物和宝石那样。当表层的矿物质经历气候变化并产生一定的化学反应后才会形成绿松石。水是绿松石形成的必要物质——难怪沙漠中的土著人将绿松石与水和雨联系在一起——它不仅仅是蓝色或者绿色——它还意味着水源的存在。"（*TL* 6）可见，绿松石对于土著而言还颇具象征意义，它时刻提醒人们土地、水源和环境的变化。最后一部分是"查普林阁下"（Lord Chapulin）。"查普林阁下"实际上是一只蝗虫，西尔科将它命名为阁下，因为他"也许是雨神"。（*TL* 278）他还可以与西尔科进行精神的沟通。

在这部回忆录中，西尔科以绿松石为象征，通过描述动物、昆虫和鸟类，如响尾蛇、马、老鼠、鹦鹉、马士提犬、蜜蜂、蚂蚁、蝗虫、蜂鸟等，伴随着云、雨、风、沙等气候，她将图森的地域景观描写和自己的所思所想集于文字跃然纸上。她借助万物将自然形成一个整体，传递着印第安人自古形成的生态价值观及生存智慧。她愤慨于人类仍旧在干旱的河谷中挖掘砂石而谋取利益，痛心于人类的短视行为并四处奔走投诉。她保护着身边的生物使它们免于饥寒或者侵害，她就像一位使者守候着这个地方：沙漠及附近的一切。她与地方和自然融为一体的生态智慧让她成为美国西南部的梭罗和西方的陶渊明，而《绿松石矿脉》则是撰写于沙漠之中的《沃尔登湖》和《桃花源记》。

她对待万物的态度蕴藏着她的生态整体主义思想，正是像西尔科这样的本土作家在文学作品中对印第安生态观的不断阐释和传承，才使印第安文化传统中的生态思想在生态危机频发的当下保持着强大的话语权和影响力。

一 《绿松石矿脉》对印第安生态整体观的阐释

诸多美国本土作家通过文学创作阐释了印第安文化中的生态

整体观，使之在现代社会的生态危机面前保持着强大的影响力，他们通过诗歌、散文、回忆录、小说等形式表达并传承印第安生态整体观。

作为一名具有混血血统的美国本土作家，西尔科继承了印第安普韦布洛讲故事的传统，"普韦布洛人将世界想象为一个不间断的故事，只要人和世界存在，故事就正在并继续发生下去"，[①]且正是通过讲故事"普韦布洛的人们记录并保持着他们的整个文化体系"。(TL 27)西尔科正是用讲故事的方式表达了印第安的世界观和生态观，也传递了她对文化、历史和人类与万物关系的理解，因为"一个被正确理解的故事就是一个生命体，因此是和其他的每一个生命体相关联的，有时直接而明显，有时又隐隐约约。"[②]西尔科与美国普利策文学奖获得者詹姆斯·赖特(James Wright)保持了长达两年的书信往来，他们探讨对生活的理解和对文学的领悟等，赖特去世后，他们往来的书信由赖特的妻子安妮·赖特整理出版为《蕾丝的精美与强度——莱斯利·马蒙·西尔科和詹姆斯·赖特书信集》(The Delicacy and Strength of Lace: Letters between Leslie Marmon Silko & James，1986)。在一封回信中，西尔科告诉赖特，"沙绘中那些小小的几何图形代表着山脉、星球、彩虹——在一个个彩绘中所有创世中的事物都由细沙勾勒了出来"。[③]她认为美国本土作家的写作目的之一是为了传播印第安创世故事及万物间的相互联系。正是基于印第安讲故事的传统，

---

① Turner, Frederick, *Spirit of Place: the Making of an American Literary Landscape*, Washington D. C.: Island Press, 1989, p. 329.

② Nelson, Robert M., *Leslie Marmon Silko's Ceremony: The Recovery of Tradition*, New York: Peter Lang Publishing, Inc., 2008, p. 22.

③ Silko, Leslie Marmon & Wright, James, *The Delicacy and Strength of Lace: Letters between Leslie Marmon Silkon and James Wright*, Ed. Wright, Anne, Saint Paul: Graywolf Press, 1986, p. 26.

西尔科在《绿松石矿脉》中通过讲故事的方式，从生态整体观的高度关注人类与自然。

西尔科在回忆录中借助绿松石传达着印第安文化传统中生态系统之间相互关联、相互依赖的生态理念。她在书中极尽详细地描写身边出现的各种动物以及对自己饲养的鸟儿、响尾蛇和马士提夫犬的关心和呵护。她认为"在我早年的岁月里，自然界的动植物在我意识中比人类占有更重要的位置……我更喜欢独处，或者与猫儿，狗儿或者马儿相伴，而不是人类"，（TL 22）她对动植物的特殊情感通过她的日常行为表现得淋漓尽致。出现在她家附近的响尾蛇是她的朋友，她为它们寻找栖身之所，尊重它们，甚至与蛇同居一室，而响尾蛇对西尔科也丝毫没有攻击性，因为"它知道我是蛇的朋友"，（TL 83）她认为蛇是已离世母亲的化身，当她看到两条蓝色响尾蛇时，"我立刻想起了我的母亲——那里是她现在所在之处——她的人形和能量改变了并与清晨蓝色的光亮结合在一起。两条蓝色响尾蛇引起了我的注意；它们是她给我传递的信息"。（TL 98）她还照顾飞往她家前院的蜜蜂，为它们准备好糖水，还细心地防止蜜蜂会淹死在盛有糖水的器皿中，"蜜蜂能理解友好。当我试图挽救溺水的蜜蜂时，它们从来不会蛰我"。（TL 115）在很多年里，蜜蜂都会按时飞回西尔科的前院。她还拒绝毒杀房子周围的老鼠，因为老鼠在部落干旱的时节曾经挽救了众多族人的生命。在徒步山区时，她停留下来观察蚂蚁，并赞扬蚂蚁的勤劳和伟大。她对蝗虫亦情有独钟，将蝗虫比作"查普林阁下"，为它画像，并进行精神的交流，"我知道'查普林阁下'的要求，因为它与某种思想的交流会传递到我的头脑中，关于他想要什么样画像的想法，他直接传递给我"。（TL 184）当碰到一只野生乌龟时，"我保持距离以示尊敬；对于野生动物来说，人类看上去丑陋、讨厌，躲避不及。我用轻柔的声音说话因为我不想惊吓到乌龟，我说："哦，你真美。"然后我慢慢地退出，给它让路"。（*TL* 277）她会为受伤的金刚鹦鹉找兽医疗伤，每天按时给蜂鸟喂食，除了动物、鸟类以外，她小心翼翼地对待周围的植物。

在西尔科的回忆录中，她尽力通过书写描绘着一个充满鸟语花香的世外田园和诗意栖居地。在这里，只要人类对动物示以友好，动物就不会攻击人类，鸟儿会按节气回到人类的家园。从她朴实的语言和细心的关注中，读者直观地感受和理解了土著人从远古的历史传统中继承的生态观，这是一种包含了大地上的一切事物的生态整体性思维，正如西尔科所言：

> 植物、鸟、鱼、云，甚至泥土——它们都与我们相连。老人们相信，所有的事物，甚至岩石和流水都有灵魂和生命，他们认为所有的事物都只愿保持不变……只要我们不打搅它们，所有创造出的事物就保持着相互和谐的状态。①

人类作为生态共同体中的一部分，并无主体优越性，而需要为整体性的生存承担相应的生态责任和义务，斯奈德曾评论："计划在相同的地方一起生活的人类将希望把非人类也包括在他们的共同体意识里。这个观点是新的，它说明我们的共同体并非结束在人类的领域；我们与一定的树、植物、鸟、动物一起组成一个共同体。"② 印第安人相信"宇宙间没有绝对的好或坏，只有

---

① Silko, Leslie Marmon, *Yellow Woman and a Beauty of the Spirit*：*Essays on Native American Life Today*，New York：Simon & Schuster Paperbacks，1996，p. 64.

② Snyder, Gary, *Turtle Island*，New York：New Direction Books，1974，p. 18.

平衡与和谐的消长",① 生态共同体的存在依靠"一切有抑或没有生命的事物间的和谐与合作",② 正是印第安人这种对生态整体观的推崇与认同,才决定了他们与万物保持和谐的个体生存方式。

西尔科在《绿松石矿脉》中构建了云、雨、星空与人类统一的和谐关系。云和雨是人类亡灵的化身,印第安传统认为人类死后变为云雨继续关注着世间的族人,他们化身云雨并以水的形式继续庇护着世间万物。水在人类生活中的重要性不言而喻,西尔科将回忆录命名为绿松石,实质上暗指的便是水,印第安人还相信星星生活在另一个世界却注视着人类的世界。回忆录中的星星人是"人神合一"的象征,西尔科可以跟星星人进行灵魂的交流,她借星人的口吻告诫人类破坏生态行为的可悲,"星星人认为人类追求新奇的行为是愚蠢的和可悲的,并威胁了人类的生存,因为新事物和更新事物的交替是没有止境的",(TL 137)这是对现代人该如何维护生态和谐并持续发展的告诫和启示。

当西尔科在《绿松石矿脉》中描写鸟类、植物、动物、云和雨之时,她不仅要展现一幅和谐美景,更重要的是传递人类负有维护生态共同体完整和谐的生态责任。

西尔科在描绘和谐美好画面的同时,也深深地担忧人类破坏生态的行为。她气愤于人类随意将垃圾丢弃在自然界的行为,并身体力行地捡起河谷中的垃圾,"当我步行时我会捡起我发现的垃圾:玻璃碎片,一块带'四个车轮'的挡泥胶皮,还有些裹着红色和黄色外皮的电线"。(TL 10)当她目睹人类为了追求经济利益而用机械大肆挖掘河谷中的沙石时,她奔走投诉并试图阻止

---

① Snyder, Gary, *Turtle Island*, New York: New Direction Books, 1974, p. 64.
② Ibid., p. 29.

人类进一步的破坏，因为在印第安人眼中：

> 巨大的河谷本身就是一个生态系统。动物和人类用河谷作为穿越陡峭不平的山丘和玄武岩山脊地带的道路，大的河谷可能会横贯私人领地，但是野生动物、行人和骑马的人有权穿过这些河谷；这里不允许修建栅栏、水坝和其他障碍，因为流水在河谷中汇集，沙漠中的野生动物被吸引到这里来饮水或捕获食物。挖掘的机器不仅挖走了砾石，还破坏了整个区域，让许多动物变得无家可归，饥饿而干渴。(TL 206)

印第安人将干涸的河谷视为生态共同体中重要的一环，而人类的挖掘势必会影响生态共同体中其他生物的生存和利益，所以他们无法容忍这种破坏生态和谐的行径。

西尔科在回忆录中将家庭、历史与自然进行了线性层叠叙述，将孕育于印第安传统中的生态整体观展现在世人面前，他们对一切生命的热爱，对云雨星辰的谦恭，对祖先性灵的尊崇，将印第安人朴实的生态智慧内化于精神世界且外化于日常生活。西尔科在回忆录中表达的生态整体思想不仅是印第安人的心灵指南，也为处于生态困境中的现代人类带来莫大的启迪。

二　地方与全球：西尔科的生态地方主义与生态世界主义观

在当今的生态批评发展之初，由于受美国环境主义的启发而体现出生态视野与实践上的地方性，而随着生态批评的发展和全球环境危机意识的增强，21 世纪的生态批评表现出向生态世界主义的重要转向。有不少学者甚至开始批判生态批评内部的地方性生态思维，然而，生态地方主义与生态世界主义并不是两个相悖的生态批评方向，从生态地方主义到生态世界主义的转向是历史发展的要求，其内部存在联结性和统一性，也是生态整体主义思想的发展延续。西尔科的《绿松石矿脉》较好地体现了两者的统一，事实上，西尔科笔下的"地方"不仅体现了其对人与自然和谐关系的具体探索，更承载着她立足多元文化的生态智慧中对人与自然关系的新型创造性思考，而全球意识也是西尔科试图通过作品来抒发和强调的。西尔科的《绿松石矿脉》如何体现生态地方主义？又是如何阐述生态世界主义思想的？她的"地方"与"全球"化生态思想对解决当今的生态危机有什么作用？这些正是本节要深入探讨的论题。

（一）西尔科作品中的"地方"

美国生态文学发展史上存在关注"地方主义"的写作传统，劳伦斯·布伊尔认为，美国生态文学中对地方的关注分为四次浪潮：

> 第一次是在19世纪早期全国统一之后；第二次是内战结束，全国重新统一之后；第三次是随着一战的爆发，在工业化催化了非裔美国人往北迁移并开始对南方农村进行现代化之后，由此也影响了所谓的哈莱姆文艺复兴和南方复兴运动；第四次是20世纪后期，大片扩散的郊区化的大都市地区或多或少地参与了对地区差异的抵抗，它们已成为整个国家的最普遍的居住选择。①

---

① Buell, Lawrence, *Writing for an Endangered World—Literature, Culture and Environment in the US and Beyond*, Cambridge: The Belknap Press of Harvard University Press, 2001, p. 58.

在这四次对"地方主义"关注的生态文学浪潮中，先后涌现了梭罗、马克·吐温、福克纳、温德尔·伯瑞等在小说和诗歌中关注生态、自然、环境和地方的文学家，他们在作品中通过写作揭示了资本主义工业发展对自然的破坏，对人类精神的异化及对民族的压迫等主题，从一定程度上可解读为关注地方性和彰显地方意识的生态文学文本。

美国本土文学文本中的重要主题之一即为探讨"地方""地方意识"及其生态性，美国印第安人的"地方意识"不仅根植于他们的文化传统中，而且还在当今人们重新考量人与自然的关系中体现着其传统生态价值，印第安文化中蕴藏的"地方意识"与他们的身份建构紧密地联系在一起。比如，当代著名的美国本土文学代表作家厄德里奇、莫马迪、韦尔奇等作家在他们的作品中均具有明显的地域色彩和生态关注。他们均以自己生活的印第安部落为文本背景，厄德里奇以写龟山带齐佩瓦部落的故事为主，莫马迪作品的主要背景为纳瓦霍和阿帕契部落，韦尔奇关注印第安黑脚族的故事。在他们的笔下，部落即为"地方"，他们通过对印第安口述传统和神话故事的发掘传承印第安人的生态生存方式，具有浓重的生态地方主义写作痕迹。生态地方主义的代表人物加里·斯奈德高度赞扬美国印第安人的"地方"感，他曾说他从印第安人那里学到的最好的知识为：

"本土"（nativeness）意识，属于地方的意识，这是最关键和必需的。你的皮肤是什么颜色并不重要，重要的是你与土地的关系是怎样的。有些人的行为表明他们要在一个地方迅速地挣钱，然后继续前往下一个地方。这是侵略者的思维。而有些人刚开始试图理解他们在哪里，以及在一个地方小心、聪明、精致地生活的意义，这样，你就能在那里充足、舒适地生活。而且，你的孩子、孙子以及未来一千年的后代将仍然能在那里生活。这样想就犹如你是一个本地人，按照整个生活和生命的结构来思考问题。或许，本土印第安人在加利福尼亚已生活了五万年。①

自 20 世纪 70 年代以来，生态地方主义（bioregionalism）② 是生态批评学者们关注的重点。生态地方主义是一场以"地方"为核心的政治运动和生态运动，它发端于美国的西部，以皮特·伯格（Peter Berg）、吉姆·道奇（Jim Dodge）、加里·斯奈德（Gary Snyder）为主要代表人物。生态地方主义运动与美国的环保运动交织在一起，是一场关注地点感、归属感和家园感的运动，美国著名生态批评研究学者斯洛维克教授认为生态地方主义指的是"生命的领地、生命之地，或者说生命的自治"，③"'生命的地方'（life-place）是一个独特的地区，由自然的分界（而不是政治的分界）来定义，拥有地理的、气候的、水文学的、生态的特点，能够支持独特的人类和非人类的生命共同体"，④ 因此，生态地方主义"鼓励当地社群了解他们居住的地

---

① Snyder, Gary, *The Real Work*: *Interviews & Talks*, 1964 - 1979, Ed. William Scott McLean, New York: New Direction Books, 1980, p. 86.

② 目前，国内学界对 bioregionalism 的翻译主要有以下几种：生态地域主义、生态地方主义、生物地方主义、生物区域主义或者生物地域主义等。本文采用生态地方主义的译法，主要基于两点思考，首先，前缀 bio 意思为生物的，生态，作为生态批评的研究方向之一，将其翻译为生态较为合理；其次，regional 意为地域的，地方的，故将 regionalism 译为地方主义符合翻译的忠实原则。

③ Andrussn, Van, *Home*! *A Bioregional Reader*, *Philadelphia*, Gabriola Island, B. C.: New Society Publishers, 1990, p. 231.

④ 宁梅：《加里·斯奈德的"地方"思想研究》，博士学位论文，南京大学，2010年，第 166 页。

方，依据他们掌握的地方知识来管理社群，合理而有效地利用当地的自然资源"，① 他们更加注重关注某个特定地方的自然、文化及生态:

> 通过把自然世界引入到更强烈的关注中，生态批评家们希望把自然的地方与人类文化的新型关系聚合起来。当进行地方写作的时候试图去建立一种对我们所居住的地方以及居住于其中的方式的留意和尊敬。对生态批评家而言，关注地方可以引导人们对它们的依恋，这种依恋不仅仅引起读者对它们重要性的认识，还能引导他们关爱和保护那些所描绘的地方。②

生态批评家们将"地方"提升到重要位置，并将特定地方的自然、生态和人类文化并置，尝试建立"地方"与人类文化的新型关系，这也是生态批评研究外延的深化和发展过程中的重要转向。

西尔科的文学创作尤其注重生态地方主义书写，她在《自然、历史和普韦布洛的想象》一书中认为:

> 作为地球母亲的儿女，古普韦布洛人知道，如果没有特定的自然环境，他们就不能定位自己的身份。位置或"地方"几乎在普韦布洛人的口头叙述里起着重要作用。事实

---

① 闫建华:《生物地方主义面面观——斯洛维克教授访谈录》，《外国文学》2014 年第 7 期。

② Rick, Van Noy, *Surveying the Interior*: *Literary Cartographers and the Sense of Place*, Reno: University of Nevada Press, 2003, p. xvi.

上，当置身故事发生的特殊地理环境或具体的地方时，人们最能回忆起这些故事。①

可见，"地方"在印第安文化传统中的重要地位。西尔科所有作品几乎都以拉古纳普韦布洛为背景，普韦布洛就是她笔下的"地方"，通过写普韦布洛的自然、传统和文化，读者对这个"地方"有了深层次的了解。不仅如此，西尔科通过"地方"书写体现了她的"地方意识"，"地方事实上是世界存在的基本方面……对于个人和团体来说，它们是安全和身份的来源"，② 如前文所述，西尔科在《绿松石矿脉》中提到人类用大型机械破坏干涸的河谷的行为，这是对"地方"生态的破坏，而这些破坏"地方"的行为严重影响了人类与地方万物的存在本质和生存空间。因为地方对人的生存起着重要的作用，所以西尔科在作品中呼吁这种行为应该停止，人类对地方的破坏势必引起人类与地方关系的疏离，进而会影响人的生存这一最根本问题。

西尔科的生态地方主义还强调生态共同体意识和生态所属感或称为存在感，即人与地方万物同属于地方生态圈的所属感与存在感。地理学家莱尔弗认为"某一些地方比其他的地方更真实，而且那种共同感、所属感和'地方意识'只能出现在那些人和地方的联系深深扎根的地方"。③ 在《绿松石矿脉》中，西尔科记录了她一有空闲就步行于亚利桑那州索诺兰沙漠和图森山脉之间，

---

① Dreese, Donelle Nicole, *Ecocriticism: Creating Self and Place in Environmental and American Indian Literature*, New York: Peter Lang, 2002, p. 8.

② Johnston, Ronald John, *Philosophy and Human Geography: An Introduction to Contemporary Approaches*, London: Edward Arnold, 1986, p. 88.

③ Atkinson, David, *Cultural Geography: A Critical Dictionary of Key Concepts*, New York: I. B. Tauris, 2005, p. 42.

她在那一片生活了 30 余年,她与这个"地方"有深深的联系,骑马穿行于山脉或者步行于河谷已经成为她生活中重要的一部分,也是她感知自然的重要方式,"真实的地方意识首先是你必须身入其中,属于你的地方,既作为个体,又作为一个共同体的成员,而且这种认识不需要细想",① 西尔科将自己作为个体和共同体成员充分融入她扎根的"地方"。她所描写的植物都是极易在干旱的地方存活的物种,干旱、少雨及高温等地方性气候也是她在作品中多次提到的,西尔科文学世界中的"地方"是万物的"地方",包括了人类与非人类的统一,即植物、动物和人类都是交互作用的生态共同体的组成部分,她进一步强调的人与"地方"万物平等和生态共同体意识,完全超越了狭隘的本土主义。西尔科的一部回忆录,可谓是一部"地方"的面面观,正如生态地方主义的拥护者美国生态诗人温德尔·伯瑞(Wendell Berry)所认为的,"没有对一个地方的综合了解,没有对一个地方的忠诚,那个地方独特的自然生态、自然景观就会被粗暴地改变,最终导致毁灭",② 正是基于对生活的地方的全面了解,西尔科对"地方"深厚的情感依恋体现了她所追求的和谐共生的美好生态境界。随着全球化进程的加快和工业的迅速发展,自然环境被严重破坏,人们对地方的归属感逐渐丧失,所以凯茜说:"没有地方的世界犹如没有身体的自我,无法想象。"③

　　西尔科在《绿松石矿脉》中表达的生态地方主义从客观角度

---

① Relph, E. C., *Place and Placelessness*, London: Pion Limited, 1986, p. 65.

② Buell, Lawrence, *The Future of Environmental Criticism: Environmental Crisis and Literary Imagination*, Maiden: Blackwell Publishing, 2005, p. 28.

③ Buell, Lawrence, *Writing for an Endangered World-Literature, Culture, and Environment in the U. S. and Beyond*, Cambridge: The Belknap Press of Harvard University Press, 2001, p. 23.

超越了人与地方相互依存的单一关系，而升华为对"生命的地方"的关注，即对"地方"中生活的一切生物体的关注，从某种程度而言，是与"非地方"或者"无地方感"相抗衡的一种地方意识的表现，也是应对全球生态危机的一种回应。

（二）西尔科作品中的"全球"

随着生态批评的发展，部分学者提出西方主流社会生态批评在视野和实践上过分注重"地方性"，而忽略了与全球化的连接性，如布伊尔曾反省自己：

> 我发现我自己的立场与那些认为自然写作为最具代表性的环境文学文类这样的视角太狭隘的看法一致。我也同意一个成熟的环境美学、伦理，或政治必须将都会与内地相互渗透，以及人类中心主义与生物中心主义两者间相交错列入考虑。[①]

布伊尔对自己著作的反省意味着从事生态批评研究的学者们开始意识到"地方性"的局限视野以及其与全球化背景的断裂，也就是说，生态批评如果继续将视野限制于"地方性"或者"地方意识"中，则其发展将很难适应全球化和国际化的要求。

学者们意识到生态批评发展的局限后，21世纪西方生态批评研究中就出现了将生态批评理论与环境正义、后殖民主义理论相结合的趋势，生态批评家们试图打破地域、国家和种族等限制，架构一种全球化的生态批评理论，比如本书第二章重点探讨的后殖民生态主义理论则为生态批评与后殖民理论跨界结合的典范。

---

① Buell, Lawrence, *The Environmental Imagination*: *Thoreau*, *Nature Writing*, *and the Formation of American Culture*, Cambridge, MA: Belknap/Harvard University Press, 1995, pp. 22 –23.

美国著名生态学家斯洛维克（Scott Slovic）将生态批评向全球化或者世界化的发展称为生态批评发展浪潮中的第三次转向，他认为："第三波的生态批评主义已俨然被接受成为一个新的批评写作形式。其范式超越了国家、种族的界限，并将不同人类文化将之比较，……生态批评学者采用跨文化的方法来探索全球与地方之间的冲突。"① 此外，生态批评发展的第三波浪潮还具有以下特征，"即在承认种族、国家的特殊性之下，也同时超越种族、国家之界限，此第三波浪潮从生态批评的角度探讨了人类生活的方方面面"。②

在此背景之下，生态批评学者们将开始关注或者把视野过渡到后现代全球多元文化，异质文化认同等方面，将焦点再次投向"世界主义"（cosmopolitanism）。也有部分学者开始想象或构架一个以全球性为基点的生态批评理论，他们：

鼓吹"全球市民社会"（Global civil society）、"全球公民权和身份"（Global citizenship）。印度的生态女性学者与行动家席娃提出"地球民主"（earth democracy）。最广为人知的还有贝克（Ulrick Beck）的"大都会宣言"和"世界主义化"（cosmopolitization）、海顿（Patrick Hayden）的"世界环境公民"、海瑟（Patrick Hayden）的"生态世界主义，……最后顺道一提的还有帕拉特（Mary Pratt）的宇宙想象，在她的《行星渴望》（*Planetary Longings*）一文里，她将人类与地球置于

---

① Slovic, Scott, "The Third Wave of Ecocriticism: North American Reflections on the Current Phase of the Discipline", *European Journal of Literature, Culture and Environment*, Vol. 1, No 1, 2010, p. 7.

② Adamson, Joni & Slovic, Scott, Guest Editors' Introduction: The Shoulders We Stand on: An Introduction to Ethnicity and Ecocriticism, *MELUS*, Vol. 34 (2), 2009, pp. 6 –7.

宇宙星球体系内来点出人在浩瀚宇宙中的渺茫，进而质问人文主义的合法性。①

上述生态学者们的研究均以全球化为历史背景，他们将生态批评理论视为全球想象，即把全球作为生态批评研究新浪潮的宏观视野，使生态批评走向了全球化和国际化，以适应生态危机全球蔓延的当代背景。

在众多生态批评的研究学者中，乌苏拉·海瑟（Ursula K. Heise）教授有创建性地提出了全球化视野下"生态世界主义"（eco-cosmopolitanism）的观点，她于 2008 年发表的著作《地方感与星球感：全球环境想象》(*Sense of Place of Planet: The Environmental Imagination of the Global*, 2008）详尽阐述了生态世界主义。她认为，"一个具有生态取向的思潮仍需与现今的全球化理论协商：也就是说，地球的社会与社会间日渐连接在一起，此连接包括了一些新的文化模式，而这些新的模式不再固定胶着在地方上。这样的一个新的过程，许多理论家如今已将之称为'去地域化'（deterritori-alization）"，② 海瑟的生态世界主义在考虑到地方的同时，又兼顾了全球。

当生态世界主义理论和"去地域化"被提出以后，在学界引发了一场争论，两者的立场和观点是相冲突还是相嵌入？学者们众说纷纭，各执一词。部分学者认为应该完全摒弃生态批评研究中的"地方性"，因为随着生态危机的全球化，"地方性"已经不再与时

---

① 张嘉如：《当代美国生态批评论述里的全球化转向——海瑟的生态世界主义论述》，《鄱阳湖学刊》2013 年第 2 期。

② Herise, Ursula, *Sense of Place and Sense of Planet: The Environmental Imagination of the Global*, New York: NY: Oxford UP, 2008, p. 10.

代背景吻合,亦有部分学者提出应该坚持"地方性",因为全球是由地方构成的,"地方性"是时代背景下不可忽略的要素。笔者认为,"地方性"与生态世界主义并不冲突,在全球化背景下,多重"地方性"或者跨文化的"地方性"可以与生态世界主义结合起来,"世界"就是一个更大的"地方",只有这两种思维的结合,增加全球意识,才能更好地解决全球面临的生态问题。

　　作为美国本土文学中具有生态意识的代表作家,西尔科深受生态批评发展浪潮的影响,她对"地方性"和全球化意识建构的成功之处在于,她不仅关注了"地方性",并注重"地方性"与全球化的有机联系。西尔科的小说《典仪》以弘扬"地方性"生态观为主题,《死者年鉴》中则打破单纯的"地方性"写作,实现了跨文化、跨种族和跨地域的结合,将写作视野和写作主题构架于全球意识的范畴中,表达了渴望实现全人类统一以抵制殖民统治和生态危机的愿景,即生态世界主义的视角。而在《沙丘花园》中,她更是以宏大的视野,追溯欧洲古老文化范式,打破欧洲古文化、西方文化与印第安文化的樊篱,实现了跨文化的沟通和融合,将各民族文化中的生态思想呈现在全球意识之中。

　　《绿松石矿脉》是一部回忆录,国内对这部作品的研究较少,在这部回忆录中,西尔科延续了"地方性"的写作主题,但也清晰地传递了生态世界主义的思想。她将家园之美视为世界之美的构成部分,在叙述图森以及河谷中的各类生物和谐共存的同时,她关心所有的生命及生态状况,批判一切破坏地方生态共同体的行径,实现"本土"和"全球"的相互融合,所以在回忆录的结尾,她写道:"维纳斯是黑夜里的太阳,每天晚上都变得更大更明亮。"(TL 319)维纳斯在她笔下化为一轮夜间的太阳,普照全人类。西尔科在写作中还关注"地方"与"全球"的对话,她认为"地方"并不排斥"全球",因为"全球地思考和本土的思考将并肩而行;本土行为就是全球的行为"。①

此外,西尔科通过写作注重从道德层面宣扬生态思想并培养人们关爱环境的意识,她还努力从审美层面陶冶人们对于所居住的特定"地方"的诗意情怀。西尔科倡导人们要在"地方"与其他生命共同体实现诗意地栖居并将这种生态情怀推广至全人类,从而实现全球生命共同体的主体价值,就像布伊尔所言:"在21世纪,只有当'地方'与'行星'的关系被人们理解为相互依赖的时候,'地方'才会变得真正有意义。"② 布伊尔此处的"行星"意为全球,他试图揭示的是"地方"与"全球"的关系。

通过《绿松石矿脉》可以归纳出西尔科在"地方"和"全球"生态意识方面的主要贡献:

第一,她倡导人类在思想和精神方面,要全面理解全球视野下的"生命地方"的真正内涵。"生命地方"不仅仅是生活的地方,更重要的是人类共同的家园,人类对其要有爱护意识和生态责任。

第二,西尔科对印第安人地方文化的呈现有效解决了自然与文化之间的关系。地方文化与自然密不可分。人类生活在一个地方,就是地方的一部分,应该传播地方文化,秉承地方的文化精髓。西尔科将印第安文化的生态智慧与地方性完美结合,寻求可持续发展的可行性,并将这种生态文化精神通过文字传

① Tucker, Mary Evelyn & Williams, Duncan Ryuken (eds), *Buddhism and Ecology: The Interconnection of Dharma and Deeds*, Cambridge, Mass.: Harvard University Center for the Study of World Religions: Distributed by Harvard University Press, 1997, p. 193.

② Buell, Lawrence, *Writing for an Endangered World-Literature, Culture, and Environment in the U. S. and Beyond*, Cambridge: The Belknap Press of Harvard University Press, 2001, p. 77.

承给后代。

第三，关注人类与非人类共同组成的生命共同体的集体命运，完全摈弃以人类为中心的思想，以地位至上原则对待非人类生命共同体，人类共同体与非人类共同体皆为生态圈的重要组成部分，具有地球上合理的生命权和存在权。

第四，将生态地方主义与生态世界主义理念完美结合。其地方意识的全球化或者行星意识化建构要求人们确立家园意识，"生命的地方"与全球都是人类赖以生存的美好家园，她主张人类不能割裂自己所属的地方以及所属的地球之间的连接网，人类应关爱地球上所有的生命，并关注全球生态保护，这或许可以成为解决全球生态危机的有效途径。

第三节　《典仪》中的生态整体主义思想

西尔科在《典仪》中展现了自然生态、精神生态和社会生态的整体统一，水和女性是其外在表征形式。本节将首先讨论小说中"水"意象作为自然构成要素之一，如何一步步指引主人公走向救赎之路，以及"水"在表现人类精神生态方面的作用，从而体现印第安人的生态整体观和朴素生态观。本节继而说明"女性"在引领主人公重获印第安身份及建立和谐社会生态方面的重要作用。在西尔科的《典仪》中，她如何呈现"水"意象并把"水"作为精神生态的表征？小说中"女性"群像如何体现西尔科创作的社会生态内涵？《典仪》又如何通过自然生态、精神生态和社会生态体现作者的生态整体主义思想？本节将结合对西尔科《典仪》的文本分析，探究上述问题。

一 《典仪》中的"水"及其生态内涵

水乃生命之源，是万物赖以生存的根基，在浩如烟海的美国文学作品中，水是重要的意象之一。在文学文本中，作者们以水为载体去刻画人物并推动故事情节的发展，同时，水也被赋予复杂的文学象征意义，它可以成为传递欲望、生命、恐惧、悲伤、家园和快乐的载体。西尔科在出版的图片散文集《圣水》中强调："旧时代的普韦布洛人相信泉水和湖水拥有巨大的力量。"①

基督教创世故事认为世界的初始样态是无形的土地，只有空无和黑暗，上帝创造了世界，而印第安创世神话则强调水是构成世界的初始元素，这两种创世神话无法兼容。基于历史原因和社会原因，印第安人始终信奉水是世界和生命的起源，因此，当代美国本土作家在作品中尤其关注水、水坝和水权。印第安传统文化认为"水是神圣之物"，② 故无论是在历史上还是在当代，印第安人将水奉为至高无上的地位。例如，美国本土作家琳达·霍根（Linda Hogan）在《太阳风暴》（*Solar Storm*，1997）中描写印第安人为保护水权并抵制一个水电工程，组成跨部落和跨种族联盟，最终建立了与水的精神纽带；托马斯·金恩（Thomas King）的《青草，流水》（*Green Grass，Running Water*，1993）中水坝的建立威胁了部落的生存和宗教，于是印第安传说中的神话人物和现实中的部落人物一致努力并通过破坏幻想的方式摧毁了水坝。

印第安传统文化强调水是生命的源头，也是母亲（生命起

---

① Silko, Leslie Marmon, *Scared Water*: *Narratives and Pictures*, Tucon: Flood Plains, 1993, p. 20.

② Thorson, John E., Sarah Britton & Bonnie G. Colby, *Tribal Water Rights Essays in Contemporary Law*, *Policy and Economics*, Tucson: The University of Arizona Press, 2006, p. 61.

源）的象征，它不仅能养育生命，也充满灵性。印第安文化强调
人与自然世界的相互联系，水则是自然世界重要的组成部分，这
种对水的态度反映了印第安文化中的生态整体观。生态整体观注
重整体与部分之间的相互联系和相互作用，水作为自然的一部
分，具有无穷的内在力量。同时，在印第安文化中，对自然的征
服和占有是丧失信仰的表现，人只是造物主创造的一部分，与自
然同等级存在，故不能凌驾于自然万物之上。印第安人的这种生
态整体观和朴素生态观在以下原住民签署的一份宣言中可以得到
证明：

> 人生存所依赖的土地和水是人存在的根本物质文化和精
神基础。我们与大地母亲的关系要求我们为我们的现在和未
来的一代代人保护我们的淡水和海洋。我们肯定我们作为保
护者具有维护水的存续和纯洁的权力和责任。我们团结一
致，运用我们文化的知识，遵从传统法则，履行我们的自决
权，保护水，保护生命。①

上述宣言表明，美国原住民了解他们赖以生存的土地和水，
他们这种生态观有利于保持生态系统的平衡。作为美国本土作
家，西尔科尊重水和土地，并相信其神奇作用。

水是印第安文化的重要组成部分，也是印第安人生态观的主
要表现元素，更是浸润《典仪》不可或缺的要素。小说开头借鉴
了现代主义作家，尤其是福克纳的写作技巧，以意识流的手法表

---

① Tom Goldtooth, "The Indigenous Declaration on Water", *Third World Water Forum*, Kyoto, Japa. Mar., 2003, Sept, 23 2009, June 12 2013 (http://www.Indigenouswater.org/Indigenous Declaration Water.html).

现塔尤混乱的精神状态，她的小说不断地变换故事背景和叙事时间，将塔尤的故事与印第安故事穿插交织，极大程度地将印第安"讲故事"的传统发挥到极致，而其中的轴线恒定不变，那就是以水为中心的意象。小说的第一段第一句写道："他想起了那场噩梦，是关于黑暗的夜晚和轰隆的声音，让他辗转反侧，如同洪水中的碎片一般。"（C 5）当塔尤的思绪移至丛林时，"令人窒息的声音随着丛林水流在消失"，（C 6）当他的思绪再次回到现实中时，"所有的声音都淹没在音乐声中"。（C 6）小说开篇便频繁使用水意象的堆砌：潮湿、洪水、淹没、汗水、雨水、可见，水在《典仪》的人物塑造、故事情节发展和主题呈现等方面的重要意义，小说中具有神性的水也兼具毁灭和创生双重力量，即象征精神生态失衡和精神生态平衡的力量。一方面，水具有创生性，能在流动中化腐朽为生机，孕育各种生命；另一方面，水具有毁灭性，水的流动变化性代表一种"由于被工业化西方忽视而处于危险边缘的具有毁灭潜能的力量"。①

在生态灾难面前，除了要关注自然生态以外，精神生态也应被充分了解。生态批评不应该只停留在狭义的自然生态层面，社会生态和精神生态也是生态批评必须重视的维度。精神生态批评（Spiritual Ecocriticism）是精神生态研究的一部分，《世界环境史百科全书中》对精神生态（Spiritual Ecology）的解释为：

"精神生态"指两种文化现象，一种出现于二十和二十一世纪，一种则相对古老。这种新现象是新理论并且发源

① Graham Huggan & Helen Tiffin, *Postcolonial Ecocriticism: Literature, Animals, Environment*, London and New York: Routledge, 2010, p. 190.

于世界宗教传统及人类的精神层面。……作为对生态危机的反应，（现代）精神生态是对自然创生力量的敬畏的世界观，这种世界观以谦卑、简单、尊敬，对地球和万物的尊重为标志。①

而古老精神生态则涉及"世界范围内原住民的文化、生活方式和神话，对原住民而言，精神生态是一种实践行为，而不是一种理论"，② 是一个民族文化身份的重要标志。对当代的原住民而言，传承古老精神生态并在新的社会语境下坚持现代精神生态具有同样的地位，这也正是众多作家通过启示录式书写力图倡导的。

（一）水的毁灭性：人类自然生态和精神生态失衡的标志

水的毁灭性包括洪涝和干旱。《典仪》中水的毁灭性集中表现在干旱。干旱与水源呈二元对立结构，是水的文化隐喻，没有了水，则意味着生命的枯竭，生态系统的破坏和文化传统的丧失。《典仪》中，作者在堆砌"水"意象后开始反转描写干旱。"自一战后和二十年代以来，干旱年再一次到来，那时他还是个孩子，他们需要拉着马车，用木桶为羊群取水喝。"（C 10）此时，土地的干旱，水源的缺失恰恰象征了自然的惩罚和塔尤生命力的枯竭。他正陷入无休止的幻觉和梦魇中，而这一切是战争带给他的创伤。战后回到他的家园拉古纳普韦布洛，他渴求重生，却经历了干旱，象征着其肉体上和精神上的双重"枯竭"，也是他精神生态失衡的表现。从生态学角度出发，自然生态被破坏足以毁灭人类，而人类自我精

---

① Krech, Shepard & John Robert McNeill & Carolyn Merchant, *Encyclopedia of World Environmental History* (*Volume* 1): *A - E*, New York: Routledge, 2004, p. 400.

② Ibid..

神生态的失衡也可以在更严重的程度上毁灭人类。

20世纪80年代，国内学者开始涉足精神生态批评，在这一领域研究较有影响力的是生态批评家鲁枢元教授，他指出："在岩石圈、水圈、大气圈、土壤圈、技术圈、智能圈之外或之上，还存在着一个由人类的操守、信仰、冥思、想象构成的一个圈，一个'精神圈'。精神生态是人类世界必不可少的构成要素，它作为生态系统中的一个重要组成部分，与自然生态是唇齿相依的关系。"① 小说中的干旱是人与自然关系恶化的表现，是自然生态失衡的标志，而与自然生态失衡的后果相比较，人类精神生态失衡所导致的后果更严重。海德格尔较早地意识到人类精神生态所面临的危机，他认为：新时代的本质是由非神化、由上帝和神灵从世上消逝所决定。地球变成了一颗"迷失的星球"，而人则被"从大地上连根拔起"，丢失了自己的"精神家园"。② 无独有偶，英国作家詹姆斯·乔伊斯（James Joyce）也指出："与文艺复兴运动一脉相承的物质主义，摧毁了人的精神功能，使人们无法进一步完善。现代人征服了空间、征服了大地、征服了疾病、征服了愚昧，但是所有这些伟大的胜利，都只不过在精神的熔炉中化为一滴泪水！"③

通过描写干旱，西尔科在小说中着力展现这是一片自然生态失衡的大地，更是一个精神生态失衡的社会。干旱再一次将塔尤推入回忆的旋涡，他把干旱归咎于自己的过失。他回忆起那场菲律宾丛林大雨，"二战"期间，他与表兄洛基（Rocky）被日军俘

① 鲁枢元：《生态文艺学》，陕西人民教育出版社2000年版，第43页。
② ［德］冈特·绍伊博尔德：《海德格尔分析新时代的科技》，宋祖良译，中国社会科学出版社1999年版，第195页。
③ ［英］詹姆斯·乔伊斯：《文艺复兴运动文学的普遍意义》，《外国文学报道》1985年第6期。

房并被迫参加巴丹死亡行军①,洛基死于他们到达集中营之前,
而菲律宾丛林大雨是致洛基之死的原因之一。"丛林里的雨无休
无止……这使他开始理解约西亚(Josiah)舅舅所说的话:所有
事情有可能好,也有可能不好。要视情况而定。"(C 11)这时的
水不再是生命之源,而变得面貌狰狞,水成了灾难和死亡的象
征。雨水让丛林变得更加泥泞,让伤口更加疼痛,让士兵们无法
行进,"他咒骂着雨水,直到咒骂的话语变成一曲歌谣,他一边
唱着歌曲,一边爬行在泥泞中寻找士兵"。(C 12)他不断地向上
天祈祷让雨水消失,并迅速把洛基的尸体埋葬在泥水中。塔尤对
雨水的咒骂与小说开篇描述的干旱景象成因果关系。小说中的塔
尤以印第安人的身份参加了"二战",这也是印第安士兵第一次
参加美国的战争。战争历来被认为是反人类,反生态的,美国学
者阿瑟·科斯勒曾评论:"人类历史上最经久不息的声响是战鼓
的敲击声。部落战争、宗教战争、国内战争、改朝换代的战争、
民族战争、革命战争、殖民战争、征服与解放的战争、防止战争
与结束战争的战争等各种战争接踵而来,连续不断。"② 当代热兵
器时代的战争给人类环境和生态带来的破坏与灾难无法估量。在
"二战"这样一个所谓"正义的"战争中,战后遗留的毒气弹、
未爆弹、地雷在很长的时间内威胁着人们的生命安全③,大量不

① 巴丹死亡行军:巴丹死亡行军是"二战"中日本制造的震惊世界的战争罪行
与虐俘事件。日本偷袭珍珠港后日本陆军也开始侵略菲律宾,并与美国及菲律宾的联
合守军交战,在菲律宾巴丹半岛上的美菲守军与日军激战达4个月,最后因缺乏支援,
于1942年4月9日向日军投降,投降人数约有78000人,近8万人被强行押解到160公
里外的战俘营,一路无食无水,沿路又遭日寇刺死、枪杀,在这场暴行中约15000人
丧命。
② Lanier-Graham, Susan D. , *The Ecology of War*: *Environmental Impacts of Weaponry and Warfare*, New York: Walker, 1993, p. 63.
③ 据1985年的联合国环境项目报告:在波兰发现1500万枚未爆地雷。参见 Lanier-Graham, 第57页。

再使用的化学武器被沉入海底或埋入地下①，成千上万被炸沉海底的飞机、军舰不仅阻碍了航道，上面装载的各种毒气弹也必然会在一定时间内产生泄漏与污染②。生态学家认为战争的结束并不意味着生态环境破坏的结束，西尔科小说中把土地的干旱比作大地母亲的警示，警示并惩罚她的孩子们（人类）制造并参与让无数生灵涂炭和让生态环境遭受破坏的战争。正如西尔科在小说中表达的：

> 你听见人们在抱怨这些年的干旱，抱怨沙尘、大风和如何的干旱。但沙尘和大风也是生活的一部分，就如同太阳和天空一样。你不要咒骂它们，知道吗？是人，要骂就骂人吧！老人们常说，当人忘记了，当人犯错了就会出现干旱。(C 46)

印第安人自古信奉朴素生态观并追求人与自然、人与人的和谐相处的良好自然生态，显然，战争有悖于他们传统的生态观念。西尔科借约西亚舅舅之口说出的话展现了印第安人对自然现象的一种朴实的认知，这是她自己从长辈的"故事"中听来的，她也希望借助这个故事把这种朴素生态观一代代传承下去。

在描述印第安大地干旱的同时，西尔科平行插入一个印第安传说，小说通过拉古纳神话故事中玉米女姐妹的对话开启第二章。在拉古纳神话传说中妹妹最终离开了部落并带走水源，从此万物遭遇干旱。神话传说与塔尤的故事平行而立，塔尤认为普韦

---

① 丹麦环境部 1984 年的一份报告声称，"二战"后苏联占领军向波罗的海倾倒了 3.6 万吨到 5 万吨的化学弹药。参见 Lanier-Graham，第 55—56 页。

② 据称：德军在战争后期将 2 万吨化学武器倾入波罗的海，许多丹麦渔民曾受到泄漏的芥子气毒害。德国还曾在丹麦海岸击沉过一艘装载有 5000 吨神经毒气的军舰，所有这些毒气弹都将因弹体腐蚀而泄漏。参见 Lanier-Graham，第 54、56 页。

布洛的干旱是他诅咒雨水的结果,"连续六年了,气候一直干旱"。
(C 14)目及之处,全是干旱带来的萧条,他陷入深深的自责。
"他为一切哭泣,为他的所作所为而哭泣。"(C 14)

塔尤的死对头艾摩(Emo)也是退伍老兵,之所以成为对手,
是因为"艾摩从跟他(塔尤)一起上小学的时候就讨厌他,仅仅
因为他有一半的白人血统"。(C 57)从艾摩的世界观出发,他已
经完全不认可印第安传统文化中信仰的大地母亲,在他眼中,大
地母亲已经在天长日久的干旱中变成了一具干尸。塔尤认为艾摩
对干旱的理解完全错误但却无力或者不愿说出原因。艾摩是被白
人文化完全同化的印第安人,他并没有塔尤所面临的迷茫和无
助。塔尤的表兄洛基也是一个印第安部落文化的拒绝者,他渴望
成功,渴望融入白人文化并被白人认可,他的功课门门都是优
秀,也是全州足球联盟的队员,"在阿尔伯克基的寄宿学校的第
一个学年后,塔尤发现洛基本能地拒绝旧时传统。奶奶冲他摇
头,但洛基坚持称那些旧传统是封建迷信"。(C 51)塔尤"是一
个激进的人,他拒绝轻易地去理解世界,无论是拉古纳世界还是
白人的世界"。① 他无法对自己的身份归属做出选择,正是这种犹
豫不决让他陷入两难的境地并引起了他的身体疾病,从而导致他
的精神生态失衡。部队的军医试图用西医疗法让他恢复健康并接
受白人的价值观和文化观,但一切是徒劳的,塔尤离开军队医
院。他来到火车站想要回到家乡,然而可怕的梦魇再一次出现,
他又一次看到日本人的脸。导致这一结果的原因是在战场上,塔
尤被命令射杀站成一排的日本士兵,塔尤无法扣动扳机,因为他

---

① Hobbs, Michael, Living In-Between: Tayo as Radical Reader in Leslie Marmon Silko's Ceremony, *Western American Literature*, 1994 Winter, Vol. 28 (4), p. 302.

觉得站在眼前的不是日本人而是他的舅舅约西亚，"他知道那是约
西亚，即使洛基开始不停地摇晃他的肩膀并劝说他停止哭泣，他仍
觉得是约西亚躺在那里"。（C 8）塔尤的这些战争经历让他渴望化
成一缕白烟，变成一个隐形人。生态学认为，精神生态体现为人与
其自身的关系。① 此时身体疾病和精神疾病使塔尤陷入梦魇的困扰，
他无法处理自己与自我的关系，所以作为一名男性，他频繁地哭泣
以表达巨大的恐惧和悲痛。西尔科在描述塔尤苦痛的时候，不断使
用水意象：噩梦带来的汗水和苦闷带来的泪水。凯西·卡露斯
（Cathy Caruth）在《创伤：记忆的探索》（Trauma：Explorations of
Memory）一文中解释"塔尤处于后创伤记忆阶段，这一阶段的特征
是不断出现的意象，这些意象是记忆的见证者"。② 可见，水意象
在《典仪》中标志着塔尤的创伤经历，也是他精神生态失衡的外
在表征。根据卡露斯的解释，塔尤肉体和精神的双重问题并不是
由于没有完全经历战争引起的，而恰恰是他在战争中经历太多且
记忆过于深刻。他的生活一直纠缠于过去的记忆，现在的处境和
对未来的担忧中，精神生态出现严重错位（如图 3 - 1 所示）。

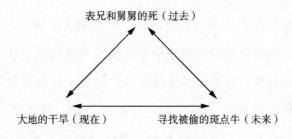

图 3 - 1

---

① 鲁枢元：《猞猁言说——关于文学、精神、生态的思考》，社会科学文献出版社
2000 年版，第 274 页。

② Caruth, Cathy, *Trauma：Explorations in Memory*, Baltimore：Johns Hopkins University Press, 1995, p. 151.

通过环境的干旱和塔尤内心的"干旱"以及不同"水"意象的呈现，西尔科试图暗示塔尤的精神生态失衡，这是自然世界的生态危机在精神层面的表现。

（二）"水"与文化的互文：文化冲突与精神生态失衡

鲁枢元在《生态文艺学》一书中明确指出："这是一门研究作为精神性存在主体（主要是人）与其生存的环境（包括自然环境、社会环境、文化环境）之间相互关系的学科。它一方面关涉到精神主体的健康成长，一方面还关涉到一个生态系统在精神变量协调下的平衡、稳定和演进。"① 可见，文化的冲突也是导致人类精神生态失衡的要素之一。西尔科在与坡·瑟耶斯戴德（Per Seyersted）的一次访谈中提到塔尤努力想成为"人类的一部分，并且融入人类社会，并不仅仅是处身部落，更是整个人类社会"，② 在《典仪》中，塔尤面对的还有印白文化的冲突。小说中，塔尤一直饱受白人的个人主义理念和思想的侵蚀。首先，"基督教把人们分离开，它试着摧毁一个部落的名字，鼓励人们独立自主，互不依靠，因为基督只拯救个人的灵魂，基督不像'（印第安）母亲'那样把他们当做自己的孩子，当做自己的家人那样，爱着，照顾着"。（C 68）对于塔尤而言，白人的个人主义思想意在打破人与人之间的和谐关系，强调个人的独立性，所以在白人的军医院里，塔尤的创伤是白人医院无法治愈的，"痛苦是顽固的、持续不断的，就像他的心跳"。（C 38）正如西尔科小说中所写，塔尤总是莫名的哭泣流泪，试图用泪水洗刷一切，美国本土文学研究学者保拉·古娜·艾伦（Paula Gunn Allen）曾意味深长地评

---

① 鲁枢元：《生态文艺学》，陕西人民教育出版社 2000 年版，第 148 页。

② Seyersted, Per, "Interview with Leslie Marmon Silko", *Conversations with Leslie Marmon Silko*, Ed. Ellen L. Arnold, Jackson: UP of Mississippi, 2000, p. 35.

论塔尤："从小说一开始，就是一具空壳——一阵雾气，一个轮廓。他飘忽不定于一维和二维空间中。从一出生被掩藏在盖普洛河谷的草丛中到残酷的菲律宾战场，他不断被打击直到变得空虚。"① 艾伦把塔尤的精神状态以及印第安文化比作干旱：从衰落到枯萎直至消失。

西尔科在《典仪》还中描述了参加过"二战"的印第安退伍老兵战后返回印第安部落后的真实境遇。"二战"对原住民的冲击巨大，印第安人事务局局长威廉·布罗菲于 1945 年的记录中描述自保留地时代以来，"二战"在最大限度上影响了印第安人。② 诚然，"二战"对印第安人有某些积极的影响，但本土作家作品中更多的是描述"二战"对印第安人的负面作用。比如，美国军方在战时不断蚕食印第安人的土地，在广袤的西部建立一个个轰炸试验场和军事基地，"在南达科他州夏延河印第安人保留地，军方租下 288746 英亩部落土地以及 43546 英亩处于托管之下的份地，用于建立一个轰炸试验场。在亚利桑那州希拉河保留地，陆军部租用 850 英亩土地，战时迁移署租用另外 19123 英亩土地。在内华达州卡尔森印第安人保留地，海军部租用了 50 英亩部落土地。在阿拉斯加，军方占用了土著民族数个社区的土地，其中包括梅特拉卡汀保留地的 1.2 万英亩土地以及其他土著村落的小块土地。据估计，仅阿拉斯加和西部 16 个印第安人保留地就有83.9 万英亩土地被军方接管，用于建立空军基地、轰炸试验场以及其他军事设施"。③ 此行径最直接的后果就是印第安保留地大片

① Allen, Paula Gunn, The Psychological Landscape of Ceremony, *American Indian Quarterly*, 5：1 (1979), p. 8.

② 参见《印第安人在工作》（*Indians at Work*），印第安人事务局编（Office of Indian Affairs），1945 年第 13 卷第 4 期。

③ 印第安人事务局局长于 1942 年递交内政部长的年度报告，第 365 页。

土地的流失和生态环境的迅速恶化。除此之外，"二战"加速了白人社会对印第安人文化同化的进程。根据美国印第安事务局在1945年的统计，美国宣战之后，大量印第安人参加美军，大约22000名印第安人服役于美国陆军，2000人服役于美国海军，120人在海岸警卫队，730人在海军陆战队。总之，服役于美国军队的印第安人占18—50岁印第安青壮年的1/3，这个统计数字中还不包括军官在内。[1] 由于"二战"战事需要，大量印第安人源源不断地走出保留地，从事各种工作，所以"二战"成为印第安人融入美国社会的重要契机。正如美国学者杰拉尔德·纳什所说，"在大战之前，美国印第安人是美国的外来者，是最为隔绝的少数群体……同化似乎还很遥远"，[2] 战争打开了印第安保留地的大门，印第安人开始了从经济、文化等层面融入美国社会的进程。

"二战"中，印第安士兵与白人士兵并肩作战，享有同等的权利和待遇，并逐步接受美国白人社会的文化价值观念和生活方式。成千上万的印第安士兵第一次得到尊重，第一次过上体面的生活，第一次体会到美国主流社会物质文明的丰富，西尔科在小说中描述了印第安士兵的这种境况："直到我穿上这套军装，白女人才会看到我，上帝啊，那时我才是个美国人"，（C 40）"洛杉矶是我见过的最大的城市，还有那些街道和高楼。夜晚，到处闪烁着霓虹灯。我从来没见过如此多的酒吧和点唱机，来自各地的人们一起唱歌跳舞，说说笑笑。没有人问我是不是印第安人，我能喝掉多少酒，他们就卖给我多少酒……我的意思是那些白女

① ［美］海伦·彼得森：《美国印第安人的政治参与》，《美国政治与社会科学院年鉴》1957年第311卷。
② ［美］杰拉尔德·纳什：《美国西部的转变：第二次世界大战的影响》，印第安纳大学出版社1985年版，第147页。

人也围着我转。"（C 41）塔尤在醉酒后，也回忆：

> 曾经是这些印第安人，他们穿上军装，剪短头发，去参加这场大战。他们的确经历了荣耀的时光。酒吧卖给他们酒，白女人冲他们笑，请记住，是朝印第安人笑……这些印第安人可以跟白女人上床……他们是麦克阿瑟将军的士兵……这些印第安人得到了与别人同等的待遇：威克岛，硫磺岛。他们因为英勇也同样可以得到勋章，棺材上也可以覆盖美国国旗。（C 42）

"他们继续说着，说着他们曾经的黄金时代，塔尤又开始哭泣。"（C 43）"二战"让一部分印第安人接受了美国主流社会的文化，甚至是非印第安人宗教，而战后，当印第安士兵解甲归田后，主流社会的种族歧视却依然存在，并不是所有的印第安士兵都能找到体面的工作，大部分在主流社会无法立足的退伍军人只能返回保留地的家乡。在西方的文化意识形态领域，白人退伍老兵此时也处于一种"精神荒原"的状态，归家后，他们发现家园支离破碎，爱人分道扬镳，工作毫无着落。而对于印第安退伍老兵而言，他们的"精神荒原"更加荒芜。战争归来，他们的文化观面临着巨大的冲击，处于白人文化和印第安文化的夹缝中苦苦挣扎，成为"夹缝人"，缺乏归属感。由于他们的印第安身份，他们不被美国主流文化接受，由于战争经历，他们也不能完全融入本属于他们的印第安文化。小说中哈雷（Harley）是塔尤的朋友，他曾说"所有牲畜都在蒙塔诺山下，而对于我们这些战争英雄而言，却什么都做不成，每天只有躺着睡觉"。（C 22）当他说到"战争英雄"的时候，他走过来轻轻地戳了塔尤的脊背一下，

（C 22）也许他自己也清楚地意识到"战争英雄"是莫大的讽刺。后来，哈雷替家人放牧，却因疏忽让牲畜全部跑光，从此，家人再也不信任他，他只能整日游手好闲。对于这群印第安退伍老兵的状态，西尔科再次启用了"水"意象——酒。对他们而言，酒可以让他们麻痹神经并释放苦闷。"他曾听姨母讨论过退伍老兵—总是喝酒，她说。但是，他知道原因。这也是部落人无法理解的。对于他们受伤后的愤怒，缺失后的疼痛，酒，是治愈的良药，也是治愈胸中苦闷的良方。"（C 40）只有在喝酒后，退伍老兵才可以回忆起那段被别人认可的光辉岁月，也可以释放别人无法理解的苦闷。"报告称二战后，酗酒和暴力时时发生在印第安退伍军人身上，这在之前是从来没有过的"，（C 53）"我们参加了为他们而战的战争……他们得到了一切，而我们却一无所有……他们夺走了我们的土地，他们夺走了一切"。（C 55）独立宣言中写道："人人生而平等"，即同一社会中的公民应享有平等的政治权利。①西尔科在小说中的描述有内在的反讽意味，从小说的叙述中可以看出，公民的平等权形同虚设，以肤色或经济状况为基准的阶层划分方式，使帝国主义势力与阶级压迫集结在一起，从而导致美国政府推崇的正义、平等与民主政策无法萌及第三世界的民众。②作为印第安人，无法取得与白人同等的权利，他们逐渐认识到，殖民者在以武力占领美洲大陆后，又重新构建殖民话语，试图合法化的对印第安人实行二次殖民。正如后殖民生态批评理论所倡导的，要关注发达国家以发展之名对贫困的前殖民地在土地、职

---

① ［美］德沃金：《至上的美德：平等的理论与实践》，冯克利译，江苏人民出版社2008 年版，第 190 页。

② 赵丽：《第四世界构建与政治伦理书写——〈死者年鉴〉中的帝国逆写书写》，《东北大学学报》2016 年第 3 期。

务、动物、生命基因、环境、种族、语言、精神和文化等方面造成的破坏，要展示第三世界与原住民社会与西方不同的文化观念。作为本土作家代表，西尔科在作品中重置被边缘化的本土文化，以达到摆脱因殖民主义和种族压迫导致的错置感，从而重构自我身份，让印第安人战后的精神生态归于平衡。

小说在结尾处还提到 1943 年由于白人在拉古纳印第安保留地开采铀矿而导致的两次大洪水。"早在 1943 年的春天，铀矿的地下井开始洪水泛滥。"（C 243）白人运来了抽水泵并雇人治理，而"之后不久的夏天，铀矿的洪水再次泛滥"，（C 244）这次却再也没有人整治，因为白人已经得到了他们想要的一切。由于在印第安人的保留地开采铀矿，使得他们的水源受到严重污染，比如小说中提到"可能是铀矿使水变成了那个味道（苦味）"。（C 245）洪水或者污染的水源作为水毁灭性的一面象征了白人对自然生态的破坏与自然对人类的惩罚，而自然生态与精神生态是紧密相连的。

干旱和洪水夹杂着汗水、泪水、酒水等"水"意象，读者看到的是一个精神生态失衡的个人和群体。于是，西尔科笔下的塔尤需要努力去寻求救赎和治愈，他认为"他想象着如果一个人可以带来旱灾，那么也可以唤来水源"。（C 56）他开始踏上寻求治愈之旅的路途，就像一名印第安勇士不断地召唤水的创生力，小说中的水给被殖民者（塔尤）带来人生新起点，提醒人们"水"有博大的力量，有助于人们用生态视角看待人类对自然生态和精神生态的修复。

（三）水的创生性：对精神生态失衡的拯救

在拉古纳人的古老传说中，拉古纳村庄的旁边曾经有一个美丽的湖泊，村庄的名字就源于这个湖泊，意为"美丽的湖，西班牙语中'湖'就叫'拉古纳'"。① 拉古纳人一直相信"山泉和淡水湖含有强大的能量,在水下有通向地下四个世界的入口"。② 生活在水中的蛇作为信使,将人们的祈祷带给地底下的"创世之母"(Mother Creator),"保证人间所有的植物和动物需要的充足的雨水,让美丽的湖装满淡水"。③ 部落的人死后的亡灵也会化为天上的雨,以另一种形式守护着人世间的族人。水将族人、亡灵、神灵和世间万物连接起来,既是物质生活的必须,也是代表其精神信仰的圣物。在循环流动中,水庇护着世间万物,具有创生性。

在西尔科的小说中,继干旱之后,小说开始出现转折,普韦布洛人渴盼已久的雨终于降临,这场大雨不仅为印第安干涸的大地带来生机,也标志着塔尤面临的第一次救赎。

久旱逢甘霖,所有的人都很兴奋,"风来自西方。像湿润的泥土的味道,然后他看到了雨"。(C 96)"他们在四周站着,嘻嘻哈哈地开着玩笑,等待中不停地抬头看着头顶的乌云。"(C 96)当大雨降临的时候,塔尤受约西亚舅舅的委托为夜天鹅(Night Swan)送信,此时,西尔科巧妙地密集使用雨水的意象烘托塔尤与夜天鹅见面的场景。"雨滴打在生锈的锡屋顶上打出吧嗒吧嗒的声响,雨水从排水沟溢出并飞溅在门廊的围栏上",(C 97)"音乐声戛然而止,能听到的只有暴风雨的声响"。(C99)尽管夜天鹅是约西亚舅舅的情人,塔尤还是跟她发生了两性关系,在雨水和汗水的交织后,塔尤第一次向别人吐露了他是混血

---

① Silko, Leslie Marmon, *Scared Water: Narratives and Pictures*, Tucson: Flood Plain Press, 1993, p. 23.

② Ibid., p. 20.

③ Ibid., p. 23.

儿的身份和他妈妈的丑闻以及他面临的烦恼。夜天鹅对塔尤说：
"印第安人，墨西哥人或者白人——大部分人都恐惧变化。他们
认为如果他们的孩子拥有与他们一样的肤色、眼睛，那就是没
有变化的标志……他们都是傻子，他们谴责我们，因为我们跟
他们的外貌不同。"（C 100）但对于塔尤而言，她的话语似乎被
屋外的雨声淹没了，其实是塔尤选择本能地拒绝夜天鹅所说的
"变化"，因为仅仅由于他外貌的变化，他得到了来自姨妈、老
师及同伴太多的冷嘲热讽，尽管他本身就是"变化"的符号象
征——他淡褐色的眼睛，他混血的种族。戴维德·莱斯（David
A. Rice）曾说不仅仅是本土印第安人，所有的人"在都市化和
工业化进程中都必须接受世界观的变化和面对毁灭性力量时的
方法策略"。① 在迅速变革的社会，接受变化尤为重要，而塔尤却
不理解夜天鹅的话也拒绝接受变化，从而失去了"自我实现"的
机会。"自我实现"（Self-realization）是挪威生态学家奈斯博士
（Arne Naess）为深层生态学（Deep Ecology）理论创立的两个
"最高规范"之一。"自我实现"是一个自我觉醒的过程，在此
过程中，人们渐渐了解自己与其他自然界的万物必须相互依存。
"当我们不再将自己视为孤立、狭隘、好争的自我个体，并且开
始与其他人产生认同时，我们的心灵才能开始成长。"② 小说中的
塔尤虽然没有"自我实现"，但他开始思索夜天鹅的话，他选择
了另外一条路，那就是跟洛基一起参军。而夜天鹅意味深长地
说："你不需要理解发生的事情。但请记住这一天。之后，你就

---

① Rice, David A. Witchery, Indigenous Resistance, and Urban Space in Leslie Marmon Silko's Ceremony, *Studies in American Indian Literature*, 17. 4 (2005), p. 115.

② Deval, Bill & George Sessions, *Deep Ecology*, Salt Lake City, Utah: G. M. Smith, 1985, p. 67.

会明白。你现在是'它'的一部分了。"（C 100）笔者认为夜天鹅提到的"它"指涉的基本层面是自我变化，高级层面是生态学中的"自我实现"。

　　眼泪是"水"意象的另外一种呈现形式，具有移情的作用，能让读者做出情感反应。在寻找斑点牛的途中，塔尤遇到提茨，印第安传说中是掌控天气的女神，她掌控着雨雪变化。她与水的关联很明显：当塔尤遇到她时，他为爱情而哭泣，雨雪重回印第安大地。提茨帮助塔尤集结斑点牛群，修复与大地的关系并暗示艾摩等人的到来。提茨的帮助是塔尤完成仪典的重要一环，也是解决隐喻的"干旱"和实际干旱的途径。艾伦在《〈典仪〉中的心理风景》一文中指出：女神提茨的爱是爱情之水的创世者，它庇佑了大地及爱人。正是与她的爱情治愈了塔尤。他从"远古时期"就爱着她。在他知道她的名字之前，他给了她爱的誓言，她则带给他"水源"。① 当塔尤与提茨在一起的时候，西尔科不断地重复水意象，例如，"她在他旁边跪下，他看到了她眼中的眼泪"。（C 226）在提茨的帮助下，塔尤开始"顿悟"，他意识到自己需要改变。莱斯在文章中写道："塔尤明白了世界中起作用的力量，他能接受这种力量，是他恢复的关键。"② 在印第安药师白托尼的帮助下，按照印第安传统，塔尤完成了仪典重获生命力，也意味着塔尤在印白文化中找到了平衡，从而获得了归属感。小说的结尾也印证了精神生态学的观点：人的精神生态和人赖以验证自己类本质的精神生态环境也同样需要不同民族、不同文化、不同价

---

　　① Allen, Paula Gunn, The Psychological Landscape of Ceremmony, *American Indian Quarterly*, 5：1，1979，p. 8.

　　② Rice, David A. Witchery, Indigenous Resistance, and Urban Space in Leslie Marmon Silko's Ceremony, *Studies in American Indian Literatures*, 17. 4，2005，p. 115.

值观的碰撞、交融、互补才能显出勃勃生机，成为人类创造和发展的源泉。① 正是印白文化的交融和互补，塔尤平衡了自己和自我的关系，完成了印第安仪典，从而实现了精神生态平衡。

　　西尔科借由水意象推动塔尤的治愈之旅，从而实现了塔尤的精神生态失衡到精神生态平衡的升华，这也展现了美国本土作家独特的关于人与自我之间动态平衡的世界观和生态观。在现当代英美文学中，通过文学作品表达现代人类精神生态失衡的作家作品不胜枚举。例如，尤金·奥尼尔把书写悲剧作为武器，以展示现代人面临的精神困境，以寻求物质和精神世界的某种平衡，为流浪的灵魂寻找一块栖息之地。奥尼尔悲剧中的主人公通常精神真空化、心灵拜物化、行为无能化，割裂了与周围一切的联系，他们的精神世界一片荒芜。厄尼斯特·海明威的创作也展现了一幅幅美国社会中存在的种种精神生态失衡的画面。《老人与海》中圣地亚哥老人的无助，《一个干净明亮的地方》中人们对老人态度的冷漠，《白象似的群山》中情侣的貌合神离，《乞力马扎罗的雪》中夫妻之间的相互欺骗等揭露了美国现代社会中美国民众精神世界中的荒原。欧·亨利透过他的短篇小说，折射出美国社会中存在的人与人之间的信任危机、下层民众的变态心理以及社会中大量"多余人"的出现等，这些形象全部是精神生态失衡的代表。菲茨杰拉德小说中无所事事、精神贫乏、自私势利、麻木冷漠的人物群像也是社会精神生态失衡的有力表现。唐·德里罗通过犀利的文字警醒世人当前所面临的精神生态危机和后工业时代人们所面临的精神困惑。杰罗姆·大卫·塞林格探求了现代人

---

　　① 焦小婷：《寻找精神的栖息地——托尼·莫里森小说女性人物精神生态困境阐释》，《山东外语教学》2004 年第 1 期。

的焦虑和面临的生存困境,并对人类的命运深表忧虑。他在现实生活中找不到出路,于是塑造了不愿迈入成人世界的主人公,以表达对纯净精神生态的守护和对资本主义物质主义的厌恶,更是回归本我的挣扎与反抗。劳伦斯的诸多小说也关注了精神生态的层面,他在作品中呼吁人们尊重自然及自然规律,同时要关注人的精神生态并要努力构建和谐的精神生态世界,促进自然生态与精神生态的良好互动。托马斯·哈代在作品中表达了人类中心主义思想中所导致的人与自然的二元对立,以及工业文明所造成的人际关系的恶化、精神价值的消解和自我的迷失等现象。可见,英美现代作家着力表现主人公在现代社会重压之下的精神生态失衡:精神的异化、人性的扭曲、人类的物化。而他们作品大多以主人公的离世、癫疯或者消沉为结局,极少去描写主人公通过艰辛努力,摆脱精神生态失衡而重新获得平衡。从这一维度上更凸显了以西尔科作为美国本土作家所具有的根深蒂固的生态观、对生态和谐的向往及其深邃的生态思想。

二 《典仪》中"女性"形象及其社会生态内涵

我国著名生态批评家鲁枢元教授曾指出:"人是生物性的存在、社会性的存在,也是精神性的存在;就人的生存状态而言,除自然生态、社会生态,还应有精神生态。自然生态体现人与物的关系、人与自然的关系;社会生态体现人与他人的关系;精神生态则体现人与自己的关系。"① 同时,精神生态还与文化紧密相连,鲁枢元教授生态意识的三分法还要求生态意识不仅倡导解放大自然、回归大自然,实现人与自然的和谐发展,同时提倡社会

---

① 鲁枢元:《生态文艺学》,陕西人民教育出版社 2000 年版,第 147 页。

生态、精神生态应与自然生态良性互动，为解决人类的精神异化
问题寻找良策，为人类的全面发展和身心自由寻求新的途径。

根据《世界生态史百科全书》的解释：

> 社会生态（Social Ecology）是一个研究领域，将社会和环
> 境视为有机联系的系统。社会最终依靠环境而存在，不仅包括
> 人口的繁衍，而且还包括文化的延续及牲畜的存续。……社会
> 生态试图从生物学联系的角度去理解和解释特定的社会经济和
> 社会文化特征及其与环境之间的关系。①

可见，社会生态的内涵是指一个人在社会中与其他群体或个
体之间的关系。社会生态与自然生态的关系紧密相连，对人类来
说，自然生态、社会生态和精神生态同属于广义的自然，它们之
间是相辅相成的关系，不良的社会生态会造成自然生态的毁坏，②
毋宁说，自然生态的破坏是社会生态破坏的根源。就印第安社会
而言，随着殖民入侵，印第安大地的自然生态惨遭破坏，他们无
视印第安人对大地的崇拜，西尔科在《典仪》中曾提到白人在拉
古纳地区开采铀矿。有学者曾揭露："在过去 50 年里，80% 到
90% 的采矿和铣矿都发生在保留地或保留地附近，这些行为引发
了大量的死亡和病害，而大部分出现在美国西南部的纳瓦霍和拉
古纳普韦布洛。"③ 铀是具有强放射性的元素，印第安保留地的人

---

① Krech, Shepard & John Robert McNeill & Carolyn Merchant, *Encyclopedia of World Environmental History*: *A – E*, New York: Routledge, 2004, p. 396.

② 刘文良：《生态批评的范畴与方法研究》，博士学位论文，扬州大学，2007 年，第 60 页。

③ Thorpe, Grace, Our Homes Are not Dumps: Creating Nuclear—Free Zones, *Defending Mother Earth*: *Native American Perspectives on Envieonmental Justice*, Ed. Jace Weaver, New York: Orbis Books, 1996, p. 67.

不幸沦为高风险的采矿工人，受到铀元素的辐射，且当地的自然生态被严重破坏，采矿区经常发生洪水灾害，常年拉有警戒线。除此以外，西尔科还揭露了拉古纳地区是研制原子弹实验室的所在地，这对印第安保留地的自然生态破坏威力也相当巨大。当印第安人意识到他们的大地母亲正惨遭破坏，现代人正疯狂地从她的躯体里攫取资源的时候，西尔科在作品中勇敢地将这种破坏自然生态的行径揭示出来，从她的社会属性出发，这种揭示可以理解为美国社会的一种警示。美国主流社会一方面高呼要保护生态，一方面却将印第安保留地变为毒物堆置场。

　　由于自然生态和社会生态的关联性，西尔科在《典仪》中还重点强调了社会生态问题。在塑造大量千面女性形象以及对印第安母系谱系社会强调的同时，她试图展现在人们面前的是一个在母系血缘关系维护下家庭关系和社会关系和谐的印第安社会。社会生态重点强调群落或社会中人与他人之间的关系，而在西尔科生活的印第安群落，她彻底颠覆了男性中心话语，女性成为维护社会生态平衡的主力军，她强调女性性别价值的意义及认同，并以一种超越性别偏见的女性原则为指引，弘扬女性特有的关怀、爱护和理解的天性。像西尔科所描述的，传统的印第安文化以母系社会为核心，妇女主要从事田间耕种，为家庭和族人提供食物，并负责采摘野果和药材，而男性则主要从事打猎活动，为家庭和部落提供肉食，同时，他们也是部落的守护者，负责守卫部落的安全。女性由于在繁衍后代方面不可替代的重要作用而成为受尊敬之人，在部落的庆典仪式上扮演着重要的角色，在重大事项的决议中拥有绝对至上的发言权。西尔科小说中的女性是典型的母系社会女性角色的代表，外祖母和姨妈为家庭成员提供饮食起居的保障，姨夫和舅舅狩猎和赚钱，尽管有时姨妈有抱怨，但家庭关系仍以和谐为主，比如外祖母对塔尤关爱有加，舅舅与塔尤的关系更是亲密无间，姨妈和姨夫的夫妻关系也是互敬互爱。除了和谐的家庭关系以外，以夜天鹅和提茨为代表的两位女神在塔尤的生命中扮演了母亲加情人的角色，在她们的无私帮助下，塔尤回归自然，找回了自己的社会身份归属，进而修复了人与人之间相互依存的关系，从而去对抗因同化政策的实行而造成的身份危机和环境恶化，西尔科力图展现的也是人与人之间和谐的社会生态。

除了上述描述的和谐生态关系外，西尔科在小说中还提到了姨妈对塔尤的偏见以及塔尤和艾摩的不合等不和谐的社会生态关系。然而，这些在社会生态方面的不和谐音符却都与白人文化有关。首先表现为姨妈和塔尤的关系。如前文所述，姨妈是虔诚的基督教徒，她是白人文化的卫道士，她与塔尤的不和谐关系很大程度上是白人文化入侵的结果。其次，艾摩也是白人文化的膜拜者，他跟塔尤的关系可以用敌对来形容。西尔科将这两种不和谐的社会生态关系表现出来的直接目的是表达欧洲白人文化对印第安传统文化的入侵和蚕食。从历史角度看，随着欧洲殖民者对印第安大地的入侵，他们不仅占领土地，更是对他们所谓的印第安异质文化逐步进行消解和扼杀，最终表现为印第安部落社会生态的破坏，即异质文化之间的对抗导致了社会生态关系的失衡。据艾伦研究，"部落妇女的地位在几个世纪的白人统治下严重下降，在部落依照美国的殖民法案重组时，她们在部落的决策团体中完全没有发言权"，① 部落妇女的地位逐渐

---

① Allen, Paula Gunn, *The Scared Hoop：Recovering the Feminine in American Indian Traditions*, Boston：Beacon Press, 1992, p. 30.

被隐没在男性的阴影下，父权制传统将逐渐取代印第安人的母系传统，那将会引发一场社会和生态灾难，这场灾难"不仅会发生在土著人身上，也会最终影响每一个人"。① 西尔科通过小说塑造女神形象及世俗女性形象试图抵抗根植于西方神学理念的父权制，她推崇印第安母系谱系文化下人与人之间平衡的社会生态关系：平等、互助，博爱和宽容。西尔科笔下的平衡社会生态关系网，不仅限于具有相同部落文化背景和相同血统的族人之间，而是超越年龄、种族、性别、肤色等界限，将全人类纳入统一视野，具有开放的特性。

总之，在《典仪》中，西尔科以"水"为意象载体，以印白文化冲突为纽带，以女性形象塑造为基点，建立起自然生态、精神生态和社会生态之间的内在整体联系，来认识人的活动之生态反馈机制的必然性及有机性。力主启示人们从精神层面和社会层面注重生态危机产生的原因，并认识到生态危机的严重性。只有自然生态、精神生态和社会生态和谐、统一地并存且健康发展，才能使整个生态系统合理运行，小说中所展现的三者和谐统一的生态世界体现了这部作品的生态整体主义思想和这部作品的当代性及未来性。

第四节　诗意的栖居者：西尔科与梭罗的　　　　生态整体主义思想

超验主义（Transcendentalism）是 1830—1850 年盛行于美

---

① Smith, Andy, "Ecofeminism through an Anticolonial Framework", *Ecofeminism*: *Women*, *Culture*, *Nature*, Ed. Karen J. Warren, Bloomington: Indiana University Press, 1997, p. 24.

国本土的一股文学思潮，是一场美国思想史的解放运动。超验主义者认为人类能超越自己的感觉而直接感知真理；人类社会是宇宙的一个缩影；强调万物本质上的统一性，坚信自然界受到"超灵"的制约和影响，而人类灵魂与"超灵"是一体存在的。

西尔科在与阿诺德的访谈中，阿诺德提及美国的超验主义，西尔科始终认同超验主义对美国人的巨大影响，她认为：

> 即使到了今天，我仍表明超验主义是一种标志，是关于旧时的预言者们预言会有陌生人闯入这片大陆的标志。他们在这里居住的时间越长，那么改变的就越多，……他们与地球、土地和动物的联系——就是我认为在他们身上已经发生了改变的证据。欧洲人来到了这片大陆，古老的预言家认为不是欧洲人将从这片大陆消失，而仅仅是他们以欧洲人的方式看待这片地方以及与地方关系的态度将会消失，……美国超验主义的影响依然很强大，无论人们承认与否。[1]

西尔科认为美国的超验主义带给美国人生态意识方面的变化，受超验主义的影响，部分美国白人在逐步改变对环境、自然的态度，并从微观上改变了美国人的部分生活方式，但是这并无法彻底改变欧洲殖民者占有的欲望和贪婪的本性。西尔科承认美国超验主义主要受到东方主义的影响，她指出"（超验主义）大

---

① Arnold, Ellen L., Listening to the Spirits: An Interview with Leslie Marmon Silko, *Studies in American Indian Literatures*, Series 2, Vol. 10, No. 3, Fall, 1998, p. 18.

部分是受到东方的影响,这一点是真实的,但是,它仍旧被称为美国的超验主义"。①

在西尔科看来,美国超验主义提倡的生态观与印第安人的生态观之间有着不可割裂的某种关联,在访谈中她曾提到一位与印第安人同住的超验主义者,"他见证了美国土著人对于世界及各种关系的超验主义观"。②

西尔科通过文字传承印第安生态智慧并阐释着其独特的生态整体观,加之她对超验主义影响的认同,使西尔科与超验主义者梭罗的比较具有可行性。鉴于梭罗与西尔科同为当代的"生态人",其生态整体观的可比性显而易见,那么,梭罗的生态整体主义思想主要可以概括为什么?其代表作《沃尔登湖》③ 又是如何体现其生态整体主义思想的?梭罗与西尔科的生态思想究竟有何异同?产生这些异同的原因是什么?本节将围绕上述问题,利用比较研究法,以梭罗的《沃尔登湖》和西尔科的《绿松石矿脉》为文本,管窥两者的生态整体主义思想,通过比较,探讨其中的异同及原因。

一 梭罗及其生态整体观简述

亨利·大卫·梭罗(Henry David Thoreau,1817—1862)是19世纪美国著名的生态文学家和思想家,被誉为生态环保主义的先驱和圣徒,"在今天已被视为美国文学史上第一个主要的环境

---

① Arnold, Ellen L., Listening to the Spirits; An Interview with Leslie Marmon Silko, *Studies in American Indian Literatures*, Series 2, Vol. 10, No. 3, Fall, 1998, p. 18.

② Ibid. .

③ 目前,国内对梭罗的代表作 *Walden, or Life of the Woods* 题目的翻译有两种被广为接纳的版本,一种翻译为《瓦尔登湖》,一种翻译为《沃尔登湖》,本书比较认同第二种翻译方法,笔者认为用一个"沃"字可以更好地代表湖的灵性。

阐释者和第一个美国环境保护主义者的圣人"。① 在爱默生超验主义的影响下，基于自己的生活体验和实践，他完成了一系列优秀的文学作品，如脍炙人口的《沃尔登湖》（*Walden*, *or Life of the Woods*，1854）、《在康科德与梅里马克河上的一周》（*A Week on Concord and Merrimack River*，1864）、《缅因森林》（*The Main Woods*，1864）、《考德角》（*Cape Cod*，1865）等。梭罗的自然主义作品风格清新，意境深远，他的文字带给读者纯粹的自然美和生态美，也流露出对人与自然关系的深层次思考。

（一）绿色卫士——梭罗其人

1817 年 7 月，梭罗出生于美国马萨诸塞州的康科德镇（Concord），他的母亲从小就培养孩子们热爱自然的情怀，常常在阳光明媚的下午带孩子们出门远足、野炊，聆听鸟儿的歌唱，② 受家庭氛围的影响，梭罗自幼就对自然产生了浓厚的兴趣，正如他后来在《沃尔登湖》中所回忆的："我记得很清楚，我四岁的时候，从波士顿迁移到我这个家乡来，曾经经过这座森林和这片土地，还到过湖边。这是铭刻在我记忆中的往日最早的景象之一。今夜，我的笛声又唤醒了这同一湖水的回声。"③ 1833 年，梭罗入读哈佛大学，学习了希腊语、拉丁语、数学、物理、自然哲学、历史、神学和精神哲学等课程。那时哈佛所在地坎布里奇（Cambridge）还是一个偏僻的乡下，梭罗除了去教室和图书馆之外，

---

① Buell, Lawrence, *Thoreau and the Natural Environment*, The Cambridge Companion to Henry David Thoreau, Ed. Myerson, Joel, Shanghai: Shanghai Foreign Language Education Press, 2000, p. 171.

② Harding, Walter, *The Days of Henry Thoreau: a Biography*, New York: Dover Publications, 1982, p. 19.

③ ［美］亨利·戴维·梭罗：《瓦尔登湖》，李暮译，吉林人民出版社 1997 年版，第 147 页。

常常溜进坎布里奇的田野，或在查尔斯河畔闲逛，观察这一带的野生动植物。①

1837 年，身为 20 岁大学生的梭罗结识了当时颇有声望的学者爱默生，1841 年，梭罗以管家和助手的身份曾入住爱默生家，并如饥似渴地阅读爱默生私人图书馆的藏书。在此期间，梭罗开始尝试文学创作，他写诗歌、散文及在报纸上发表评论。在梭罗文学创作早期，他深受康科德超验主义圈子的影响，可以说，在梭罗的文学起步阶段，超验主义为其提供了精神上的滋养和思想上的浸润，所以，梭罗在思想和行文中接受了超验主义者的部分理念，我们可在其作品中找寻到他对超验主义思想的接受和对超验主义的超越。

身为一个作家，梭罗在生前并不被接受，或许一个作家的创作思想如果远远超出同时代精神的话，那么他注定无法得到同时代人公允的评价。在梭罗生活的年代，涌现出关于他的大量负面评价，部分评论者认为梭罗为人古怪，他冷漠并试图逃避作为一个人的责任，谴责他对社会的蔑视态度，他被认为是个充满负面能量的人，令旁人无法容忍。比如沃尔特·惠特曼曾说："梭罗最大的缺点是鄙视——对人的鄙视。他无法欣赏一般的生活，甚至独特的生活。他如此傲慢，令我惊讶。"② 1845—1847 年间，梭罗在湖边实验，他的行为在当地人看来也是极其怪异，甚至有的评论家质疑其真诚性。比如，布里格斯（Charles Frederick Briggs）认为，沃尔登湖畔的实验荒谬可笑，梭罗在实验中赢得的知识，

---

① Harding, Walter, *The Days of Henry Thoreau: a Biography*, New York: Dover Publications, 1982, p. 38.

② Harding, Walter, *Thoreau: Man of Concord*, New York: Holt, Rinehart and Winston, 1960, p. 116.

其实完全可以在没有任何实验的情况下获得；更何况，其实在实验之前，哲学家们早已了解人类需要的食物、衣物并不多。梭罗并没有为人类拥有的信息库增加什么。① 还有的评论者公开宣称梭罗所提倡的生活方式的乌托邦化，并表示大众不应该盲目追随梭罗林中生活那样的生活方式。

19 世纪的时代背景及人类思想发展似乎不足以让梭罗的文学作品和生态意识被世人所理解，也可以说，梭罗与彼时的主流思想潮流及文化观念并不互融。如果需要被尊重和接纳，梭罗需要静待一个伟大时代的到来。那么，毋宁说，20 世纪便是这个伟大时代的最好见证。自 20 世纪后期开始，梭罗的文字逐渐被理解其至追捧，他作品中的生态思想也成为评论家和读者关注的焦点，从此，梭罗在美国文学史和思想史上的地位发生了翻天覆地的变化，他获得了时代的接纳并占有独特而重要的地位，唐纳德·沃斯特曾评价梭罗的生态思想："他是一位极其卓越的对现代的生态运动具有颠覆性实践意义和精神上的先导作用的来源。"② 布伊尔也曾评论：

> 梭罗其人的创造性主要是在于他将其个人的农业崇拜情结完美地融合在了人类史中那久远的田园生活文化传统之中了，并且，他又将它升华为了一种即使是在最普通平凡不过的躬耕田地之时也能追求到的闲情雅致之中，这也使得他获得了能够与整个宇宙融合为一体的一种精神上的美好体验。③

① Briggs, Charles Frederick, A Yankee Diogenes, *Putman's Magazine*, Vol. 4, October, 1854, p. 445.
② ［美］唐纳德·沃斯特：《大自然的经济体系》，侯文蕙等译，商务印书馆 1999 年版，第 111 页。
③ Buell, Lawrence, *The Environmental Imagination*：*Thoreau*, *Nature Writing*, *and the Formation of American Culture*, Belknap：The Belknap Press of Harvard University Press, 1995, p. 9.

可见，评论家和世人对梭罗作品中有前瞻性的生态思想之理解逐渐由浅显到深邃，梭罗也被认同为"在他自己的时代，他被斥之为一个不久将被人们遗忘的小作家，然而在今天他得到广泛的认同并被看作是 19 世纪配得上伟大称号的美国少数的几个作家"。①

（二）《沃尔登湖》及梭罗的生态整体观

1845 年至 1847 年的两年间，梭罗居住于沃尔登湖畔的小木屋里，他通过日复一日的观察，详细记录了大自然的变化，并在此基础上完成了伟大的作品《沃尔登湖》。在他的所有作品中，《沃尔登湖》这部散文集是前后主题发生显著变化的唯一一部作品，它呈现了梭罗生态思想的关键性转变，同时，它也秉承了散文"形散而神不散"的特点，所以《沃尔登湖》成为研究梭罗生态思想发展变化的重要文本，布伊尔也肯定了这部作品的重要性：

> 《沃尔登湖》是梭罗最伟大的作品，理由之一是它充分地反映了其人生过渡期的努力与挣扎。因此，我钻研这本书不只是因为它保留着梭罗从学徒年代到完全成熟时期思考自然环境的许多历史记录。我们应该既把这本书看作成果，也把它看为一个过程。这是一部融汇梭罗积聚了近 10 年的经验并反复修改而完成的作品。而那 10 年正是梭罗精神生命至关重要的 10 年。②

---

① Harding, Walter, *Thoreau's Reputation*, *The Cambridge Companion to Henry David Thoreau*, Ed. Myeros, Joel, Shanghai: Shanghai Foreign Language Education Press, 2000, p. 1.

② Buell, Lawrence, *The Environmental Imagination: Thoreau, Nature Writing, and the Formation of American Culture*, Belknap: The Belknap Press of Harvard University Press, 1995, p. 118.

梭罗的《沃尔登湖》全书总共分为十八章，其中第一章
《经济篇》所占篇幅较大，此章主要以议论为主，表达的观点
较为极端化。在这一章中，梭罗认为康科德居民们的现有生活
方式极其单调而绝望。他在行文中批判了年轻人的消费观以及
道德观，他批评人们沦为房子的奴隶，他还痛斥时髦，认为是
"骄奢淫逸的人设立了时髦风尚，而成群的人勤勉追随"。① 在
散文集的第二章中，梭罗进行了一部分自然景观的唯美描写，
但其主要基调为感叹现代人类生活的匆忙和无序，主张追求生
活方式的简单化，并回归生活的真实和本真。第三章主要写了
他阅读的一些感想。《沃尔登湖》的前三章篇幅大概占全书的
三分之一，主要从批判现实主义视角对现行生活方式进行批
判，前三章展现在世人面前的是一个愤世嫉俗的年轻梭罗的内
心状况。

从散文集的第四章开始，梭罗开始描绘大自然景观。他让自
己置身于美丽而宁静的沃尔登湖畔，通过自己的劳动从大自然中
获取生存所需要的食粮，心灵上则尽情享受着远离喧嚣的纯粹时
光。静谧的自然随着真切的文字随性地流露，梭罗满足于这份回
归本真生活的体验：无论是清晨、午后抑或黄昏、深夜，大自然
皆呈现出不同的美，生命在永不停息地行进。无论是阴晴圆缺还
是四季更替，在梭罗看来，都象征着大自然生命的强劲。他陶醉
于田园般的生活，在侍弄一行行豆子和各种植物的田间地头，他
感受着自然的恩赐，并把劳动描绘的具有无限诗意。沃尔登湖畔
是他诗意栖居的场所，湖光山色带给他无限的精神愉悦和心灵释
放。沃尔登湖畔自由生活着水獭、浣熊、山鹬、松鼠、红蚂蚁民

---

① Thoreau, Henry David, *Walden*, Princeton: Princeton University Press, 1971, p. 37.

族和黑蚂蚁民族、猫、潜水鸟等生物，还有枭、飞鹅、猫头鹰、兔子、鲣鸟、松鼠、山雀也活跃于冬日的落雪林，湖畔周边各种或远或近的生物让他惊叹:"多么令人惊讶呀，这么多的生物虽然隐秘却野性而自由地生活在森林中。"①

在梭罗的笔下，沃尔登湖是一个活生生的由人类与生物共同构筑的微型社会缩影，他用文字记录了生活在这里的各种生灵，也用朴实的语言描绘了冬去春来的四季变化和树木枯荣的生命循环。自然在他笔端是和谐的整体，人与湖，人与万物皆构成了循环往复的生命统一体和生态共同体。梭罗用他的全部感官体验着、感受着这里的自然，极其简约的生活，极其沉静的心灵，让他的生命充满了美好，正如他自己所说:"生活在大自然中间，依然拥有感官，就不会有阴郁的忧伤。"② 可见，散文集的后半部分写作主题的明显变化，展现在我们面前的已经不再是那个愤世嫉俗的青年，而是在大自然的无限柔美中体悟到了心灵之静默沉寂的梭罗。

当代美国著名作家约翰·厄普代克称:"出版 150 年后，《沃尔登湖》已经成为回归自然、保护生态、反对商业、消极抵抗观念的一个图腾，梭罗不仅是一位生动的抗议者，而且还是一位完美的怪人和圣徒般的隐士。"③《沃尔登湖》之所以伟大，从根本上源于梭罗在这部作品中映射出的生态整体观。

深受超验主义的影响，梭罗赋予自然无穷尽的意义，这种意义的外延是远远超出人类感官可以感知的意义。在梭罗看来，

---

① Thoreau, Henry David, *Walden*, Princeton: Princeton University Press, 1971, p. 227.

② Ibid., p. 131.

③ John, Updike, An Introduction in J. L. Shanley ed. *Walden* 150th *Anniversary Edition*, New Jersey: Princeton University Press, 2003, p. ix.

所谓万物皆有灵，即意味着自然之美中蕴含着生命精神之美，即超验主义者所谓的"超灵"，人类可以与精神进行沟通。在《沃尔登湖》的后半部分，梭罗主要的笔墨用于描绘自然的风光和对待动植物的友好，真切地表达了他对自然的热爱之情与敬畏之感。比如，在沃尔登湖畔进行生活实践的日子里，他记录着身边的自然：

> 鸟雀在四周唱歌或无声地穿过房子飞走；……野鸽子疾飞着横穿过我的视野，或不安定地栖于屋后的白松枝上，向着天空发出一片呼声，远远公路上的一辆马车的微弱之声，或驴马之声；黄昏时分，天际处甜美而优雅的牛叫；夜深后，车辆过桥声，犬吠声，湖滨青蛙的演唱会，夜鹰的晚祷曲和对唱，猫头鹰的哀叫先后上场；偶时周日，钟声随着风，在大自然的各个角落飘荡；冬天的黎明，漫步在鸟儿盛多的树林，听到野公鸡在树上报晓，回音荡漾在这数英里的土地之上，声音清晰而尖利，掩盖了其他鸟类比较微弱的鸣叫。①

梭罗对自然万物充满着敬畏之情，他将自然称为母亲，他友好地对待身边的一切生灵，将他们视为上天对人类最美好的恩赐。在《沃尔登湖》中，他痛心疾首的谴责了人类对森林的砍伐，对麋鹿的捕猎，人工牧场的建立和人工堤坝的修建等对自然的破坏行为也深表遗憾，但又无能为力。"这里绝不是人类的花

---

① Thoreau, Henry David, *Walden*, Princeton: Princeton University Press, 1971, pp. 111, 114, 127.

园，而是未被首次使用的地球。这不是草坪，不是牧场，也不是草甸，不是林地，不是草地，不是可耕地，也不是荒地。……地球是浩瀚而巨大的物质，并非我们听说的人类的大地母亲，也不是给人类踩踏或埋葬的。"① 他唯一能做的只有通过文字大声疾呼：自然是美好的，人类试图征服和控制自然的做法是极其愚昧的，尊重和爱护大自然才是人类的责任。

梭罗认为整个自然界是一个有机存在的整体，与自然和谐共生是人类实现可持续发展的必然条件。在他的意识中，自然万物以同等的地位共体存在着。他在《沃尔登湖》中《湖》这一章中细致刻画了沃尔登湖的静态全貌以及湖里和周边的动态的飞禽走兽，这是一个完整的生态共同体。人类与生物彼此相互尊重和爱护，形成了有序的食物链和关系链，即和谐的生态关系，他在《沃尔登湖》中写道："大自然与我们全部的人类都是完美的协调的整体存在，那里是我们最终的家园。……若是有人伤心难过了，大自然也能够感受到他的不安与悲痛。我是与土地机体都息息相通的存在的。我是大地泥土的组成部分，"② 布伊尔也曾指出："正如《沃尔登湖》的《湖》一章所证明，梭罗的确有一种生态学意识，尽管他直到后期才根据对种种现象的认真的、明白易懂的且陌生化的理解系统地表达这种意识。"③ 布伊尔所谓的这种意识便是梭罗在《沃尔登湖》中表达出的生态整体意识，即"为了宁静的生活，我们必须与宇

---

① Thoreau, Henry David, *The Maine Woods*, New York: Literary Classics of the United States, Inc., 1985, p. 645.

② ［美］亨利·戴维·梭罗：《瓦尔登湖》，徐迟译，译文出版社1982年版，第58页。

③ Buell, Lawrence, *The Environmental Imagination: Thoreau, Nature Writing, and the Formation of American Culture*, Cambridge, Massachusetts: The Belknap Press of Harvard University Press, 1996, pp. 264–265.

宙合而为一”的理念。①

梭罗的家乡波士顿郊区的康科德小镇是他生态思想的萌芽之地，他的一生除了外出读书外，几乎没有离开过家乡。这里的自然风光为梭罗的写作提供了素材，小镇上一草一木，一年四季及清晨黄昏的美都流淌在梭罗的笔端，爱默生认为：“梭罗先生竭尽全力把他的天才奉献给他家乡的田野和山山水水。”② 康科德的人文精神也影响了梭罗的生态思想，这里常年汇聚了诸多著名的作家和思想家，如爱默生、霍桑、路易莎·梅等人物，惠特曼、梅尔维尔等人物也常常到此小住。所以，可以说，康科德的自然风光和人文环境成就了梭罗，康科德也因为梭罗而名声大噪。他作品中描写康科德的“地方性”色彩浓厚，“地方意识”明显，进而形成了梭罗生态思想体系中的生态地方主义观，比如，他曾经这样描写康科德社会：“这个世界是一个无限忙碌的生意场，我每天夜里都听到火车头的喘息，它打断我的美梦。我们看不到人类休息片刻，除了工作、工作、工作，就什么都没有了。”③ 如迈克格莱格（McGregor）认为的：在美国历史上，没有任何一个人拥有像梭罗一样强烈的地域观念；没有一个人像梭罗一样在自己几乎一生的时间里与一个地方（康科德镇）那样紧密地联系在一起。④

此外，除了生态整体观之外，梭罗的生态思想体系中还包含他对人类精神生态的关注。他认为工业文明带来科技进步，但还有生态危机，这其中既包含对自然生态的破坏，也包括对人类精

---

① McGregor, Robert Kuhn, *A Wider View of the Universe*：Henry Thoreau's Study of Nature, Urbana：University of Illinois Press, 1997, p. 133.

② 胡家峦：《爱默生经典散文选》，湖南文艺出版社 2000 年版，第 202 页。

③ Thoreau, Henry David, "Life Without Pinciple" in *Great Short Works of Henry David Thoreau*, Ed. Wendell Glick, New York：Harper & Row, 1982, p. 360.

④ McGregor, Robert Kuhn, *A Wider View of the Universe*：Henry Thoreau's Study of Nature, Urbana：University of Illinois Press, 1997, p. 7.

神生态的扭曲。因此，梭罗在关注自然生态的同时也更加关注人类的精神生态，他提倡在自然之美中回归人类精神之本真。

二　梭罗与西尔科生态整体观异同比较

梭罗和西尔科虽然在生活的时代、文化背景和种族上有所差别，但他们却都在各自作品中表露出浓厚的生态整体主义思想，以《沃尔登湖》和《绿松石矿脉》为例，两者的生态整体观有颇多相通之处，将其进行比较，可为他们之间的生态思想的沟通和交流提供一种对话的可能。

在生态整体观中的自然观层面，梭罗与西尔科都崇尚敬畏自然观。他们将自然视为神圣的和整体的，两者皆提倡自然界人与万物的整体和谐统一，这几个方面前文已经详述，此处不再一一赘述，本小节将重点探讨两者生态观的相异之处。

首先，两者在自然观层面的同中之异分为两点。

第一，两者自然观的哲学基础不同。梭罗在《沃尔登湖》中表现出浓厚的自然观，其哲学基础源于超验主义思想，"在梭罗的超验主义思想中，自然有着特殊的重要意义"，[①] 超验主义对自然别样的关注使梭罗笔下的自然溢满了精神层面的内涵，超验主义者认为有"超灵"的存在，而人的灵魂中有一种直觉的能力，通过人类这种直觉感受，个体灵魂与超灵之间可以互通，以期达到个人精神与宇宙精神的高度统一。因此，在超验主义思想的影响下，梭罗在《沃尔登湖》提倡远离物质社会的极简生活，在自然中体悟精神的回归。恰如爱默生所言："对心灵产生最初的，

---

① 张冲：《新编美国文学史》第 1 卷，上海外语教育出版社 2000 年版，第 291 页。

也是最重要的影响就是自然。"① 也就是说，只有人类身处自然中才能得到灵魂的净化，梭罗在沃尔登湖边生活试验正验证了这种思想。梭罗生活在美国文学史上的浪漫主义时期，1836 年，爱默生《自然》的出版标志着"美国浪漫主义运动新的顶峰阶段：新英格兰超验主义"。② 浪漫主义追求思想的解放和自由，这恰恰是梭罗在《沃尔登湖》中孜孜追寻的情怀。西尔科自然观的哲学思想基于印第安传统和文化，虽然她从未从哲学角度探讨其自然观，但身为印第安人，她自然观的哲学基础不可避免地受到印第安传统文化的同化和影响。她在《绿松石矿脉》中描写自然，目的在于表达自然的美好，人类应该珍惜这种美好并与自然融为和谐的整体，她对自然的描绘没有涉及自然与精神层面的沟通。此外，西尔科的自然观还有一项社会功能，那就是对社会现实的批判，她通过其自然观逆向揭露了现代人类对自然和生态整体系统的破坏，实现了从生态角度进行批判现实的功能。

第二，两者对自然的生态审美同中有异。从生态美学的角度彰显自然之美是贯穿两者作品的重要审美基调，两者再现的是自然万象的本色之美。作为一位美国浪漫主义时期的作家，梭罗的《沃尔登湖》更以描绘和礼赞自然之美而著称。在这部作品中，他用华丽的辞藻对沃尔登湖畔的森林、植物、动物等进行了细致描写，将大自然的美和魅力展现得淋漓尽致。西尔科在《绿松石矿脉》中则对亚利桑那州图森的山脉和河谷的自然美进行了详尽描绘，干涸的河谷、变幻的云朵、飞鸟虫鱼等在她生花妙笔下无一不体现着自然之大美。而从具体的生态审美角度看，西尔科注

---

① 胡家峦：《爱默生经典散文选》，湖南文艺出版社 2000 年版，第 196 页。

② Chang Yaoxin, *A Survey of American Literature*, Tianjin：Nankai University Press, 1997, p. 19.

重静态的意境美，比如，她在作品中写到河谷的自然美，绿松石之美或者云朵之美，这些美皆属于自然的静态美，"慢慢的，（在沙土间步行）变得容易许多，我开始注视着白沙间的鹅卵石和岩石，以及动物走过的足迹与郊狼和山猫的行踪。我开始找寻带有翠绿纹路的鹅卵石和岩石"。（*TL* 6）在西尔科的文字中，无论自然万象如何变化，但都犹如干涸的河谷中静静绽放的花朵，静默的展示着宁静的美。与西尔科作品中描绘的自然静态美不同，梭罗在《沃尔登湖》中更注重生态审美中的色彩美，比如梭罗有一段对秋景的描绘：

> 这般如诗如画的秋天景色不是很像色彩浓重的地毯吗？从此以后，每当我看到一块地毯，其色彩比一般的更浓艳，我就会想象那上面有长满黑果木的丘陵，还有白珠树和乌饭树更加茂密的沼泽，……什么染料能和这些色彩相比呢？①

梭罗在《沃尔登湖》中多处使用浓墨重彩的色彩描写，从色彩上带给人类视觉的冲击，难怪布伊尔曾评价梭罗作品中景色般的色彩美，他认为："尽管梭罗在美术正规知识方面十分有限，但他对风景美学怀有浓厚兴趣，在整个成人时期总爱把大地当作景色看，欣赏其构造、光线、色彩、质地等等。"② 两者在生态审美追求上也存在一定差异。梭罗通过自然之美的绘写，批判人类中心主义对生态整体之美的破坏，而西尔科则通过自然静态美的

---

① ［美］罗伯特·塞尔：《梭罗集》，陈钒、许崇信等译，生活·读书·新知三联书店 1996 年版，第 1090 页。

② Buell，Lawrence，*Thoreau and the Natural Environment*，*The Cambridge Companion to Henry Thoreau*，Ed. Joel Myerson，Shanghai：Shanghai Foreign Language Education Press，2000，pp. 171 – 193.

书写，说明殖民者对自然的戕害，对印第安土地的掠夺和文化的灭绝，既批判了人类中心主义对生态系统整体性破坏，又从印第安民族角度出发，表达其愤怒之情。

其次，两者生态整体思想根植的社会文明形态不同。普列汉诺夫指出"自然界对我们的影响是随着我们对自然界的态度的改变而改变的，而我们自己对自然界的态度是由我们的（即社会的）文化的发展进程所决定的"。[①] 梭罗与西尔科生活在不同的年代，来自不同的种族和不同的文化背景，这些差异决定了两者在生态思想的表现中会有所差异以符合各自所属的历史时期和文明形态。梭罗生活在 19 世纪，在工业文明的时代，人类认识自然和改造自然的能力大大提高，自然科学已经有了前所未有的大发展，人类认识自然和改造自然的能力达到前所未有的水平，而同时，人与自然的关系发生了逆转，由和谐到对立，于是引发了严重的生态危机。此外，梭罗的生态整体思想受到清教主义、超验主义、印第安文化及东方哲学的影响，使其生态思想具有较深厚的思想基础。然而，正是受东方哲学及西方文化的影响，梭罗的生态思想中有"归隐"的色彩，他远离主流社会和政治生活，选择"归隐"沃尔登湖畔，将生态思想付诸实践，他崇尚自然之道，在生活中安贫乐道，在自然中找寻心灵的慰藉，如果说爱默生是超验主义思想的提出者，那么梭罗则是超验主义影响下其生态思想的践行者。

西尔科生活在 20 世纪，一个生态危机愈加严重的时代，而作为美国本土作家，她的生态整体思想除了要关注已经发展到全球

---

① ［俄］普列汉诺夫：《论艺术》，葆华译，生活·读书·新知三联书店 1973 年版，第 29 页。

化的生态危机之外，更要为自己的民族文化发声。所以，西尔科的生态整体思想中除了探讨和关注人与自然关系的话题外，更饱含浓重的政治色彩，她没有像梭罗那般选择归隐田园，而是在关注生态的同时，发出强有力的呐喊，谴责了白人对印第安人殖民的历史，这是每一个美国土著心中永生难以抹去的历史记忆，她还对印第安人的生存现状进行了生态层面的思考。她将生态思想与政治性联系在一起，还进一步表达了多种文化和民族融合的期愿，以期实现全人类的和谐和全球化的生态永续。

小　结

西尔科在《绿松石矿脉》中通过对她居住 30 余年的地方的自然万物的描写，持续关注着自然环境及人类生存等问题，回忆录中西尔科将沙石云土、动物植物等作为一个生态整体呈现，把地方和全球联系在一起，充分彰显了其生态整体主义思想，她批判人类为了追逐利益而挖掘河谷的沙石等人类中心主义掩盖下对自然的征服和控制，可见，西尔科除了彰显其生态整体思想之外还致力于探索当代生态危机背后深刻的思想根源。西尔科的回忆录延续了美国文学"地方主义"的写作传统，她在回忆录中突显了对所居住地方的"地方性"及"地方意识"的探索，从美国本土作家独特的文化及审美视角关注其居住地的生态问题，既传承了印第安生态文化，又融合了当代生态批评理论转向中所提倡的生态地方主义思想。同时，西尔科并没有仅仅将目光局限于"地方"，而是从更宏大的层面顺应了当代生态危机的全球化潮流。她在作品中将其生态视野和生态关注扩大到全球化层面，将全人类视为整体，进而从理论和实践层面实现了"地方性"与"全球化”的联结，体现出其生态世界主义思想和她强烈的责任感及家园意识。

西尔科作品的价值在于通过艺术形式，能让人类心灵得到进一步净化，并看到生态危机对人类生存的威胁，进而让人类从思想上提升对生态的关注。在《典仪》中，西尔科通过“水”意象和女性形象，把自然生态、社会生态和精神生态作为生态整体联系在一起，小说以主人公的创伤得到治愈和印第安身份得以恢复结尾，他重新认识到滋养他的古老拉古纳文化，最终摆脱了白人文化的内在殖民性，这预示着印第安拉古纳文化的复兴，也打破了白人关于土著必将灭绝的预想，① 这种充满希望的基调正是西尔科对和谐生态的希冀，也是她生态整体思想的最好表达。

西尔科的写作深受美国超验主义的影响，她的回忆录可以与超验主义杰出代表人物梭罗的《沃尔登湖》相比较。海德格尔曾说：

> 真正的栖居困境乃在于：终有一死的人总是要重去寻求栖居的本质，而且还得学会如何栖居。人之所以无家可归，就在于人还根本没有把真正的栖居困境当做困境，倘若如此，那又如何？不过，一旦人类开始思考其无家可归的状态，那么悲惨的事情就不会再发生了。②

同为诗意的栖居者，西尔科在回忆录中与梭罗同样表达着对

---

① Work, James C. & Pattie Cowell, "Teller of Stories: An Interview with Leslie Marmon Silko", *Conversations with Leslie Marmon Silko*, Ed. Ellen L. Arnold, Jackson: University Press of Mississippi, 2000, p. 41.

② ［德］海德格尔：《演讲与论文集》，孙周兴译，生活·读书·新知三联书店 2004 年版，第 170 页。

自然的热爱和对生态的关注,两者在生态整体主义观、万物有灵论、生态地方主义思想及生态世界主义等方面皆有共同的生态理念,但由于两者在生活的时代及文化背景等方面的不同,两者在生态美学的具体审美方面及生态实践的具体方式等层面体现出差异性,对两者进行生态思想方面进行可比性的比较,有利于实现两者生态理念的沟通和交流。

结　语

对当代印第安社会而言，历史已成为难以忘却的记忆，而现代社会发展中经济化和现代性等问题而导致的对印第安文化和传统的冲击又难以回避。作为美国本土作家的重要代表，西尔科的作品融合了印第安民族的历史、文化、身份、传统和现状等要素，并从印第安传统生态智慧的角度思考和探讨了人类与万物的关系，人类在自然世界中的位置，人类对自然以及自身的可持续发展应承担的责任等问题。本书在生态批评理论的观照下，以西尔科的三部小说和一部回忆录为分析文本，探讨了其作品中彰显的生态思想，概言之，主要阐明了以下几个观点。

第一，西尔科作品中的后殖民生态主义思想。在小说《死者年鉴》中，西尔科通过宏大叙事结构揭露了殖民社会所遭受的长达 500 余年殖民历史的发展脉络。小说中描述了在殖民早期，印第安人所遭受的种族灭绝灾难以及欧裔美国人以发展为借口对印第安人土地的掠夺，同时，还指出白人将非洲人和印第安人作为奴隶贩卖的残酷历史。在当代，美国主流社会仍然以发展和文明为幌子对印第安社会进行政治干预、资源攫取、生态破坏、经济掠夺和动物杀戮，使印第安人面临诸多生存难以为继的威胁。针对印第安人的历史及现状，西尔科在作品中充分表达了印第安社会反殖民的抗争意愿，包括他们对土地所有权的争夺、对正义的追寻和对动物的保护等。这本小说反映了欧裔美国人的"人类中心主义"和"经济发展至上"的原则对印第安社会生态、文化和传统的威胁，这些威胁动摇了印第安人生活的根基。正如后殖民生态主义代表人物哈根和提芬在其合著《后殖民生态批评——文学、动物和环境》中指出的，殖民主义可与经济发展、环境恶化、物种主义等问题相提并论，西尔科在这部政治性强的小说中恰恰将殖民主义、经济发展、生态危机等问题统一在同一层面分析，并指出各民族大融合是反抗殖民侵略的途径之一。需要特别强调的是，在这部小说中，西尔科并没有将基于新殖民主义的发展观进行全盘否定，而是批判了以西方文化霸权和经济增长为原则的发展模式缺乏可持续性，反对打着发展的幌子对生态环境进行破坏。

第二，西尔科将自然、女性和文化之间建立交互关系，试图构建人与自然和谐相处的生态文化，体现了其生态女性主义思想。在小说《沙丘花园》中，她向世人呈现了四个风格独特和功能迥异的花园：沙丘蜥蜴部落印第安古花园、纽约长岛的维多利亚花园、英国巴斯的多功能花园以及意大利卢卡的景观花园。主要由女性培育的四个花园是自然的象征，西尔科通过花园把自然和女性一体化，同时，西尔科也赋予它们文化的隐喻功能，四个花园分别对接三种文化，即印第安文化、白人文化和欧洲文化，跨大洋轴心的印第安文化和欧洲文化在西尔科的作品中被巧夺天工般的联结在一起，这两种文化体系中彰显的动物观、植物观、土地观和女性观一脉相承，西尔科强调了印第安文化和欧洲文化的同源性和本质上的同一性，进而批判了以基督教教义为主旨的白人文化对自然的破坏，对动物的杀戮等行径。生态女性主义强调自然、女性和文化之间的内在关联性，小说中，西尔科还通过印第安女孩印迪歌和白人女性海蒂的女性意识觉醒及女性主体身份构建，塑造了打破传统男权文化的具备独立女性特质的女性形象，展现了女性善良、团结、独立和自由的精神。生态女性主义认为男权社会对自然的掠夺和对女性的压迫，在文化背景上是同源的，也是导致生态危机和生态灾难的根本原因。西尔科通过小说指出要建立人与自然和两性之间的和谐关系，就必须打破人类—自然、男性—女性的二元对立关系，她以女性细腻的笔触，探求人与自然及两性之间和谐关系的建立路径，复原女性与自然之间的亲和关系。

第三，在全球化话语体系下，西尔科既关注"地方"，又关注"全球"，并把自然生态、精神生态和社会生态作为整体联结在一起，体现了其生态整体主义思想。西尔科的回忆录《绿松石矿脉》从生态地方主义和生态世界主义角度出发，既关注了她生活的地方的地域性和地方意识，又将其生态思想与全球化的生态危机大背景相观照，进而体现了其生态思想中"地方化"与"全球化"兼具的特点，西尔科从生态整体主义的角度对"地方"的生态圈进行了描写，传承了印第安人的生态智慧。她还在《典仪》中把自然生态、精神生态和社会生态作为整体联系在一起，进一步体现了其生态整体主义思想。此外，受美国超验主义思潮的影响，且同为诗意的栖居者，使西尔科与梭罗从生态思想层面具有比较的可行性，故本书进一步将两者的生态思想异同进行了平行比较，试图实现两者文学创作中生态思想交流沟通的可行性。

就文学成就而论，西尔科是美国印第安文艺复兴的代表人物之一，由于其混血身份的特殊性，加之独特的成长经历，使西尔科成为专注于印第安民族历史、文化和生态问题的写作者，她的作品中因富含生态思想而被视为生态作家。与西尔科同时代的美国本土作家们也试图通过写作传递印第安生态智慧，抒发生态情怀。比如，路易斯·欧文斯（1948—2002）是印第安作家和评论家，他有乔克托（Choctaw）、切诺基（Cherokee）和爱尔兰血统，他的混血血统使他能以跨界视角写作。《狼歌》其他的代表作品，也是当代美国本土文学的经典之作，在这部小说中，欧文斯力图展现美国的发展主义意识形态对印第安环境的生态破坏，反对发展过程中对人的剥削和对自然资源的滥用，极力推崇印第安文化尊重土地的传统。托马斯·金恩是当代印第安文学的领军人物，他在小说《青草，流水》中通过花园、动物和水坝等意象刻画出殖民主义与生态毁坏的共谋关系，反映了70年代加拿大原族的生存环境和生态环境受到水电开发的冲击。小说还通过展现对于水、土地与发展之间的关系以及印白文化中他们的内涵而体现了金恩的后殖民生态主义思想。琳达·霍根是齐克索人（Chicka-saw），她是当代美国文坛最重要印第安小说家之一。她曾获"科罗拉多书评奖"（Colorado Book Award，1993）和"全国书评奖"（National Book Critics Circle Award）。她的四部代表作品是《恶灵》《太阳风暴》《力》和《靠鲸生活的人》，霍根作品中的人物均面对印第安传统失守和身份迷失等难题，她以写作和讲故事的方式，试图重建人与自然、人与人、人与动物、人与土地和人与传统之间的相互联系。她批判人类中心主义等意识形态，致力于消解性别、种族及阶级歧视，呼吁人类对非人类世界保持一种尊重和敬畏的态度，从而表达她对生态的关注。路易斯·厄德里克也是美国当代文坛重要的本土作家代表，是美国本土文学复兴的中坚力量，她的小说《爱药》《甜菜女王》《痕迹》和《宾果宫》

被称为"北达科他系列小说"。她在小说中着力表现印第安人与土地的关系，印第安人的归家主题，人与其他动物关系的主题，女性与自然关系的主题等，通过呈现不同的主题，她塑造了一批"生态印第安"形象，传递了其生态思想。

西尔科与其他当代美国本土作家一样，在作品中关注土地、人与自然关系、女性与自然的同一性、发展对自然的破坏、印白文化冲突等生态主题。除上述共性外，西尔科的生态思想还具有独特性。由于身份的特殊性，当代美国本土作家较少写富含政治性的作品，而西尔科的《死者年鉴》和《沙丘花园》是两部政治性极强的作品，她在作品中揭露了资本主义发展的实质和帝国主义的存在本质，并愤怒地指出两者对生态环境的破坏，她在作品中还批判了白人文化中人对动物的剥削，并呼吁建立人与动物的新型关系。《沙丘花园》中，她将花园作为意象，呈现了四个不同的花园，深层剖析了印第安文化中的生态思想渊源，并架构起一座跨时空的文化桥梁，将史前文明、欧洲文明、印第安文明与现代文明联结在一起，反观当代生态危机，试图找到现代生态危机出现的文化根源。《典仪》中进一步强调自然生态、社会生态和精神生态的整体统一性，《绿松石矿脉》中以细腻的笔触将她生活的"地方"呈现在世人面前，与其他描写地方的美国本土作家不同，西尔科还进一步强调"地方"与"全球"的联系，认为人类的可持续发展必须基于"地方"与"全球"的统一。

通过比较，本书研究了西尔科文学创作中与众不同的生态思想，指出西尔科的生态写作目的是基于对弱势群体的关注出发，批判殖民侵略，呼吁世人正视印第安的历史，关注全球化的生态危机，并试图找到合理化地解决途径。因此，得出的主要结论为：

第一，从生态批评视角，融合多种生态批评理论对西尔科文本解读的可行性。西尔科的文学创作从独特的视角表现出明显的生态思想，是典型的生态读本，她不仅是自然的观察者，更是自然的热爱者，她通过文学创作深刻表述了自然万物整体联系的生态整体主义思想；她在作品中重现了印第安人的历史，将历史话语融入到文学创作中，并表达了印第安民族的反抗意识和对正义的追寻，这是从后殖民生态主义视角进行的创作；她承袭了印第安文化传统，将女性视为独立的主体，与男权社会中女性的"他者"地位相抗衡，西尔科对自然与女性的关注使她的作品具有深邃的生态女性主义思想；此外，受美国超验主义思潮的影响，西尔科强调自然的独立价值、审美价值和精神内涵，重视地方与全球的结合，反对资本主义的实用主义和消费主义，进而彰显了其生态地方主义思想和生态世界主义思想。我国著名的生态批评学者鲁枢元教授曾指出："生态文艺批评并不排斥形式主义的文艺批评以及其他类型的文艺批评，因为生态学的一个基本原则就是'多元共存。'"① 因此，本书把西尔科的文学创作与生态批评的多种跨界理论融合在一起，展示了印第安文化中的生态智慧，向世人示范了一条绿色生活之路。

第二，通过比较西尔科和梭罗以及其同时代的美国本土作家，可归纳出其生态思想的独特性和嬗变过程。一是西尔科通过政治性强的作品表现出其对生态危机的关注。二是注重寻求解决当代生态危机的文化根源，而不是仅仅呈现印白文化的差异性。三是具有前瞻性的全球意识。她通过作品，呼吁建立人类命运共

---

① 鲁枢元：《生态文艺学》，陕西人民教育出版社 2000 年版，第 388 页。

同体，以实现人类的可持续发展。所以，可以总结出，西尔科生态思想的嬗变过程：从单纯地呈现印第安文化中的生态智慧，到意识到各种文化之间的互融性；从关注自己生活的"地方"到关注"全球"，其全球意识明显加强；从一味地批判人类中心主义观到深入剖析生态危机出现的社会根源和文化根源，为解决当代生态危机提供可行性路径。

第三，通过文学批评理论研究西尔科文学创作可实现其生态文本的文学实践功能。文学批评的功能不仅仅被用于阐释文学文本，而应该不断挖掘文本解读的可能。生态批评理论可用于解读的文本范围比较宽泛，可以用生态批评的思维方式进行阅读的文本皆可作为生态批评研究的目标文本。在文学批评实践中，应不断挖掘和发现文本中对自然的再现，人与自然关系，生态危机等主题，并通过重新阅读，重新思索和重新阐释的过程解读此类生态文本中的生态性，以唤醒人类的生态保护意识，这也是文学批评或者文学文本的重要社会功能之一。本书对西尔科文学创作中的生态思想进行研究，重要启示之一就是通过对其作品的重新挖掘和阐释发现其文本的生态可读性，并将其生态思想传递给世人，发挥文学的社会实践功用。

第四，生态文学已成为当代文学重要的发展趋势之一。在"我们了解自然，是为了统治自然"①的世界观指导下，人类开始以自我为中心改造和征服自然，最终却陷入自己编织的牢笼，以致各种生态问题频发，人类的生存状况堪忧，并最终导致全球化的生态危机出现。生态危机全球化蔓延在文学领域的表现为作家

---

① Farrington, Benjamin, *The Philosophy of Francis Bacon: An Essay on Its Development from* 1603 *to* 1609, Liverpool: Liverpool University Press, 1964, p. 63.

对生态问题愈加关注且生态意识的表达愈加明显。以西尔科为代表的美国本土作家群在文学创作中均或多或少地涉及生态意识的表达，这与印第安人世代相传的生态智慧相关，更与全球化蔓延的生态危机相关。研究西尔科文学创作中的生态思想，可以以点窥面，进而发掘更多当代作家文学创作中的生态思想，比如海明威、福克纳、德里罗等著名作家的文学创作也清晰地传递了作者的生态思想。可见，越来越多的当代作家开始关注生态问题，生态文学已成为文学发展的重要趋势。

从本书研究的理论视角看，生态批评利用生态学相互联系的基本观点，整合文学、美学、伦理学、哲学、政治学等相关学科理论，在借鉴多种批评理论，如文化批评、女性主义、后殖民理论、女性主义等的基础上，实现了跨学科理论的融合，充分体现了其视角的开放性和包容性，因此，以生态批评理论为框架阐释西尔科的文学创作，可以体现文学联系社会问题的实践性，也可以更深刻和充分地挖掘其生态思想的广泛性和宽阔性。然而，鉴于研究视角的局限性，本书对于西尔科生态思想的研究尚有不足之处。

其一，生态批评理论为西尔科的作品研究提供了可借鉴的研究范式、开创了广阔的空间，但就丰富的美国本土文学作品来说，生态批评理论只为其研究提供了一种视角，以其他文学理论做观照，研究美国本土文学也是有意义的尝试。

其二，本书在利用比较研究法对东西方文学进行比较研究的深度上有待进一步完善。本书比较了西尔科与梭罗的生态思想异同，但在东西方文学的比较层面，比较研究是否可行？比如，西尔科与陶渊明的生态思想进行比较研究。

此外，本书只涉及了西尔科长篇文本的研究，她是否在其诗歌及短篇小说中表达了生态思想？如果西尔科在其诗歌及短篇小说中表达了生态思想，那么与其长篇文本中所蕴含的生态思想有何异同？上述问题是本书尚未涉及的论题，有待于在后续研究工作中继续完善。

所引书目首字母缩写表

由于本书引用西尔科的作品较多，为方便起见，将所引书目的缩写列入下表：

C   *Ceremony*，1977

AD   *Almanac of the Dead*，1991

GD   *Gardens in the Dunes*，1999

TL   *The Turquoise Ledge：A Memoir*，2010

参考文献

一 专著

Adamson, Joni, *American Indian Literature*, *Environmental Justice*, *and Ecocriticism*: *The Middle Place*, Tucson: The University of Arizona Press, 2001.

Adamson, Joni & Evans, Mei Mei & Stein, Rachel (eds), *The Environmental Justice Reader*: *Politics*, *Poetics and Pedagogy*, Tucon: The University of Arizona Press, 2002.

Allen, Paula Gunn, *The Sacred Hoop*: *Recovering the Feminine in American Indian Traditions*, Boston: Beacon Press, 1992.

Allen, Paula Gunn, *Introduction in The Sacred Hoop*: *Recovering the Feminine in American Indian Traditions*: *with a New Preface*, Boston: Beacon Press, 1992.

Allen, Paula Gunn, *The Sacred Hoop*: *Recovering the Feminine in American Indian Traditions*, Boston: Beacon Press, 1986.

Allen, Paula Gunn, *Iyani*: *It Goes This Way*, *The Remembered Earth*: *An Anthology of Contemporary Native American Literature*, Ed.

Geary Hobson, Albuquerque: University of New Mexico Press, 1981.

Allen, Paula Gunn, *Grandmothers of the Light: A Medicine Woman's Sourcebook*, Boston: Beacon Press, 1991.

Arnold, Ellen L. (eds), *Conversations with Leslie Marmon Silko*, Jackson: University Press of Mississippi, 2000.

Andrussn, Van, *Home! A Bioregional Reader*, Philadelphia, Gabriola Island, B. C. : New Society Publishers, 1990.

Atkinson, David, *Cultural Geography: A Critical Dictionary of Key Concepts*, New York: I. B. Tauris, 2005.

Anderson, Larrain, Scott Slovic & John P. O'grady (eds), *Literature and the Environment: A Reader on Nature and Culture*, New York: Longman, 1999.

Barnes, Kim, "A Leslie Marmon Silko Interview", *Conversations with Leslie Marmon Silko*, Ed. Ellen L. Arnold, Jackson: University Press of Mississippi, 2000.

Barnett, Louise K & James L. Thorson, *Leslie Marmon Silko: a Collection of Critical Essays*, Albuquerque: New Mexico UP, 1999.

Bevis, William, "Native American Novels: Homing", *Recovering the Word: Essays on Native American Literature*, Ed. Brian Swann & Arnold Krupat, Berkeley: U of California Press, 1987.

Boas, Franz, *Kcresan Texts*, New York: AMS Press, 1974.

Black, Jan Knipper, *Development in Theory and Practice: Paradigms and Paradoxes*, Bouder, CO: Westview Press, 1999.

Berkhofer, Robert F. , *The White Man's Indian: Imagines of the American Indian from Columbus to the Present*, New York: Vintage, 1978.

Barbour, Ian G. , *Technology, Environment, and Human Values*, New York: Praeger Publishers, 1980.

Benton, Lisa Short & John R. , Short (eds), *Environmental Discourse and Practice: a Reader*, Malden, Mass: Blackwell, 2000.

Brown, Joseph E. , *Teaching Spirits: Understanding Native American Religious Tradition*, New York: Oxford University Press, Inc. , 2001.

Buell, Lawrence, *The Environmental Imagination: Thoreau, Nature Writing, and the Formation of American Culture*, Cambridge: Belknap Press of Harvard University Press, 1995.

Buell, Lawrence, *Writing for an Endangered World—Literature, Culture and Environment in the US and Beyond*, Cambridge: The Belknap Press of Harvard University Press, 2001.

Buell, Lawrence, *The Future of Environmental Criticism: Environmental Crisis and Literary Imagination*, Maiden: Blackwell Publishing, 2005.

Buell, Lawrence, Thoreau and the Natural Environment, *The Cambridge Companion to Henry David Thoreau*, Ed. Joel Myerson, Shanghai: Shanghai Foreign Language Education Press, 2000.

Bryson, J. Scott, *The West Side of Any Mountain: Place, Space and Ecopoetry*, Iowa City: University of Iowa Press, 2005.

Bennett, Jennifer, *Lilies of the Hearth: The Historical Relationship between Woman and Plants*, Canada: Camden House, 1991.

Black Elk & John G. Neihardt & Raymond J. DeMallie, *Black Elk Speaks: Being the Life Story of a Holy Man of the Oglala Sioux*, Albany, N.

Y. : Excelsior Editions, State University Press of New York Press, 2008.

Crossman, Carl, "The People of Color Environmental Summit", *Unequal Protection: Environmental Justice and Communities of Color*, Ed. Bullard Robert D. San Francisco: Sierra Club Books, 1994.

Cook, Barbara J. (eds), *From the Center of Tradition: Critical Perspectives on Linda Hogan*, Boulder: University Press of Colorado, 2003.

Cook-Lynn, Elizabeth, *Anti-Indianism in Modern America: A Voice from Tatekeya's Earth*, Urbaba: University of Illinois Press, 2007.

Coetzee, J. M. , *The Lives of Animals*, Princeton, New Jersey: Princeton University Press, 1999.

Chavkin, Richard Allen & Chavkin, Nancy Feyl, *Conversation with Louise Erdrich and Michael Dorris*, Jackson: University Press of Mississippi, 1995.

Chang Yaoxin, *A Survey of American Literature*, Tianjin: Nankai University Press, 1997.

Chavkin, Allan, *"Introduction" in Leslie Marmon Silko's Ceremony: A Casebook*, New York: Oxford University Press, 2002.

Coupe, Laurence, *The Green Studies Reader: from Romanticism to Ecocriticism*, London, New York: Routledge, 2000.

Cajete, Gregory, "Indigenous Education and Ecology: Perspective of an American Indian Educator", *Indigenous Traditions and Ecology: The Interbeing of Cosmology and Community*, Ed. John A. Grim, Havard: Havard University Press, 2001.

Cirlot, Juan Eduardo, Trans, Jack Sage, *A Dictonary of Symbols*, London: Routledge & Kegan Paul, 1978.

Caruth, Cathy, *Trauma: Explorations in Memory*, Baltimore: Johns Hopkins University Press, 1995.

Duplessis, Rachel Blau, *Writing beyond the Ending: Narrative Strategies of Twentieth-century Women Writers*, Bloomington: University of Indiana Press, 1985.

Dreese, Donelle Nicole, *Ecocriticism: Creating Self and Place in Environmental and American Indian Literature*, New York: Peter Lang, 2002.

Dunbar-Ortiz, Roxanne & Gilio-Whitaker, Dina, *All the Real Indians Died off: and 20 other Myths about Native Americans*, Boston: Beacon Press, 2016.

Deval, Bill & Sessions, George, *Deep Ecology*, Salt Lake City, Utah: G. M. Smith, 1985.

De Rivero B. , Oswaldo, *The Myth of Development: The Non-Viable Economies of the Twenty-First Century*, London: Zed Books, 2001.

Draper, Ronald P. (eds), *D. H. Lawrence: The Critical Heritage*, London and Boston: Routledge and Kegan Paul, 1970.

Deloria, Philip Joseph & Salisbury, Neal, *A Companion to American Indian History*, Malden, Massachnsetts: Blackwell Publishers Ltd. , 2004.

Deloria, Vine, *God is Red: a Native View of Religion*, Golden, Colo. : Fulcrum Pub, 2003.

Deloria, Vine, Barbara Deloria, Kristen Foehner & Samuel Scinta

(eds), "Relativity Relatedness and Reality", *Spirit & Reason:*
the Vine Deloria, Jr., Reader, Golden, Colo.: Fulcrum Pub,
1999.

Dozier, Edward P. , *The Publo Indians of North America,* New York:
Holt, Rhinehart & Winston. 1970.

Eggan, Fred, *Social Organization of the Western Pueblo,* Chicago:
University of Chicago Press, 1950.

Escobar, Arturo, *Encountering Development: The Making and Unma-*
king of the Third World, New Jersey: Princeton University Press,
1995.

Evans, Charlene Taylor, "Mother-Daughter Relationships as Episte-
mological Structures: Leslie Marmon Silko's Almanac of the Dead
and Storyteller", *Women of Color: Mother-Daughter Relation-*
ships in 20th Century Literature, Ed. Elizabeth Brown-Guillory,
Austin: U of Texas, 1996.

Farley, Ronnie (eds), *Women of the Native Struggle: Portraits and*
Testimony of Native American Women, New York: Orion Books,
1993.

Frumkin, Howard, *Environmental Health: Form Global to Local,* San
Francisco: John Wiley & Sons, 2005.

Fish, Suzanne K. , "Corn, Crops, and Cultivation in the North Amer-
ican Southwest", *People and Plants in Western North America,*
Ed. Paul E. Minnis, Washington, DC: Smithsonian Books, 2004.

Farrington, Benjamin, *The Philosophy of Francis Bacon: An Essay on*
Its Development from 1603 to 1609, Liverpool: Liverpool Univer-
sity Press, 1964.

Glotfelt, Cheryll, "Introduction: Literary Studies in an Age of Environmental Crisis", *The Ecocriticism Reader: Landmarks in Literary Ecology*, Ed. Glotfelty, Cheryll & Harold Fromm & Teresa Shewry, Athens, Georgia: University of Georgia Press, 1996.

Gaard, Greta Claire & Patrick D. Murphy (eds), *Ecofeminist Literary Criticism: Theory, Interpretation, Pedagogy*, Urbana and Chicago: University of Illinois Press, 1998.

Guttman, Naomi, "Ecofeminism in Literary Studies", *The Environmental Tradition in English Literature*, Ed. John Parham, Burlington, England: Ashgate Publishing Ltd. , 2002.

Gimbutas, Marijs, *The Goddesses and Gods of Old Europe: 6500 – 3500 BC Myth and Cult Images*, Berkeley: University of California Press, 1982.

Gimbutas, Marijs, *The Language of Goddesses*, New York: Harper Collins, 1991.

Gunn, John Maxwell, *Schat-Chen: History, Tradition and Narratives of the Queres Indians*, Albuquerque: Albright and Anderson, 1917.

Graham, Huggan & Helen, Tiffin, *Postcolonial Ecocriticism: Literature, Animals, Environment*, London and New York: Routledge, 2010.

Gangewere, Robert J. , *The Exploited Eden: Literature on the American Environment*, New York, Evanston, San Francisco, London: Harper & Row Publishers, Inc. , 1972.

Gaard, Greta Claire & Patrick D. Murphy, *Introduction in Ecofeminist Literary Criticism: Theory, Interpretation, Pedagogy*, Urbana Chicago: University of Illinois Press, 1998.

Gadamer, H. G. , *Philosophical Hermeneutics*, Berkeley: University of California Press, 1997.

Hansen, Elaine Tuttle, "What if Your Mother Never Meant to? The Novels of Louise Erdrich and Michael Dorris", *Mother without Child: Contemporary Fiction and the Crisis of Motherhood*, Berkeley: University of California Press, 1997.

Homi, Bhabha K. , *The Location of Culture*, London: Routledge, 1994.

Horton, Rod. William & Edward, Herbert W. , *Background of American Literary Thought* (3 rd edition), New Jersey: Prentice-Hall Inc. , 1974.

Herise, Ursula, *Sense of Place and Sense of Planet: The Environmental Imagination of the Global*, New York: NY: Oxford UP, 2008.

Harding, Walter, *The Days of Henry Thoreau: a Biography*, New York: Dover Publications, 1982.

Harding, Walter, *Thoreau: Man of Concord*, New York: Holt, Rinehart and Winston, 1960.

Harding, Walter, Thoreau's Reputation, *The Cambridge Companion to Henry David Thoreau*, Ed. Myeros, Joel. Shanghai: Shanghai Foreign Language Education Press, 2000.

Irr, Caren, "The Timeliness of Almanac of the Dead, or a Postmodern Rewriting of Radical Fiction", *Leslie Marmon Silko: A Collection of Critical Essays*, Ed. Louise. K. Barnett & James. L. Thorson, Albuquerque: University of New Mexican Press, 1999.

Irmer, Thomas & Schmidt, Matthias, "An Interview with Leslie Marmon Silko", *Conversations with Leslie Marmon Silko*, Ed. Ellen

L. Arnold, Jackson: University Press of Mississippi, 2000.

Jensen, Derrick, *Listening to the Land: Conversations About Nature, Culture, and Eros*, San Francisco: Sierra Club Books, 1995.

Jastrab, Joseph & Ron Schaumburg, *Sacred Manhood, Sacred Earth*, New York: Harper Collins Publishers, 1994.

John, Updike, An Introduction in J. L. Shanley ed. *Walden* 150*th Anniversary Edition*, New Jersey: Princeton University Press, 2003.

Johnston, Ronald John, *Philosophy and Human Geography: An Introduction to Contemporary Approaches*, London: Edward Arnold, 1986.

Krupat, Arnold, "The DialogiCof Silko' Storyteller", *Narrative Chance: Postmodern Discourse on Native American Indian Literatures*, Ed. Gerald Robert Vizenor, Albuquerque: University of NM Press, 1989.

Krech, Shepard & John Robert McNeill & Carolyn Merchant, *Encyclopedia of World Environmental History* (*Volume 1*): *A − E*, New York: Routledge, 2004.

Kolodny, Annette, *The Land Before Her: Fantasy and Experience of the American Frontiers*, 1630 − 1860, Chapel Hill: University of North Carolina Press, 1984.

King, Ynestra, "The Ecology of Feminism and the Feminism of Ecology", *Healing the Wounds: The Promise of Ecofeminism*, Ed. Judith Plant, Philadelphia, PA: New Society Publishers, 1989.

Keriridge, Richard & Neil Sammells, *Writing the Environment: Ecoriticism and Literature*, London: Zed Books Ltd. , 1998.

Lanier-Graham, Susan D. , *The Ecology of War: Environmental Im-*

pacts of Weaponry and Warfare, New York: Walker, 1993.

Leopold, Aldo, Flader, Susan J. & Callicott, Baird, *The River of The Mother of God and Other Essays*, Madison, Wis. : University of Wisconsin Press, 1991.

Leopold, Aldo, *A Sand County Almanac*, New York: Ballantine Books, 1966.

Lincoln, Kenneth, *Native American Renaissance*, Berkeley and Los Angeles: University of California Press, 1985.

Lawrence, David Herbert, *Study of Thomas Hardy and other Essays*, New York: Cambridge University Press, 1985.

Lawrence, David Herbert, *Phoenix: the Posthumous Papers of D. H. Lawrence*, Ed. Edward. D. McDonald, New York: Penguin Books, 1978.

Leiss, William, *The Limits to Satisfaction: An Essay on the Problem of Needs and Commodities*, Toronto and Buffalo: University of Toronto Press, 1976.

McClure, Andrew Stuart, *"Survivance" in Native American Literature: Form and Representations*, The University of New Mexico, Pro Quest Dissertations Publishing, 1998.

Morel, Pauline, *Circularity, Myth, and Storytelling in the Short Fiction of Leslie Marmon Silko*, University Laval (Canada), Pro Quest Dissertations Publishing, 2000.

Mazel, David, *American Literary Environmentalism*, Athens: University of Georgia Press, 2000.

Merriam-Webster, Inc. , *Merriam-Webster's Collegiate Dictionary*, Springfield, MA: Merriam-Webster, 1996.

McQuade, Donald (eds), *The Harper American Literature*, New York: Harper & Row, 1987.

Momaday, N. Scott, "An American Land Ethic", *Ecotactics: The Sierra Club Handbook for Environment Activists*, Ed. John G. Mitchell & Constance L. Stallings, New York: Trident Press, 1970.

Manuel, George & Posluns, Michael, *The Fourth World: an Indian Reality*, Don Mills, Ont: Collier-Macmillan Canada, 1974.

Milburn, Michael & Conrad, Sheree D. , *The Politics of Denial*, Cambridge, MA: Massachusetts Institute of Technology, 1996.

Mowforth, Martin & Ian Munt, *Tourism and Sustainability: Development and New Tourism in the Third World*, London: Routlegde, 1998.

Malamud, Randy, *Poeti Animals and Animal Souls*, New York: MacMillan Pala Grave, 2003.

Murphy, Patrick D. , *Literature, Nature & Other: Ecofeminist Critiques*, New York: State University of NewYork, 1995.

Morgan, Keith, "Garden and Forest: Nineteenth-Century Developments in Landscape Architecture", *Keeping Eden: A History of Gardening in America*, Ed. Walter T. Punch, Boston: Little, Brown, 1992.

Milton, John, *The Complete Poetical Works of John Milton*, Ed. Douglas Bush, Boston: Houghton Mifflin Company, 1965.

McGregor, Robert Kuhn, *A Wider View of the Universe: Henry Thoreau's Study of Nature*, Urbana: University of Illinois Press, 1997.

Nelson, Robert M. , *Place and Vision: The Function of Landscape in*

Native American Fiction, New York: Peter Lang Publishing, Inc. , 1993.

Nelson, Robert M. , *Leslie Marmon Silko's Ceremony*: *The Recovery of Tradition*, New York: Peter Lang Publishing, Inc. , 2008.

Nash, Roderick, *Wilderness and the American Mind*, New Haven: Yale University Press, 1982.

Netzley, Patricia D. , *Environmental Literature*: *An Encyclopedia of Works*, *Authors*, *and Themes*, D. Santa Barbara, California: ABC-CLIO, 1999.

Nabhan, Gary Paul, *Coming Home to Eat*: *The Pleasures and Politics of Local Foods*, New York: W. W. Norton & Co. , 2002.

Nabhan, Gary Paul, *Cultures of Habitat*: *on Nature*, *Culture*, *and Story*, Washington, D. C: Counterpoint; Emeryville, CA: Distributed by Publishers Group West, 1997.

Owens, Louis, *Other Destinies*: *Understanding the American Indian Novel*, Norman: University of Oklahoma Press, 1992.

Orenstein, Gloria Feman, Toward an Ecofeminist EthniC of Shamanism and the Scared, *Ecofeminism and the Sacred*, Ed. Carol J. Adams, New York: Continuum Publishing Company, 1998.

Porter, Joy & Kenneth M. Roemer, Introduction, *Cambridge Companion to Native American Literature*, Ed. Joy Porter & Kenneth M. Romer, Cambridge, New York: Cambridge U. P, 2005.

Power, Janet M. , "Mapping the Propheti CLandscape in Almanac of the Dead", *Leslie Marmon Silko*: *A Collection of Critical Essays*, Ed. L. K. Barnett & J. Thoron, Albuquerque: University of New Mexico Press, 1999.

Perry, Donna Marie (eds), *Backtalk*: *Women Writer Speak Out*, New Brunswick, N. J. : Rutgers University Press, 1993.

Parsons, Elsie Worthington Clews, *Notes on Ceremouialism at Laguna*, New York: The Trustees, 1920.

Pearce, Roy Harvey, *Savagism and Civilization*, Baltimore: Johns Hopkins, 1967.

Petulla, Joseph, *Environmental Protection in the United States*, San Francisco: San Francisco Study Center, 1987.

Paquet, Sandra Pouchet, "Beyond Mimicry: The Poetics of Memory ND Authenticity in Derek Walcott's Another Life", *Memory and Cultural Politics*: *New Approaches to American Ethni CLiteratures*, Ed. Amritjit Singh, Boston: Northeastern University Press, 1996.

Prucha, F. Paul, *The Great Father*: *The United States Government and American Indians*, Nebraska: University of Nebraska Press, 1984

Pratt, Mary Louise, *Imperial Eyes*: *Travel Writing and Transculturation*, London: Routledge, 1992.

Rawls, John, *A Theory of Justice*, Cambridge, Massachusetts: The Belknap Press of Harvard University Press, 1971.

Renzetti, Claire M. & Daniel J. Curran, *Women*, *Men*, *and Society*: *the Sociology of Gender*, Boston: Allyn and Bacon, 1989.

Rollings, Willard Hughes, "Indians and Christianity", *A Companion to American Indian History*, Ed. Philip Joseph Deloria & Neal Salisbury, Malden, Mass. : Blackwell Publishers, 2002.

Rick, Van Noy, *Surveying the Interior*: *Literary Cartographers and the Sense of Place*, Reno: University of Nevada Press, 2003.

Relph, E. C., *Place and Placelessness*, London: Pion Limited, 1986.

Steben, Rosendale (ed.), *The Greening of Literary Scholarship: Literature, Theory and the Environment*, Iowa City: Jowa University Press, 2000.

Sligh, Gray Lee, *A study of Native American women novelists: Sophia Alice Callahan, Mourning Dove, and Ella Cara Deloria*, Lewiston, N. Y.: Edwin Mellen Press, 2003.

Smith, Lindsey Claire, *Indians, Environment, and Identity on the Borders of American Literature: from Faulkner and Morrison to Walker and Silko*, New York: Palgrave Macmillan, 2008.

Silko, Leslie Marmon, "Language and Literature from a Pueblo Indian Perspective", *English Literature: Opening Up the Canon*, Ed. L. A. Fiedler & Houston A. Baker, Jr. Baltimore: John Hopkins University Press, 1981.

Silko, Leslie Marmon, *Yellow Woman and a Beauty of the Spirit, Essays on Native American Life Today*, New York: Simon & Schuster, 1997.

Silko, Leslie Marmon, *Yellow Woman and a Beauty of the Spirit, Essays on Native American Life Today*, New York: Simon & Schuster, 1996.

Shaddock, Jennifer, "Mixed Blood Women: The DynamiCof Women's Relationship in the Novels of Louise Erdrich and Leslie Silko", *Feminist Nightmares: Women at Odds: Feminism and the Problem of Sisterhood*, Ed. Susan Osterov Weisser & Fleishner, Jennifer, New York: New York University Press, 1994.

Sachs, Wolfgang (eds), *The Development Dictionary: A Guide to*

Knowlegge as Power, London: Zed Books, 1997.

Seyersted, Per, "Interview with Leslie Marmon Silko", *Conversations with Leslie Marmon Silko*, Ed. Ellen L. Arnold, Jackson: UP of Mississippi, 2000.

Shanley, Kate, "Thoughts on Indian Feminism", *A Gathering of Spirit: A Collection by North American Indian Women*, Ed. Bath Brant, New York: Firebank Books, 1984.

Smith, Andy, "Ecofeminism through an Anticolonial Framework", *Ecofeminism: Women, Culture, Nature*, Ed. Karen J. Warren, Bloomington: Indiana University Press, 1997.

Stein, Rachel, "Introduction", *New Perspectives on Environmental Justice: Gender, Sexuality and Activism*, Ed. Joni Adamson, Mei Mei Evans and Rachel Stein, New Brunswick, NJ: Rutgers University Press, 2004.

Stein, Eichel, "Contested Ground: Nature, Narrative, and Native American Identity in Leslie Marmon Silko's Ceremony", *Leslie Marmon Silko's Ceremony: A Casebook*, Ed. Allen Chavkin, Oxford: Oxford University Press, 2002.

Shiva, Vandana, "Development as a New Project of Western Patriarchy", *Reweaving the World: The Emergence of Ecofeminism*, Ed. Irene Diamond & Gloria Feman Orenstein, San Francisco, CA: Sierra Club Books, 1990.

Silko, Leslie Marmon & Wright, James, *The Delicacy and Strength of Lace: Letters between Leslie Marmon Silko and James Wright*, Ed. Anne James Wright, Saint Paul: Graywolf Press, 1986.

Snyder, Gary, *Turtle Island*, New York: New Direction Books, 1974.

Snyder, Gary, *The Real Work: Interviews & Talks*, 1964 – 1979, Ed. William Scott McLean, New York: New Direction Books, 1980.

Sligh, Gary Lee, *A Study of Native American Women Novelists: Sophia Alice Callahan, Mourning Dove, and Ella Cara Deloria*, Lewiston, N. Y. : Edwin Mellen Press, 2003.

Shewry, Teresa & Cheryll Glotfelty & Harold Fromm, *The Ecocriticism Reader: Landmarks in Literary Ecology*, Athens: University of Georgia Press, 1996.

Tarter, James, "Locating the Uranium Mine: Place, Multiethnicity, and Environmental Justice in Leslie Marmon Silko's Ceremony", *The Greening of Literary Scholarship: Literature, Theory, and the Environment*, Rosendale, Steven (ed. and introd.), Slovic, Scott (foreword), Iowa City, IA: University of Iowa Press, 2002.

Thorson, John E. , Sarah Britton & Bonnie G. Colby, *Tribal Water Rights Essays in Contemporary Law, Policy and Economics*, Tucson: The University of Arizona Press, 2006.

Thorpe, Grace, "Our Homes Are not Dumps: Creating Nuclear—Free Zones", *Defending Mother Earth: Native American Perspectives on Environmental Justice*, Ed. Jace Weaver, New York: Orbis Books, 1996.

TuSmith, Bonnie, *All My Relatives: Community in Contemporary EthniCAmerican Literature*, Ann Arbor: The University of Michigan Press, 1993.

Toffler, Alvin, *Future Shock*, New York: Random House, 1970.

Thornton, Tamara Plakins, "Horticulture and American Character", *Keeping Eden: A History of Gardening in America*, Ed. Walter T. Punch, Boston: Little, Brown, 1992.

Turner, Frederick, *Spirit of Place: the Making of an American Literary Landscape*, Washington D. C. : Island Press, 1989.

Tucker, Mary Evelyn & Williams, Duncan Ryuken (eds), *Buddhism and Ecology: The Interconnection of Dharma and Deeds*, Cambridge, Mass. : Harvard University Center for the Study of World Religions: Distributed by Harvard University Press, 1997.

Thoreau, Henry David, "Life Without Principle", *Great Short Works of Henry David Thoreau*, Ed. Wendell Glick, New York: Harper & Row, 1982.

Weaver, Jace, *That People Might Live: Native American Literature and Native American Community*, New York: Oxford University Press, 1997.

Warrior, Robert Allen, *Tribal Secrets: Recovering American Indian Intellectual Traditions*, Minneapolis: University of Minnesota Press, 1995.

Walker, Barbara G. , *The Woman's Encyclopedia of Myths and Secrets*, San Francisco: Harper & Row, 1983.

Worster, Donald, *Nature's Economy: A History of Ecological Ideas* (2nd Edition), New York, NY, USA: Cambridge University Press, 1994.

Ward, Bobby J. , *A Contemplation Upon Flowers: Gardens Plants in Myth and Literature*, Portland, Oregon: Timber Press, 1999.

Warren, Karen. J., *Ecofeminist Philosophy*: *A Western Perspective on What It Is and Why It Matters*, Maryland: Rowman & Littlefield Publishers. Inc. , 2000.

Work, James C. & Pattie Cowell, "Teller of Stories: An Interview with Leslie Marmon Silko", *Conversations with Leslie Marmon Silko*, Ed. Ellen L. Arnold, Jackson: University Press of Mississippi, 2000.

[美] 爱德华·泰勒:《原始文化》,连树声译,广西师范大学出版社 2005 年版。

[美] 艾伦·杜宁:《多少算够——消费社会与地球的未来》,毕聿译,吉林人民出版社 1997 年版。

[美] 埃里希·弗洛姆:《健全的社会》,蒋重跃译,国际文化出版公司 2007 年版。

[美] 奥尔多·利奥波德:《沙乡年鉴》,侯文蕙译,商务印书馆 2016 年版。

[法] 阿尔贝特·史怀泽:《敬畏生命》,陈泽环译,上海社会科学院出版社 1992 年版。

[澳] 比尔·阿希克洛夫特、格瑞斯·格里菲斯、海伦·蒂芬:《逆写帝国:后殖民文学的理论与实践》,任一鸣译,北京大学出版社 2014 年版。

[美] 巴里·康芒纳:《封闭的循环——自然、人和技术》,侯文蕙译,吉林人民出版社 1997 年版。

[美] 彼得·温茨:《环境正义论》,朱丹琼、宋玉波译,上海人民出版社 2007 年版。

鲍晓兰:《西方女性主义研究评介》,生活·读书·新知三联书店 1995 年版。

蔡俊：《超越生态印第安——路易斯·厄德里克小说研究》，中国
　　社会科学出版社 2013 年版。

程虹：《寻归荒野》，生活·读书·新知三联书店 2001 年版。

[美] 德沃金：《至上的美德：平等的理论与实践》，冯克利译，
　　江苏人民出版社 2008 年版。

戴桂玉：《生态女性主义视角下的主体身份研究——解读美国文
　　学作品中主体身份建构》，中国社会科学出版社 2013 年版。

董衡巽：《美国文学简史》，人民出版社 2003 年版。

[德] 恩斯特·卡西尔：《人论》，甘阳译，上海译文出版社 2004
　　年版。

[美] 弗兰兹·博厄斯：《原始人的心智》，项龙、王星译，国际
　　文化出版公司 1989 年版。

福柯：《规训与惩罚》，刘北成、杨远婴译，生活·读书·新知三
　　联书店 1999 年版。

[德] 冈特·绍伊博尔德：《海德格尔分析新时代的科技》，宋祖
　　良译，中国社会科学出版社 1999 年版。

胡家峦：《爱默生经典散文选》，湖南文艺出版社 2000 年版。

胡志红：《西方生态批评史》，人民出版社 2015 年版。

何建华：《发展正义论》，上海三联书店 2012 年版。

何怀宏主编：《生态伦理——精神资源与哲学基础》，河北大学出
　　版社 2002 年版。

[德] 海德格尔：《演讲与论文集》，孙周兴译，生活·读书·新
　　知三联书店 2004 年版。

江宁康：《美国当代文化阐释》，辽宁教育出版社 2005 年版。

[美] 杰拉尔德·纳什：《美国西部的转变：第二次世界大战的影
　　响》，印第安纳大学出版社 1985 年版。

［美］杰瑞·佛朗哥：《跨越大洋：土著美国人在第二次世界大战中》，（得克萨斯登顿）北德克萨斯大学出版社 1999 年版。

［美］卡洛琳·麦茜特：《自然之死——妇女、生态和科学革命》，吴国盛等译，吉林人民出版社 1999 年版。

［美］劳伦斯·布伊尔：《环境批评的未来——环境危机与文学想象》，刘蓓译，北京大学出版社 2010 年版。

［美］罗伯特· 塞尔：《梭罗集》，陈钒、许崇信等译，生活·读书·新知三联书店 1996 年版。

［美］罗斯玛丽·帕特南·童：《女性主义思潮导论》，艾晓明等译，华中师范大学出版社 2002 年版。

［美］罗德里克·弗雷泽·纳什：《大自然的权利：环境伦理学史》，杨通进译，青岛出版社 2005 年版。

鲁枢元：《生态文艺学》，陕西人民教育出版社 2000 年版。

鲁枢元：《猞猁言说——关于文学、精神、生态的思考》，社会科学文献出版社 2000 年版。

鲁枢元：《自然与人文》下册，学林出版社 2006 年版。

李培超：《伦理拓展主义的颠覆》，湖南师范大学出版社 2004 年版。

刘洪涛：《荒原与拯救》，中国社会科学出版社 2007 年版。

卢风：《享乐与生存——现代人的生活方式与环境保护》，广东教育出版社 2000 年版。

［澳］马尔科姆·沃特斯：《现代社会学理论》，杨善华、李康等译，华夏出版社 2000 年版。

［美］迈克·艾伦·福克斯：《深层素食主义》，王香瑞译，电子工业出版社 2005 年版。

宁梅：《生态批评与文化重建：加里·斯奈德的"地方"思想研究》，南京大学出版社 2011 年版。

［俄］普列汉诺夫：《论艺术》，曹葆华译，生活·读书·新知三
　　联书店 1973 年版。

［美］唐纳德·沃斯特：《自然的经济体系——生态思想史》，侯
　　文蕙译，商务印书馆 2007 年版。

［美］唐纳德·沃斯特：《大自然的经济体系》，侯文蕙等译，商
　　务印书馆 1999 年版。

［美］威尔科姆·E. 沃什伯恩：《美国印第安人》，陆毅译，商务
　　印书馆 1997 年版。

［美］维多利亚·戴维恩：《生态女性主义是女性主义吗?》，路特
　　莱奇出版社 1994 年版。

王诺：《欧美生态文学》（修订版），北京大学出版社 2011 年版。

王诺：《欧美生态文学》，北京大学出版社 2003 年版。

［奥］西格蒙德·弗洛伊德：《精神分析引论》，高觉敷译，商务
　　印书馆 1996 年版。

杨通进：《环境伦理：全球话语中国视野》，重庆出版社 2007 年版。

阎嘉：《文学理论精粹读本》，中国人民大学出版社 2006 年版。

［美］约翰·缪尔：《夏日走过山间》，纪云华、杨纪国、范颖娜
　　译，当代世界出版社 2005 年版。

［美］约翰·缪尔：《我们的国家画院》，郭明倞译，吉林人民出
　　版社 1997 年版。

［美］约·奈哈特转述：《黑麋鹿如是说——苏族奥格拉拉部落一
　　圣人的生平》，陶良谋译，上海译文出版社 1994 年版。

周辅成：《西方伦理学名著选辑》下卷，商务印书馆 1987 年版。

张冲：《新编美国文学史》第 1 卷，上海外语教育出版社 2000 年版。

中共中央马克思恩格斯列宁斯大林著作编译局：《马克思恩格斯
　　选集》第三卷，人民出版社 1972 年版。

中国基督教三自爱国运动委员会和中国基督教协会：《圣经—新
约全书》，南京爱德印刷有限公司 2004 年版。

中国基督教三自爱国运动委员会：《圣经（和合本）》，中国基督
教三自爱国运动委员会 2007 年版。

中国基督教协会：《圣经》，中国基督教协会出版社 1994 年版。

二　期刊论文

Allen, Paula Gunn, The Psychological Landscape of Ceremony, *American Indian Quarterly*, 5: 1, 1979: 8.

Allen, Paula Gunn, Special Problems in Teaching Leslie Marmon Silko's Ceremony, *American Indian Quarterly*, 1990, 14 (4): 383.

Allen, Paula Gunn, The Psychological Landscape of Ceremony, *American Indian Quarterly*, 5: 1 (1979): 12, 8.

Allen, Paula Gunn, Keres Pueblo Concepts of Deity, *American Indian Culture and Research Journal*, 1974, 1 (1): 30.

Arnold, Ellen L., Listening to the Spirits: An Interview with Leslie Marmon Silko, *Studies in American Indian Literatures*, Series 2, Vol. 10, No. 3, Fall, 1998: 5, 6, 166, 165, 18, 2.

Arnold, Ellen L., Gardens in the Dunes, *Studies in American Indian Literatures*, 11. 2, 1999: 2.

Antell, Judith A., Momaday, Welch, and Silko: Experssing the Feminine Principle through Male Alienation, *American Indian Quarterly*, 12. 3, (Summer, 1988): 217, 215.

Adamson, Joni & Slovic, Scott, Guest Editors' Introduction: The Shoulders We Stand on: An Introduction to Ethnicity and Ecocriticism, *MELUS*, Vol. 34 (2), 2009: 6 – 7.

Bauerkemper, Joseph, Narrating Nationhood: Indian Time and Ideologies of Progress, *Studies in American Indian Literatures*, 2007 (4): 33.

Barnett, Louise, Yellow Woman and Leslie Marmon Silko's Feminism, *Studies in American Indian Literatures*, 17. 2, Summer, 2005: 20, 29.

Briggs, Charles Frederick, A Yankee Diogenes, *Putman's Magazine*, Vol. 4, October, 1854: 445.

Carrigan, Anthony, Reviews of Postcolonial Ecocriticism: Literature, Animals, Environment, *Journal of Postcolonial Writing*, Vol. 47, No. 3, July 2011: 352.

Dorris, Michael, Native American Literature in an Ethnohistorical Context, *College English*, 41. 2, 1979: 147.

Gates, Barbara T. , A Root of Ecofeminism, *Interdisciplinary Studies in Literature and Environment*, 1996, Summer, Vol. 3 (1): 15.

Garcia, Javier, Fighting Biopiracy: The Legislative Protection of Traditional Knowledge, *Berkeley La Raza Law Journal*, Annual, Vol. 18, No. 5, 2007: 7.

Herzog, Kristin, Thinking Woman and Feeling Man: Genders in Silko's Ceremony, *MELUS*, 1985, Spring, Vol. 12 (1): 27.

Hobbs, Michael, Living In-Between: Tayo as Radical Reader in Leslie Marmon Silko's Ceremony, *Western American Literature*, 28 (1994): 302.

Jaimes, M. Annette, The DisharmoniCConvergence: A Review of Leslie Marmon Silko's Almanac of the Dead, *Wicazo Sa Review*,

Vol. 8, No. 2 (Autumn, 1992): 56 – 57.

Kohler, Angelika, Our Human Nature, Our Human Spirit, Wants no Boundaries: Leslie Marmon Silko's Gardens in the Dunes and the Concept of Global Fiction, *American Studies*, 2002, Vol. 47 (2): 241, 239.

Li, Stephnie, Domestic Resistance: Gardening, Mothing, and Storytelling in Leslie Marmon Silko's Gardens in the Dunes, *Studies in American Indian Literatures*, 21. 1 Spring, 2009: 19, 29, 30, 33.

Niemann, Linda, New World Disorder, *The Women's Review of Books*, Vol. 9, March: 1 – 4.

Nichols, Molly, Review of Postcolonial Ecocriticism: Literature, Animals, Environment, *Critical Quarterly*, 2011 (2): 4.

Oerlemans, Onno, A Defense of Anthropomorphism: Comparing Coetzee and Gowdy, *Mosaic: A Journal for the Interdisciplinary Study of Literature*, 2007 Mar. , Vol. 40 (1): 185.

Purdy, John, The Transformation: Tayo's Geneaology in Ceremony, *Studies in American Indian Literatures*, New Series, Vol. 10, No. 3 (Summer, 1986): 121.

Rice, David A. Witchery, Indigenous Resistance, and Urban Space in Leslie Marmon Silko's Ceremony, *Studies in American Indian Literatures*, 17. 4, 2005: 115.

Ryan, Terre, The Nineteenth-Century Garden: Imperialism, Subsistence, and Subversion in Leslie Marmon Silko's Gardens in the Dunes, *Studies in American Indian Literatures*, Vol. 19, No. 3, 2007: 115, 116, 118.

Swan, Edith, Laguna Prototypes of Manhood in Ceremony, *MELUS*, Vol. 17, No. 1, *Native American Fiction: Myth and Criticism* (Spring, 1991—Spring, 1992): 57.

Schweninger, Lee, Writing Nature: Silko and Native Americans as Nature Writers, *MELUS*, Summer, 1993, Vol. 18, No. 2: 47.

Slovic, Scott, The Third Wave of Ecocriticism: North American Reflections on the Current Phase of the Discipline, *European Journal of Literature, Culture and Environment*, Vol. 1, No 1, 2010: 7.

Willard, William, Gardens in the Dunes, *Wicazo Sa Review*, Fall 2000. Vol. 15. No. 2: 141.

Wood, Karenne, Gardens in the Dunes (Book Review), *American Indian Quarterly*, Spring, 1999, Vol. 23. 2: 72.

White, Lynn Jr., The Histori CRoots of Our Ecological Crisis, *Science*, March 10, Vol. 155 (3767), 1967: 1205.

［美］查伦·斯普瑞特奈克：《生态女权主义建设性的重大贡献》，秦熹清译，《国外社会科学》1997 年第 6 期。

关春玲：《美国印第安文化的动物伦理意蕴》，《国外社会科学》2006 年第 5 期。

高桦：《森林与人类》，《妇女、环境与人类》2000 年第 4 期。

胡志红、曾雪梅：《主流白人文学生态批评走向少数族裔文学生态批评》，《中外文化与文论》2015 年第 5 期。

［美］海伦·彼得森：《美国印第安人的政治参与》，《美国政治与社会科学院年鉴》1957 年第 311 卷。

何建华：《发展正义——当代社会面临的重大课题》，《浙江社会科学》2011 年第 10 期。

何建华：《马克思的社会正义思想及其启示》，《中共浙江省委党校学报》2008 年第 5 期。

江玉琴:《论后殖民生态批评研究——生态批评的一种新维度》,
　　《当代外国文学》2013 年第 4 期。

焦小婷:《寻找精神的栖息地——托尼·莫里森小说女性人物精
　　神生态困境阐释》,《山东外语教学》2004 年第 1 期。

康文凯:《西尔科作品中的美国土著女性特征》,《当代外国文学》
　　2006 年第 4 期。

刘克东:《印第安传统文化与当代印第安文学》,《英美文学研究
　　论丛》2009 年第 2 期。

李雪梅:《印第安人的女性文化——以莱斯利·马蒙·西尔科的
　　〈典仪〉为例》,《当代外语研究》2014 年第 3 期。

李巍、仲崇盛:《论社会正义的基本内涵》,《理论与现代化》2006
　　年第 4 期。

孙宏:《〈我的安东妮亚〉中的生态境界》,《外国文学评论》2005
　　年第 1 期。

佘正荣:《生态世界观与现代科学的发展》,《科学技术与辩证法》
　　1996 年第 6 期。

王宁:《叙述、文化定位和身份认同——霍米·巴巴的后殖民批
　　评理论》,《外国文学》2002 年第 6 期。

王超:《环境正义对环境问题的启示》,《中南林业科技大学学报》
　　(社会科学版)2009 年第 3 期。

王立礼:《从生态批评的视角重读谭恩美的三部作品》,《外国文
　　学》2010 年第 4 期。

韦清琦:《生态女性主义:文学批评的一枝奇葩》,《外国文学动
　　态》2003 年第 4 期。

于文秀:《生态后现代主义:一种崭新的生态世界观》,《学术月

刊》2007 年第 6 期。

闫建华：《生物地方主义面面观——斯洛维克教授访谈录》，《外
　　国文学》2014 年第 7 期。

邹惠玲：《从同化到回归印第安自我——美国印第安英语文学发
　　展趋势初探》，《徐州师范大学学报》2001 年第 4 期。

邹惠玲：《〈绿绿的草，流动的水〉：印第安历史的重构》，《外国
　　文学评论》2004 年第 4 期。

［英］詹姆斯·乔伊斯：《文艺复兴运动文学的普遍意义》，《外
　　国文学报道》1985 年第 6 期。

赵丽：《第四世界构建与政治伦理书写——〈死者年鉴〉中的帝
　　国逆写书写》，《东北大学学报》2016 年第 3 期。

朱新福、张慧荣：《后殖民生态批评略述》，《当代外国文学》2011
　　年第 4 期。

张嘉如：《当代美国生态批评论述里的全球化转向——海瑟的生
　　态世界主义论述》，《鄱阳湖学刊》2013 年第 2 期。

三　学位论文

Brown, Patricia, *The Spiderweb: A Time Structure in Leslie Silko's Cer-
emony*, East Texas State University, Pro Quest Dissertations Pub-
lishing, 1986.

刘文良：《生态批评的范畴与方法研究》，博士学位论文，扬州大
　　学，2007 年。

宁梅：《加里·斯奈德的“地方”思想研究》，博士学位论文，南
　　京大学，2010 年。

张慧荣：《后殖民生态批评视角下的当代美国印第安英语小说研
　　究》，博士学位论文，苏州大学，2014 年。

四 文学作品

Silko, Leslie Marmon, *Ceremony*, New York: Penguin, 1977.

Silko, Leslie Marmon, *Sared Water: Narratives and Pictures*, Tucson: Flood Plain Press, 1993.

Silko, Leslie Marmon, *Almanac of the Dead*, New York: Penguin Books, 1991.

Silko, Leslie Marmon, *Gardens in the Dunes*, New York: Simon & Schuster, Inc., 1999.

Silko, Leslie Marmon, *The Turquoise Ledge: A Memoir*, New York: Penguin, 2010.

Silko, Leslie Marmon, *Stroyteller*, New York: Arcade Publishing, 1981.

Erdrich, Louise, *Love Medicine*, New York: Harper, 1984.

Welch, James, *Fool Crow*, New York: Penguin Books, 1987.

Thoreau, Henry David, *Walden*, Princeton: Princeton University Press, 1971.

Thoreau, Henry David, *The Maine Woods*, New York: Literary Classics of the United States, Inc., 1985.

［美］亨利·戴维·梭罗:《瓦尔登湖》,张知遥译,哈尔滨出版社 2003 年版。

［美］亨利·戴维·梭罗:《瓦尔登湖》,徐迟译,译文出版社 1982 年版。

［美］唐·德里罗:《白噪音》,朱叶译,译林出版社 2002 年版。

［英］戴·赫·劳伦斯:《查泰莱夫人的情人》,冯铁译,河南文艺出版社 2007 年版。

［美］路易斯·厄德里克：《爱药》，张廷诠译，译林出版社 2008年版。

五 报纸文章、网络文献

朱振武：《文学想象：从生态批评到环境正义》，《文艺报》2015年 4 月 13 日第 007 版。

Goldtooth，Tom，"The Indigenous Declaration on Water"，Third World Water Forum，Kyoto，Japa，Mar.，2003，Sept. 23 2009，June 12 201〈http：//www. Indigenouswater. org/IndigenousDeclarationWater. html〉.

http：//www. docin. com/p-428948863. html，June，2017.

Four Directions Council，"The Uranium Industry and Indigenous Peoples of North America"，Statement Submitted to the United Nations Commission on Human Rights，20 Feb.，1999，14 DeC 2013〈https：//cwis. org/secure/login/The Uranium Industry and Indigenous Peoples of North America〉.

http：//en. wikipedia. org/wiki/Anthropomorphism.

https：//en. wikipedia. org/wiki/American_ Indian_ Wars，April 5th，2017.

http：//baike. so. com/doc/4991122 – 5214891. html，April，2017.

June 12 2013〈http：//www. Indigenouswater. org/IndigenousDeclarationWater. html〉.

后　记

　　对生态文本和生态批评感兴趣，始于读过的《瓦尔登湖》和《心灵的慰藉》，作品中描述的大自然的美丽和动植物的和谐，恰似人间天堂，但由于人类对自然的破坏而导致的生态危机和对人类肉体与心灵的创伤也无法掩盖。为了解更多，我如饥似渴地读完了很多部相关作品，其中有多部是美国本土作家的小说，阅读的同时，也带给我更多的感动，他们对自然的谦恭，对万物的呵护，对天人合一的追寻无一不让我着迷。在接触更多的生态理论和生态文本之后，在见证了全球生态危机之后，在目睹了诸多为了人类生态而奔走的学者和实践者的努力之后，心中多了一个美好的憧憬，那就是渴望将来有一天，人类能真正实现诗意地栖居，让我们的子孙后代能永远享受到纯净的自然，温暖的阳光与和谐的万物。

　　本书是基于我博士论文的拓展研究。在论文写作和本书出版的过程中，身边和远方的师长、亲人、领导、朋友都给予我太多的帮助，在这里一一表示感谢。

　　感谢我的博士导师张志庆教授，先生为人谦虚宽容，对待学术一丝不苟。在繁忙的教学、科研、行政工作之余，张老师不断指导我的写作，从论文选题到结构框架到最终成稿都离不开张老师的悉心指导和修改。由衷的感谢山东大学文艺美学研究中心的程相占教授，程老师是研究生态美学和生态批评理论的专家，在我的开题报告、论文框架修改以及专著出版等方面给了我很多宝贵建议。感谢美国爱达荷大学英语系主任 Scott Slovic 教授，他是我敬仰的学者，也是我在美国访学时的导师，Scott 教授是国际生态批评研究领域著名的专家，他为人诚恳谦和，在我赴美访学期间，无论是资料搜集还是写作指导，他都尽可能的提供帮助。感谢美国纽约州立大学的张嘉如教授为我答疑解惑。感谢论文答辩委员会的专家们，他们是王化学教授、姜智芹教授、李铭敬教授、刘林教授、付礼军教授和金英淑教授，专家们高屋建瓴，对我的论文提出了很多中肯的批评意见，使我的研究思路更加清晰，并将论文出版成书。

感谢我的工作单位济宁学院外国语系的领导们和同事们，这是一个友好宽容的集体，能在这种氛围下工作是我的幸运。

感谢我的母亲和公婆在年迈之时仍替我分担繁重的家务，无微不至地照顾我的家庭。更要感谢我的爱人赵阳，他在繁忙的工作之余全力支持我的研究、写作、访学和出书，这份理解是对我最大的鼓励和信任。感谢我的一双女儿赵端柠和赵美宁，在我写作、成稿和校对的过程中对她们疏于照顾，她们却时时带给我惊喜和快乐。感谢我的亲人们和朋友们，他们的关心和陪伴是我前进最大的动力！

2018 年 10 月于曲阜